Diogenes Taschenbuch 21533

de
te
be

W0247499

Muriel Spark

Päng päng, du bist tot

und andere
Erzählungen
Aus dem Englischen
von Matthias Fienbork

Diogenes

Umschlagillustration:
Antonio Donighi ›Donna al caffè‹

Deutsche Erstausgabe

Inhalt

Der Vorhang im Wind

Jedesmal, wenn an einem offenen Fenster im leichten Wind ein Vorhang weht, muß ich an jenen dünnen weißen Vorhang denken, ein Stück aus feiner Gaze, der bei den Van der Merwes vor dem Schlafzimmerfenster hing. Ich habe den ursprünglichen Vorhang nie gesehen, der, eines Nachts vor drei Jahren, so sorglos zugezogen war, daß ein Spalt blieb, und jener zwölfjährige Negerbub, der hindurchgespäht und zugesehen hatte, wie Mrs. Van der Merwe ihrem Baby die Brust gab, war von Jannie, ihrem Mann, erwischt und erschossen worden. An die Stelle des ursprünglichen Vorhangs war inzwischen dieser feinere getreten, und Jannie hatte noch fünf Jahre abzusitzen, und Mrs. Van der Merwe hatte angefangen, ihren Charakter zu verändern.

Sie hielt sich nicht mehr so krumm. Sie verlor das Abgehärmte einer Bauersfrau. Sie räumte die alten Benzinkanister aus dem Hof, und das war erst der Anfang. Sie wurde ein hoher Leuchtturm, der freundliche Lichtsignale aussandte, die von einigen als Einladung und nicht als Warnung vor dem Riff verstanden wurden. Sie kaufte das beste Porzellan, bewahrte die Geldscheine nicht mehr im Strumpf auf, nannte sich Sonia anstatt Sonji und führte ein gastliches Haus.

Es war dies ein Land, wo man in dem gemächlichst dahinfließenden Fluß nicht baden konnte, ohne daß ein Bazillus in die Niere eindrang und einem für immer den Körper ruinierte, wo man vor sechs Uhr abends keinen Spaziergang machen konnte, ohne sich einen Sonnenstich zu holen. Und in diesem entlegenen Teil des Landes, überwiegend bewohnt von armen Weißen inmitten einer Eingeborenenbevölkerung mit überwältigender Geburtenrate, konnte eine unverheiratete Frau keine Katze halten, ohne daß die weißen Junggesellen aus der Nachbarschaft sich das Tier nicht eines Tages geschnappt und es erbärmlich geschoren hätten. Das hohe Gras in diesem Landstrich war wegen der Schlangen gefährlich und der Boden wegen der Skorpione. Die Weißen reagierten auf die belangloseste Äußerung mit dem gleichen fanatischen Ernst, mit dem die Natur auf den leichtesten Schritt reagierte. Die englischen Krankenschwestern stellten fest, daß sie bei einem Dinner nicht neben einem Mann sitzen und freundlich sein konnten – vielleicht langweilen sie sich und bitten ihn daher, von seinen Erlebnissen zu erzählen –, ohne daß er dies als großen Flirt auffassen und anderntags nach dem Frühstück zum Schäferstündchen auftauchen würde. Es war ein Ort, wo, außer in der Regenzeit, auch nicht das leiseste Lüftchen ging und wo die Vorhänge sich nur dann im Wind bewegten, wenn gleich darauf ein Gewitter kam.

Den englischen Krankenschwestern wurde oft empfohlen, die Versetzung in einen anderen Distrikt zu beantragen.

»Im Norden ist es doch viel schöner! Städte, Leben. Kultur, Geschäfte. Es ist viel kühler – der Norden liegt höher. Die Pferderennen.«

»Im Osten würde es Ihnen bestimmt gefallen – diese Orangenplantagen. Alles ist grüner, es gibt ein riesengroßes Tal. Und die Jagd.«

»Warum hat man euch Krankenschwestern nur an diesen ungesunden Ort geschickt? Ihr solltet euch an einen gesünderen Ort versetzen lassen!«

Einige der Krankenschwestern verließen Fort Beit zwar, doch wer sich auf Tropenkrankheiten spezialisiert hatte, mußte bleiben, da unser Krankenhaus, das größte in der Kolonie, zugleich Forschungszentrum für Tropenkrankheiten war. Diejenigen von uns, die bleiben mußten, pflegten einander darauf hinzuweisen: »Ist es nicht herrlich hier? Jede Menge Diener. Billige Drinks. Vögel, wilde Tiere, Blumen.«

Die Gegend war nicht ohne ihre fremdartigen Reize. Ich habe mich nie an ihre Technicolor-Farbigkeit gewöhnen können, außer in der Trockenzeit, wenn der Staub alles real werden ließ. Auf dem großen Hof hinter der Klinik lag dicker Staub; dort hockten oder standen die Schwarzen herum, rufend oder lachend – was auf dasselbe hinauslief –, es wurde gekocht und gegessen, während man auf seine Behandlung wartete oder auf das Ergebnis einer Röntgenuntersuchung oder auf die Ergebnisse einer Röntgenuntersuchung eines entfernten Verwandten. Die Leute verströmten einen stechenden Geruch und wirbelten den Staub auf. Fliegen klebten auf den entzündeten Augen der Babys, die auf den Rücken der Mutter festgebunden, aber unbekümmert weiterschliefen und die Brust bekamen, wenn sie aufwachten und losplärrten.

Für die armen Weißen aus Fort Beit und Umgebung gab es im Innern des Gebäudes einen eigenen Aufenthaltsraum, hier verzehrten sie, was sie an Lebensmitteln mitgebracht hatten, räkelten sich herum, schwiegen die meiste Zeit, und manchmal kam es in irgendeiner Ecke zu einer Schlägerei. Der Rest der Gesellschaft von Fort Beit hat die Klinik nie aufgesucht.

Der Rest, das war der Apotheker, der Pfarrer, der Tierarzt, die Polizeioffiziere mit ihren Familien. Sie führten ein bescheidenes, provinzielles gesellschaftliches Leben, kamen mit den armen weißen Kleinbauern nur geschäftlich in Berührung. Ihnen lag daran, die Mitarbeiter der Klinik zu Gast zu haben, die ihre Freizeit aber meist woanders verbrachten – an den Wochenenden fuhr man meilenweit weg, in die Hauptstadt, in den Norden oder an einen der großen Stauseen, wo man sich als Segelsportler ausgeben konnte. Doch gelegentlich verbrachten die Schwestern und Ärzte zur Abwechslung einen Abend im Dorf – im Hause des Apothekers, des Pfarrers, des Tierarztes oder im Quartier der Polizeioffiziere.

In diese Gesellschaft kam Sonia Van der Merwe, als ihr Mann schon drei Jahre im Gefängnis saß. Seiner Strafe haftete ein gewisser Makel an, da allgemein die Ansicht herrschte, daß er im Eifer des Gefechts zu weit gegangen sei und daß derartige Dinge dem Renommee der Kolonie in Whitehall schadeten. Aber niemand machte Sonia deswegen Vorwürfe. Das Hauptproblem bei ihren Bemühungen, in die Gesellschaft des Tierarztes, des Apothekers und des Pfarrers aufgenommen zu werden, war der Umstand, daß sie gesellschaftlich noch nie mit ihnen zu tun gehabt hatte.

Die Farm der Van der Merwes lag ein paar Meilen außerhalb von Fort Beit. Sie war eine der wenigen Farmen im Distrikt, denn die Region war einzig der Bergwerke wegen erschlossen worden, und die hatte man erst kürzlich stillgelegt. Die Van der Merwes hatten das provisorische, harte Leben burischer Siedler geführt, die von Südafrika aus nordwärts gezogen waren. Ich glaube nicht, daß Sonia jemals auf den Gedanken gekommen war, ihre Tage könnten aus etwas anderem bestehen als aufzustehen, sich draußen am Bottich das Gesicht zu waschen, Brot zu backen, den Kindern irgendwelche Reste vorzusetzen, die Schwarzen auszuschimpfen und nachts mit Jannie in das Federbett zu sinken. Herausgekommen war sie immer nur zur Osterversammlung der Reformierten Kirche, wenn die Buren mit ihren Planwagen die Hauptstraße hereinfuhren und eine Woche blieben.

Erst als der Anwalt kam, um irgendeine Angelegenheit zwischen der Farm und der Bank zu regeln, wurde Sonia klar, daß sie das Vermögen, welches sie von ihrem Vater geerbt hatte, tatsächlich auch ausgeben konnte, denn in ihrer Vorstellung besaßen nur die Geldscheine, die sie im Sparstrumpf verwahrte, reale Kaufkraft. Ihr Vater hatte sein Geld nie für sichtbare Dinge ausgegeben, sondern es angelegt, und Sonia glaubte, daß auf ein Bankkonto eingezahltes Geld eine Art Tribut an die Bankmenschen sei, den zu entrichten patriarchalische Farmer wie ihr Vater aufgrund der strengen Moralvorschriften der Niederländisch-Reformierten Kirche gezwungen seien. Jetzt wurde ihr klar, über wieviel Geld sie verfügte, und sie verspürte heftigen Zorn auf ihren Mann, weil er ihr dieses Wissen vorenthalten hatte. Sie schrieb ihm einen Brief, was keine leichte Sache war. Ich sah die Endfassung, zu deren Beratung sie eine Konferenz von Schwestern aus der Klinik zusammengetrommelt hatte. Wir waren gemein genug, den Brief durchgehen zu lassen, doch es war wohl so, daß er uns eigentlich gar nicht interessierte. Ich erinnere mich, daß wir bis tief in die Nacht über ihre Möglichkeiten sprachen – ihren Tennisplatz, ihre beiden Badezimmer, ihr in Schwarz-Weiß gehaltenes Schlafzimmer –, was alles erst ein schwacher Schein am Ende des Tunnels war. Jedenfalls glaube ich nicht, daß wir sie dazu hätten überreden können, es sich noch einmal zu überlegen mit dem Brief, der es später, als Bestandteil von Jannies Aussage, zu ein paar Zeilen in der Lokalzeitung brachte. Er lautete wie folgt:

Lieber Jannie ein paar Dinge werden sich ändern Ich habe herausgefunden was Vati hinterlassen hat ist bahres Geld ich muß nur unterschreiben dann kann ich es haben Glaubst du ich will immer nur schuften schuften schuften und auf dem Feld die Meisehren zehlen Bei Gott wie arme Weiße Wann habe ich mal ein Kleid geschenckt bekommen Du hast nie was gesagt das ist eine Schande und dein Jehzorn hat dich ins Gefengnis gebracht du hättest auf die Beine zielen sollen. Mr. Little hat die Papiere zum unterschreiben gebracht er sagt, das Essen im Gefengnis ist gut den Kindern geht es gut, aber Hannah ist gebissen worden aber ich werde sie jetzt herausnehmen dort und sie auf eine Klosterschule schicken für Geld. Deine dich liebende Frau S. Van der Merwe

Im sommerlichen Worcestershire muß ich nachmittags oft auf meinem Bett gelegen haben, denn zu jener Zeit war ich Rekonvaleszentin. Meine Schulzeit war vorbei, und meine

Ausbildung zur Röntgentherapeutin sollte erst im Herbst beginnen.

Ich weiß nicht mehr, an wie vielen Nachmittagen ich auf meinem Bett lag und den monotonen Tennisgeräuschen zuhörte, die von dem Platz rechts unterhalb meines Fensters kamen, wo meine beiden Brüder spielten. Manchmal, um mir mitzuteilen, daß es Zeit sei, aufzustehen, schlug mein älterer Bruder Richard einen Tennisball durch das geöffnete Fenster. Dann raschelte der Tüllvorhang und teilte sich, und der Ball landete mit einem dumpfen Plopp auf dem Fußboden und rollte irgendwo hin. Ich habe immer gedacht, eines Tages wird die Fensterscheibe noch zu Bruch gehen oder der Ball wird mir ins Gesicht fliegen oder irgendeinen Gegenstand im Zimmer in Stücke springen lassen. Doch dazu ist es nie gekommen. Vielleicht ist die Anzahl dieser Vorfälle in meiner Erinnerung übertrieben hoch, und in Wahrheit sind sie nur ein-, zweimal passiert.

Ich bin allerdings sicher, daß sich der Vorhang im leichten Wind bewegt hat, während ich an diesen sorglosen Nachmittagen dalag und die Rufe und das Hin und Her der Tennisbälle registrierte, und es war bestimmt ein schöner Anblick. Daß eine leichte Bewegung des Vorhangs auf eine Sommerbrise hindeutet, dürfte der Wahrheit ziemlich nahe kommen, denn für mich hat Wahrheit immer etwas Luftiges, Lebendiges und Lyrisches. Und wenn aus einer unbedeutenden Ursache etwas Dramatisches wird, dann beweist das nur, daß etwas Grundsätzliches nicht stimmt.

Genaugenommen kann ich mich nicht daran erinnern, daß die Vorhänge meines Zimmers vom Sommerwind berührt wurden, obgleich ich sicher bin, daß dem so war. Wann immer ich versuche, dieses Detail jener nachmittäglichen Stimmung mir in Erinnerung zu rufen, taucht es weg, und das Bild kenne ich bloß wie jemand, der vom Baum der Erkenntnis gegessen hat – die Erinnerung daran ist überlagert von Mrs. Van der Merwes Fenster und von den Vorhängen, die in der

Regenzeit von einem leichten Wind durcheinandergebracht werden, was verrückterweise einen Gewittersturm ankündigt.

An jenen erholsamen Nachmittagen war ich zuweilen von Sorge erfüllt. Es war fraglich, ob ich aufgrund der Unterbrechung in meiner Schulzeit zur Ausbildung als Röntgentherapeutin zugelassen würde. Eines Tages kam mit der zweiten Post der Zulassungsbescheid. Erleichtert und froh las ich den Brief und beschloß im selben Moment, das Angebot nicht wahrzunehmen. Ich neige zu derartigen Dingen, und zu maßvollen und ruhigen Bewegungen fühle ich mich eben deswegen hingezogen, weil sie mir fehlen. Ich beschloß, statt dessen Krankenschwester zu werden und später meinem Bruder Richard, der seinerzeit Medizin studierte, nach Afrika zu folgen und mich mit ihm auf Tropenkrankheiten zu spezialisieren.

Es war etwa ein Jahr nach meiner Ankunft in Fort Beit, als ich Sonji Van der Merwe begegnete und gemeinsam mit den anderen Schwestern jenen Brief las, der für ihren Mann bestimmt war, welcher in vierhundert Meilen Entfernung im Gefängnis der Kolonie saß. Sonji nahm am darauffolgenden Nachmittag ihre Sonntagshandschuhe und brachte den Brief feierlich zur Post. Weder erwartete sie noch bekam sie eine Antwort. Drei Wochen später begann sie, sich Sonia zu nennen.

Unsere Besuche auf der Farm traten an die Stelle der abendlichen Zusammenkünfte beim Tierarzt, Apotheker und Pfarrer, in deren Gesellschaft aufgenommen zu werden Sonia nun gute Aussichten hatte. Und jedesmal, wenn wir zu ihr kamen, gab es etwas Neues. Sonia wußte, oder war, gleichsam über Buschfunk, dahintergekommen, wo sie anzufangen hatte. Noch kannte sie sich mit Eisenbahnfahrten nicht aus und hätte Angst davor gehabt, allein eine Reise in die weitere Umgebung zu unternehmen, doch über die eine oder andere

Krankenschwester besorgte sie sich aus Südafrika Einrichtungsgegenstände, Kataloge, Bücher über Innenausstattung und Modejournale. Angestiftet von uns, ließ sie sich Möbel kommen, die in staubbedeckten Transportern herbeigeschafft wurden. Ihr erster Schritt freilich bestand darin, sich von dem Niederländisch-Reformierten Glauben ihrer Ahnen zu lösen und in die Anglikanische Kirche einzutreten. Wir mußten ihr zugestehen, daß sie auf diese Idee ganz allein gekommen war.

Von Woche zu Woche bearbeiteten wir sie. Wir brachten ihr Großzügigkeit mit den Drinks bei, denn sie hatte sich einen exotischen Vorrat angelegt. Anfangs hatte sie die Flaschen in der Speisekammer eingeschlossen und die Gläser in der Küche gefüllt, ehe sie sie vom Boy servieren ließ. Dem setzten wir ein Ende. Ein Bauunternehmer war schon mit der Erweiterung des Hauses beauftragt, und die Zimmer wurden, eines nach dem anderen, renoviert und eingerichtet. Daß sie sich nicht nur ein Badezimmer bauen lassen sollte, sondern zwei, war mein Vorschlag gewesen. Sie brauchte lange, um sich an die Innentoiletten zu gewöhnen, und wir mußten sie immer wieder daran erinnern, die Spülung zu betätigen. Eine von uns brachte aus der Hauptstadt ein Benimm-Handbuch mit, das sie, obwohl es schon achtundzwanzig Jahre alt war, eifrig studierte, mit dem Zeigefinger von Wort zu Wort gehend. Ich glaube, ich war es gewesen, die – in leicht angeheitertem Zustand – das schwarz-weiße Schlafzimmer angeregt hatte, und es war faszinierend zuzusehen, wie es Gestalt annahm. Innerhalb eines Monats war es fertig – sie hatte es geschafft, schwarze Tapete aufzutreiben und sie angeklebt zu bekommen, obwohl Tapete in der Kolonie als völlig indiskutabel galt und alle Leute sie gewarnt hatten, Tapete würde an der Wand nicht haften. In diesem Schlafzimmer lag ein weißer Teppich und ein mit schwarz-weiß gestreiftem Satin bezogener Diwan. Kaum ein Jahr später waren die Beardsley-Reproduktionen hinzugekommen, aber da führte sie schon ein gastliches Haus und erfreute sich der Gunst des Tierarztes, der einst, als junger Mann, in London gelebt hatte.

Eines Tages, sie lag auf dem Diwan und sah in ihrem Morgenmantel aus schwarzem Chiffon, ihr dünnes Haar modisch hochgesteckt, sehr dramatisch aus, erzählte sie uns die Geschichte des Negerkindes, die wir alle bereits kannten: »Durch das Fenster dort hat er reingesehen. Ich saß dort auf dem Bett und stillte das Baby, und ich sehe zum Fenster, und, so wahr mir Gott helfe, da draußen stand ein verdammter Nigger, das Gesicht direkt am Fenster. Ihr hättet hören sollen, wie ich geschrien habe. Jannie holte also das Gewehr und erwischte den Kleinen, und ich höre den Knall. Er ist zu weit gegangen in seinem verdammten Jähzorn, was kann man da schon erwarten. Jetzt werde ich keine Probleme mehr mit diesen Jungs haben. Genau das Fenster dort. Ich hatte dummerweise den Vorhang nicht zugezogen. Also haben wir ihnen gezeigt, was Sache ist, und uns neue Boys beschafft. Auf der Farm hatten wir keine Boys, sie hauen immer ab.«

Durch das Fenster wehte in sanften Stößen ein warmes Lüftchen. »Wir sollten uns auf den Weg machen«, sagte eines der Mädchen, »es wird ein Gewitter geben.«

Bei einem Gewitter in der Kolonie war es so, daß die ganze Gegend vorher unruhig zuckte wie ein bloßliegender Nerv, und wenn alles vorbei war, kehrte die Welt, von Horizont zu Horizont, benommen zu ihrem gewohnten Gang zurück. Vor dem Ausbruch kam ein leiser Wind auf, dann ein perlenfarbiges Licht, dann Erdgeruch, die Vögel schrien und wurden plötzlich still, und die Insekten verschwanden. Hinterher wanden sich die fliegenden Ameisen völlig betäubt aus den Mauerritzen heraus, fanden ihre Flügel und flogen in verrückten Richtungen davon. Die extremeren Farben des Gewitterhimmels verblaßten wieder, als seien sie besiegt worden, und die Möbel fühlten sich nach der Zerreißprobe ganz klamm an. Eines Tages saß ich bei Sonia fest, als ein

Gewitter ausbrach. Zu dieser Zeit hatte sie sich schon an ihre neue Rolle gewöhnt, die Erweiterungen ihres Hauses waren abgeschlossen und alle Zimmer eingerichtet. Nachdem das Gewitter vorbei war, brach rasch die Nacht herein, und wir saßen in ihrem sehr europäisch wirkenden Salon – die Veranda hatte sie ja abreißen lassen – und nippten an Pink Gin. Die Drinks wurden von einem Schwarzen serviert. Er umklammerte das Tablett mit ungeheuer großen Affenhänden, die aus den Ärmeln seiner grün-weißen Uniform hervorragten, welche eben noch im Gewitterlicht gefunkelt hatte. Sonia sagte immer wieder: »Ich glaube, ich habe mir mit diesem Haus einen zivilisierten Winkel geschaffen.« Das war ihre Variante eines jener Komplimente, die ihr der Pfarrer bei einem seiner Besuche beiläufig gemacht hatte. Sie hatte das als Wahrheit erkannt und allen ihren Gästen davon erzählt: »Ich muß mich dessen ja würdig erweisen, Mann!« sagte sie. Ich war immer wieder erstaunt, wie rasch sie neue Ausdrücke und höchst nützliche Wendungen aufgriff.

Die Geräusche der Nacht draußen kehrten allmählich wieder zurück. Wenn Sonia nicht gerade redete, konnte man hören, wie die wilden Tiere durch ihr Rufen wieder zueinander fanden. Und in noch größerer Entfernung die Trommeln, die, nach allem, was wir über ihren Zweck wußten, meldeten, welcher Kral überflutet und zerstört worden war, oder vielleicht auch gar nichts meldeten. Direkt vor dem Fenster draußen war gelegentlich das Geräusch nackter Füße auf dem Schotterweg zu hören, den Sonia hatte anlegen lassen. Sie erhob sich und zog die dünnen Vorhänge zurecht und zog dann die großen Vorhänge vor. Es ging ihr jetzt besser. Während des Gewitters hatte sie mit hängenden Schultern auf dem Teppich gehockt wie eine Schwarze in ihrer Hütte, die Schall- und Lichtwellen über sich ergehen lassend. Allgemein wurde eine Spur farbigen Blutes in ihren Adern vermutet, was aber, da sie inzwischen begonnen hatte, so offensichtliche Beweise ihres großartigen Vermögens und Charakters vorzulegen, ihre Aufnahme in die Gesellschaft des Tierarztes, des Apothekers und des Pfarrers nicht verhindern konnte. Zahlreiche Ärzte aus der Klinik besuchten sie, waren hingerissen von ihrer Exzentrizität und fühlten sich zum Dämmertrunk in der schwülen Regenzeit in ihrer Gesellschaft sehr viel wohler als bei der Tierarztgattin oder der musikbegeisterten Pfarrersfrau. Mein Bruder Richard war fasziniert von Sonia.

Wir Krankenschwestern waren verblüfft darüber, daß die Männer sich so sehr hinters Licht führen ließen. Sie war unsere Schöpfung, unsere Tollheit, unser Jux. Wir hatten unsere Phantasie ganz allein auf sie, die bereitwillig alle Anregungen aufnahm, verwandt, wir hatten ihre langen »Nachmittags«-Roben aus Voile selber entworfen und ihr nahegelegt, sich einen Pfad hinunter zum Fluß anlegen zu lassen und sich ein Boot für den kleinen Fluß zu besorgen und, passend zu dem Boot, einen rosafarbenen Sonnenschirm. Die ganze Gegend hatte etwas, das auf Männer wirkte, sogar auf diejenigen, die frisch aus England gekommen waren, und das ihre Urteilsfähigkeit beeinträchtigte. Ein Mann aus der Forschungsabteilung der Klinik war schon länger mit einer unangenehm lauten Bardame aus Johannesburg verheiratet, ein anderer mit einer neurotischen Schneiderin aus Kapstadt, die Dutzende von Ellbogen zu besitzen schien, so sehr wedelte sie mit ihren langen, knochigen Armen in der Luft herum. Auch wir konnten uns dem Bann dieser Gegend nicht entziehen, doch daran dachten wir nicht, als wir völlig darin aufgingen, Sonia zu kultivieren und in eine todschicke Garderobe zu stecken. Damals sahen wir nur, daß die Männer unser Phantasiegebilde völlig ernst nahmen, guckten einander an, lächelten und sahen weg.

In dem Jahr vor Jannie Van der Merwes Entlassung aus dem Gefängnis verbrachte ich einen großen Teil meiner Freizeit mit meinem Bruder Richard bei Sonia. Ihr Haus war mittlerweile ein allgemeiner Treffpunkt des Distrikts, und jeden Spätnachmittag fand sich eine größere Gesellschaft bei ihr ein. Etwa in dieser Zeit verlobte ich mich mit einem Mann, der in der Forschungsabteilung der Klinik arbeitete.

Ich weiß nicht, ob Richard mit Sonia schlief. Er war sehr verliebt in sie und verbat sich, in seinem Beisein, jede spöttische Bemerkung über sie.

Eines Tages sagte sie: »Warum willst du diesen Frank eigentlich heiraten? Mann, er sieht wie dein Bruder aus! Du mußt dir wen suchen, der nicht wie jemand aus der Familie aussieht. Ich könnte dir wen besorgen, der besser zu dir paßt!«

Ich war verärgert und suchte Frank davon abzuhalten, sich so oft wie möglich mit ihr zu treffen. Es war unmöglich. Außerhalb der Klinik schien sich unser ganzes Leben um Sonia zu drehen. Als Frank anfing, Sonia zu verspotten, wurde mir klar, daß er sich, in einer Weise, die einzugestehen ihm unangenehm war, von ihr angezogen fühlte.

Sie plapperte ohne Unterlaß, ihre Stimme hatte eine burische Färbung. Ich mußte bewundern, wie rasch sie jede Situation erfaßte, denn inzwischen war sie vertraut mit den internen Verhältnissen an der Klinik, und sie schaffte es, das eine oder andere Wort einzulegen bei durchreisenden Regierungsvertretern, die wie selbstverständlich davon ausgingen, daß sie den Distrikt schon jahrelang lenkte und sich, als jemand, der über die Masse herausragte, bloß etwas eigenwillig kleidete und verhielt.

Ich hörte, wie sie mit einem leitenden Beamten der Gesundheitsbehörde über unseren unangenehmen Chefröntgenologen sprach: »Mann, ist der vielleicht temperamentvoll! Ich kann Ihnen sagen! Jeden Morgen reitet er an meinem Haus vorbei, und ich kann sehen, wie er seinem Pferd die Sporen gibt. Er reitet, um sich abzureagieren. Aber ich sag' Ihnen eines: er versteht was von seiner Arbeit. Er ist erstklassig, Mann!« Bald darauf wurde unser übellauniger Röntgenologe, der keineswegs oft ausritt, in einen anderen Distrikt versetzt. Erst als ich mitbekam, daß der hohe Vertreter der

Gesundheitsbehörde ein fanatischer Pferdeliebhaber war, wurde mir das ganze Ausmaß von Sonias Fähigkeiten bewußt.

»Mein Gott, was haben wir getan?« fragte ich meine beste Freundin.

Sie sagte: »Schon gut! Sie verhilft uns zu einem Anbau!«

Sonia beabsichtigte, Richard auf den Posten eines Obermedizinalrats im Norden zu hieven. Meine Befürchtung war, Sonia werde, im Falle seiner Versetzung, ihm dorthin nachfolgen, denn sie hatte eines Tages gesagt, daß sie sich ans Reisen werde gewöhnen müssen, es sei bestimmt leicht. »Mann, alle tun es! Trink aus! Prost!«

Frank hatte sich ebenfalls um den Job beworben. Er sagte, mit seinen kurzsichtigen Augen in die Weite blickend, was seinen Worten etwas Gleichgültiges gab: »Ich habe die besseren Qualifikationen dafür als Richard.« Das war richtig. »Richard ist der bessere Forscher«, sagte Frank. Das stimmte. »Richard sollte hierbleiben, und ich sollte in den Norden gehen«, sagte Frank. »Dir würde es dort gefallen«, sagte er. Das alles war nicht zu leugnen.

Sehr bald zeigte sich, daß Frank mit Richard um Sonias Aufmerksamkeit konkurrierte, offenbar ohne es selber zu merken, als führte er eine medizinische Routinearbeit durch, an der ihn nicht die Methode, sondern einzig das Ergebnis interessierte. Ich fand das lächerliche Betragen der beiden Männer ziemlich unbegreiflich.

»Meinen die denn, Sonia hat, was diesen Job angeht, wirklich Einfluß?«

»Ja«, sagte meine beste Freundin, »und sie wird ihn geltend machen.«

Jener hohe Vertreter der Gesundheitsbehörde befand sich wieder im Distrikt. Er wollte das verlängerte Wochenende beim Angeln verbringen. Es war verrückt. In Fort Beit gab es nicht viel zu angeln.

Allmählich wünschte ich mir, daß Richard den Job bekam.

Frank gegenüber wurde ich kühler. Er merkte es nicht, aber ich wurde kühler. Richard war sehr nervös geworden. Kaum hatte er frei, warf er sich in sein Auto und raste hinaus zu Sonia. Frank, der es mit der Arbeitszeit nicht so genau nahm, war gewöhnlich als erster da.

Ich war auf der Tea-Party, als der nicht mehr ganz junge, scharfzüngige, klarsichtige Chef der Gesundheitsbehörde auftauchte. Richard und Frank saßen auf einem Sofa, jeweils ganz außen. Richard wirkte verlegen. Ich wußte, daß er an den Job dachte, dabei aber den Eindruck zu vermeiden suchte, als wollte er seine Verbindung zu Sonia ausnützen. Ich saß in der Nähe. Mit einer langen Formel aus ihrem Benimm-Buch stellte Sonia uns dem hohen Beamten vor. Dabei fiel mir auf, daß diese Formel auf manche Menschen wie eine liebenswürdige Geste gegen die zunehmende Unverbindlichkeit unserer Epoche wirken konnte. Sonia bat den Mann, zwischen Richard und Frank Platz zu nehmen, und offensichtlich wollte sie zum Geschäftlichen übergehen.

Sie stand daneben. Sie hatte eine wunderschöne Figur, die von uns Schwestern allerdings nicht geschaffen, sondern bloß aus ihrer nachlässig-krummen Haltung erweckt worden war. Sie sagte zu dem alten Mann: »Richard hier möchte mit Ihnen sprechen, Basil!« und tippte auf Richards Schulter. Frank blickte in die Weite. Mir kam der Gedanke, daß Frank der Schreibtischtyp war. Von den Leuten in der Forschungsabteilung, die ich kannte, war keiner leidenschaftslos. Sie waren allesamt verwundbar und nervös.

Richard war nervös. Er sah den Mann nicht an, sondern blickte hoch, in Sonias modisch geschminktes Gesicht.

»Beworben für den Job im Norden?« sagte dieser Basil zu Richard.

»Ja«, antwortete Richard und lächelte erleichtert.

»Wollen Sie ihn?« sagte der Mann beiläufig, im Bewußtsein seiner großen Bedeutung.

»Ja, gerne«, antwortete Richard.

»Na schön, hier haben Sie ihn«, sagte der Mann und schnipste mit dem Zeigefinger den unsichtbaren Job weg, als wäre er ein Pingpong-Ball.

»Äh, lieber nicht«, sagte Richard.

»Wie bitte?« rief der Mann.

»Wie bitte?« rief Sonia.

Mein Bruder und ich sind in den meisten Dingen zwar sehr verschieden, doch in ein paar Punkten besteht eine grundsätzliche Ähnlichkeit. Es muß irgendwie im Blut liegen.

»Nein, danke«, sagte Richard. »Wenn ich es recht bedenke, glaube ich, daß ich mit der Erforschung der Tropenkrankheiten weitermachen sollte.«

Über Sonias Gesicht huschte nur eine Andeutung von Wut. Ihr erster Gedanke galt dem alten Herrn, der irritiert und plötzlich verunsichert dasaß. »Mann, Basil!« sagte sie, und dabei beugte sie sich über ihn, so daß ihre Brüste ihm um die Ohren hingen, »Sie haben den Falschen erwischt. Dieser Frank hier ist der, von dem ich Ihnen erzählt habe. Frank, gestatten Sie, daß ich Sie diesem Gentleman hier...«

»Ja, wir haben uns schon mal gesehen«, sagte der Mann, zu Frank gewandt.

Frank kehrte aus seiner Abwesenheit zurück. »Ich habe mich um die Stelle beworben«, sagte er, »und meine Qualifikationen sind wohl...«

»Verheiratet?«

»Nein, aber hoffentlich bald.« Er drehte sich, wie es sich gehört, zu mir um, und ich lächelte überaus giftig zurück.

»Wollen Sie den Job?«

»Ja, gerne.«

»Bestimmt?«

»Ja, ganz bestimmt.«

Der alte Mann würde sich nicht ein zweites Mal hereinlegen lassen. »Ich hoffe, Sie sind an dem Job wirklich interessiert. Es gibt sehr viele hervorragende Bewerber, und wir wollen einen tüchtigen...«

»Ja, ich möchte den Job haben.«

Sonia rief: »Na schön, da hast du ihn!« und in dem Moment dachte ich, sie hat ihren Einfluß überreizt, hat die ganze Sache vermasselt.

Doch der alte Mann strahlte sie an, nahm ihre hübsch manikürten Hände in die seinen, und mir war, als liefe in seinem schlaffen Mund das Wasser zusammen.

Andere Leute drängten sich heran, um mit dem Chef der Gesundheitsbehörde sprechen zu können. Sonia behandelte Richard mit ostentativer Gleichgültigkeit. Frank sprach mit ihr, an die Wand gelehnt. Plötzlich wollte ich Frank nicht verlieren. Ich blickte mich unter den Anwesenden um und überlegte, was ich dort verloren hatte, und sagte zu Richard: »Komm, gehen wir!«

Richard sah zu Sonia hinüber, die ihm den Rücken zukehrte. »Warum willst du schon gehen?« fragte er. »Es ist doch noch früh. Warum?«

Weil sich der Vorhang am offenen Fenster bewegte und dabei das wilde Land hereinwehte, das außerhalb dieses absurden Salons lag. Die Menschen erregten sich immer mehr. Ich dachte, bald werden sie schreien, ein- oder zweimal, wie die Vögel, und dann wieder still sein. Ich dachte sogar, Richard würde es sich mit dem Job noch anders überlegen und Sonia davon erzählen und es ihr überlassen, die ganze Geschichte für ihn in Ordnung zu bringen. Es war Sonias Faszinationskraft, die ihn zögern ließ, aufzubrechen. Sie zupfte gerade Franks Krawatte zurecht und sagte zu ihm, er brauche jemand, der für ihn sorge, in jeder Hinsicht, als ob sie nach dieser altmodischen Vorstellung erzogen worden sei. Wir müssen sie darauf hinweisen, dachte ich, so etwas in der Öffentlichkeit nicht zu sagen. Und ich wäre gern bis in den Abend geblieben, um Frank aus seiner Gleichgültigkeit mir gegenüber herauszurei-ßen. Aber ein Gewitter kündigte sich an, und in einem Gewitter nach Hause zu fahren war kein Vergnügen.

Richard ist willensstärker als ich. Nach dieser Party ging er Sonia aus dem Weg und vergrub sich in seine Arbeit. Ich löste meine Verlobung. Ich konnte nicht erkennen, ob Frank erleichtert war oder nicht. Seine Stelle im Norden mußte er erst in drei Monaten antreten. Die meiste Zeit verbrachte er bei Sonia. Ich war nicht sicher, wie es zwischen ihnen stand. Manchmal fuhr ich noch hinüber zu Sonia und traf Frank dort an. Von ihnen und ihrer Situation fühlte ich mich abgestoßen und angezogen. Wenn ich bei schönem Wetter kam, waren sie oft in dem Boot auf dem Fluß, und ich wartete dann auf die Rückkehr des rosaroten Sonnenschirms, über dessen Anblick ich mich jedesmal freute. Ein- oder zweimal, als wir uns in der Klinik sahen, sagte Frank sachlich: »Wir können noch immer heiraten!« Einmal sagte er: »Die alte Sonia ist doch 'n Witz!« Aber mir war, als fürchtete er, ich könnte ihn beim Wort nehmen, ihn womöglich zu früh beim Wort nehmen.

Sonia sprach wieder vom Reisen. Sie lernte gerade, wie man mit Straßenkarten umgeht. Zu einer der Krankenschwestern sagte sie: »Wenn Frank sich oben im Norden eingerichtet hat, werde ich mal hochfahren und mich darum kümmern, daß er's gemütlich hat.« Einer anderen Schwester sagte sie: »Mein Alter kommt aus dem Gefängnis, diesen Monat, nächsten Monat, was weiß ich. Er wird ein paar Veränderungen vorfinden. Er wird sich daran gewöhnen.«

Eines Nachmittags fuhr ich hinüber zu der Farm. Ich hatte Sonia sechs Wochen nicht gesehen, weil ihre Kinder während der Ferien nach Hause gekommen waren und ich ihre Kinder nicht ausstehen konnte. Sie hatte mir gefehlt, sie langweilte einen nie. Der Boy sagte, sie sei mit Dr. Frank unten am Fluß. Ich ging den Pfad hinunter, aber sie waren nicht zu sehen. Ich wartete etwa acht Minuten und ging dann zurück. Alle Eingeborenen mit Ausnahme des Boys hatten sich in ihre Hütten verzogen, um zu schlafen. Es dauerte eine Weile, bis ich den Boy entdeckte, aber als ich ihn sah, erschrak ich über den Ausdruck von Angst auf seinem Gesicht.

Ich kam gerade hinter den alten Viehställen hervor, die jetzt verwaist dalagen – Sonia betrieb keine Landwirtschaft mehr, nicht einmal mit einem Traktor, geschweige denn mit einem Ochsengespann –, da erschien der Boy und flüsterte mir zu: »Baas Van der Merwe wieder da. Er sehen durch Fenster.«

Ich schlich mich um die Stallungen, bis das Haus in meinem Blickfeld lag. Ich sah einen etwa fünfzigjährigen, unterernährt wirkenden Mann in Khakishorts und Hemd. Er stand vor dem Wohnzimmerfenster auf einer Kiste. Seine Hand lag auf dem Vorhang, er teilte ihn und blickte unverwandt in das leere Zimmer.

»Lauf hinunter zum Fluß und warne sie!« sagte ich zu dem Boy.

Er wandte sich zum Gehen, doch da rief der Mann schon: »Boy!« Der Junge in seiner grün-weißen Uniform eilte auf die Stimme zu.

Ich erreichte den Fluß in dem Moment, als sie das Boot gerade festbanden. Sonia trug ein blaßblaues Kleid. Ihr neuer Sonnenschirm war blau. Sie sah ausgesprochen phantastisch aus, und mir fielen ihre blendend weißen Zähne auf, ihre runden braunen Augen und ihre märchenhafte Positur – wie sie, mitten in Afrika, unter der gleißenden Sonne, dickblättrige Pflanzen zu ihren Füßen, so elegant gekleidet dastand. Frank, der in seinem Tropenanzug eine gute Figur machte, band gerade das Boot fest. »Dein Mann ist zurückgekommen«, rief ich und lief angsterfüllt zu meinem Auto zurück. Ich ließ den Motor an und fuhr los, und während ich auf dem Schotterweg an dem Haus vorbeischoß, sah ich, wie Jannie Van der Merwe, hinter ihm der Boy, gerade das Haus betrat. Er drehte sich um und sah meinem Auto nach und sagte etwas zu dem Eingeborenen; zweifellos wollte er wissen, wer ich war.

Wie der Eingeborene später zu Protokoll gab, lief Jannie durch das ganze Haus und untersuchte alle Veränderungen und die neuen Möbel. Er benutzte die Toilette und zog die Spülung. In beiden Badezimmern probierte er die Wasserhähne aus. In Sonias Zimmer stellte er ein herumliegendes Paar Schuhe ordentlich hin. Dann prüfte er, ob alle Möbel abgestaubt waren, im ganzen Haus, wobei er mit dem rechten Mittelfinger über die Möbel fuhr, den Finger umdrehte und nachsah, ob Staub daran war. Der Boy folgte ihm überall nach, und als Jannie zu einer alten Eichentruhe kam, die in eine Ecke eines der Kinderzimmer gestellt worden war – Sonia hatte das alte Mobiliar ihres Vaters plötzlich nicht mehr sehen können –, fand er etwas Staub darauf. Er befahl dem Eingeborenen, ein Tuch zu holen und den Staub abzuwischen. Nachdem dies geschehen war, setzte Jannie seine Inspektionsrunde fort, und als alles untersucht war, trat er hinaus und ging den Pfad zum Fluß hinunter. Bei den Viehställen stieß er auf Sonia und Frank, die sich darüber stritten, was sie tun und wohin sie gehen sollten, holte einen Revolver aus seiner Tasche und schoß beide nieder. Sonia war sofort tot. Frank quälte sich noch zehn Stunden ab. Das war ein schweres Verbrechen, und Jannie wurde gehenkt.

In den nächsten Wochen wartete ich immer darauf, daß Richard als erster den Vorschlag machen würde, daß wir abreisen sollten. Ich hatte Bedenken, den Vorschlag zuerst zu machen, da ich nicht wollte, daß er diesen Schritt vielleicht sein Leben lang bedauern würde. Bis zum nächsten Heimaturlaub war es noch ein Jahr. Schließlich sagte er: »Ich halte es hier nicht mehr aus!«

Ich wollte nach England zurück. Ich hatte an nichts anderes mehr gedacht.

»Hier können wir nicht bleiben«, sagte ich, als spräche ich eine Bühnenrolle.

»Sollen wir packen und abreisen?« fragte er, und ich empfand eine ungeheure Erleichterung.

»Nein«, sagte ich.

Er sagte: »Es wäre schade, alles aufzugeben, jetzt, wo wir

beide auf dem Gebiet der Tropenkrankheiten schon so weit gekommen sind.«

Tatsächlich reiste ich in der darauffolgenden Woche ab. Richard hat seitdem auf dem Gebiet der Tropenkrankheiten große Fortschritte erzielt. »Es ist ein Jammer«, sagte er vor meiner Abreise, »daß wir uns von dem, was passiert ist, auseinanderbringen lassen.«

Ich packte meine Sachen zusammen und fuhr ab, ehe die Trockenzeit einsetzen und die Regenzeit folgen würde und alles vorhersehbar wäre.

Päng päng, du bist tot

Zu jener Zeit sahen viele Männer wie Rupert Brooke aus, dessen Konterfei noch immer in jedermann fortlebte. Es war jenes scharfgeschnittene ›typisch englische‹ Gesicht, dem man im eigentlichen England nur selten begegnet, dafür um so eher in den afrikanischen Kolonien.

»Ich muß schon sagen«, rief Sybils Gastgeberin, »die Männer sehen fabelhaft aus!«

Sie sind alle fabelhaft, hatte Sybil damals festgestellt, bis man sie näher kennt. Sie saß in dem verdunkelten Zimmer und sah zu, wie der achtzehn Jahre alte Film über die Leinwand lief, als hätte sich infolge der Hitze, die der Projektor erzeugte, die Erinnerung an diese spezielle Szene verfestigt. Sie sagte sich, ich war jung, für mich mußte alles perfekt sein. Nein, dachte sie dann, das stimmt nicht ganz. Aber es läuft auf dasselbe hinaus. Für mich waren die Männer nie sehr lange fabelhaft.

Die erste Rolle war zu Ende. Jemand schaltete das Licht an. Der Gastgeber nahm den nächsten Film aus seiner tropensicheren Verpackung.

»Es muß doch interessant sein«, sagte die Gastgeberin, »sich nach all den Jahren wieder zu sehen.«

»Hat Sybil denn diese Filme vorher noch nie gesehen?« fragte ein verspätet gekommener Gast.

»Nein, noch nie, stimmt's, Sybil?«

»Nein, noch nie.«

»Wenn es meine Filme gewesen wären«, sagte die Gastgeberin, »dann hätte ich meine Neugier nicht achtzehn Jahre zügeln können.«

Die Schachteln mit den Kodachrome-Filmen hatten im

Dunkel von Sybils Schiffskoffer gelegen. Warum sich Umstände machen, wenn man eine so deutliche Erinnerung hat!

»Sybil kannte niemand mit einem Projektor«, sagte ihre Gastgeberin, »solange wir unseren noch nicht hatten.«

»Das war wunderbar«, sagte der später gekommene Gast, eine ältere Dame, »jedenfalls, was ich noch mitgekriegt habe. Sind die anderen auch so gut?«

Sybil überlegte kurz. »Die Aufnahmen sind wahrscheinlich gut«, sagte sie. »Hinter der Kamera stand ein Koch.«

»Ein Koch! Wie drollig! Was soll denn das heißen?« fragte die Gastgeberin.

»Der Küchenboy konnte mit einer Filmkamera umgehen«, sagte Sybil.

»Er hat sein Sache gut gemacht«, meinte der Gastgeber, der gerade eine neue Rolle einlegte.

»Wunderschöne Farben!« rief die Gastgeberin. »Ach, ich bin ja so froh, daß Sie die Filme hervorgekramt haben! Wie gesund und braungebrannt und sportlich doch jedermann aussieht! Und diese glänzenden Eingeborenen überall, wirklich allerliebst!«

Die ältere Dame sagte: »Mir gefiel die Stelle, wo Sie in Shorts auf die Veranda treten und in der Hand ein Gewehr halten.«

»Fertig?« rief Sybils Gastgeber. Die neue Rolle war eingelegt. »Macht das Licht aus«, sagte er.

Da war wieder die Veranda. Durch die Flügeltür trat eine Brünette in Shorts, hinter ihr ein ausgelassener junger Schäferhund.

»Reizender Hund«, meint Sybils Gastgeber. »Er scheint Sybil um ein Spielchen zu bitten.«

»Das ist jemand anderes«, sagte Sybil hastig.

»Das Mädchen dort mit dem Hund?«

»Ja, genau. Seht ihr nicht, daß ich dort bei den Bäumen über den Rasen gehe?«

»Ach ja, richtig. Sie hat wirklich wie du ausgesehen, Sybil, dieses Mädchen mit dem Hund, findet ihr nicht? Ich meine, in dem Moment, als sie auf die Veranda trat.«

»Ja, mir war auch so, als sei es Sybil gewesen, bis ich sie im Hintergrund sah. Jetzt kann man den Unterschied aber sehen. Schaut mal, jetzt dreht sie sich um. Dieses Mädchen sieht wirklich nicht wie Sybil aus, es muß an den Shorts liegen.«

»Zwischen uns bestand eine gewisse Ähnlichkeit«, bemerkte Sybil.

Der Projektor schnurrte vor sich hin.

»Schau mal dort, das kleine Mädchen, wie ähnlich es dir ist, Sybil!« Sybil, zwischen Mutter und Vater laufend, von beiden an der Hand genommen, hatte sich schon umgesehen. Das andere Kind, das ebenfalls spazierengeführt wurde, hatte sich auch umgesehen.

Das andere Kind trug einen schwarzen Velourshut mit ringsum hochgebogener Krempe, einen beigen Mantel aus Kammgarn und um den Hals einen schmalen weißen Hermelinschal. Es hatte weiße Seidenhandschuhe an. Sybil war genauso angezogen, und obwohl das an sich auch nichts Erstaunliches war, da sehr viele kleine Mädchen in dieser Weise gekleidet waren, wenn sie in den Parks und öffentlichen Anlagen englischer Domstädte des Jahres 1923 spazierengeführt wurden, so verstärkte es doch die auffallende Ähnlichkeit, die in Physiognomie, Körperbau und Größe zwischen den beiden Mädchen bestand. Sybil hatte plötzlich das Gefühl, an ihrem eigenen Spiegelbild vorbeizugehen, wie sie es von dem hohen Spiegel kannte. Da war das spitze Kinn, unter dem Hütchen der schwarze Bubikopf, der Pony, der fast die Augenbrauen berührte. Die weit auseinanderstehenden Augen und die Nase, so winzig wie eine Katzennase. »Hör auf, sie anzustarren!« flüsterte ihre Mutter. Sybil hatte gerade noch Zeit, den Schimmer von weißen Söckchen und schwarzen, geknöpften Lackschuhen zu sehen. Ihre eigenen

Söckchen waren auch weiß, ihre Schuhe allerdings braun und geschnürt. Zuerst fand sie, daß dieser eine Unterschied sich nicht gehörte, in dem Sinne, wie es nicht in Ordnung war, auf eine der Ritzen der Bürgersteinplatten zu treten. Doch dann fand sie, daß dieser Unterschied zu Recht bestand.

»Die Colemans«, sagte Sybils Mutter zu ihrem Vater. »Ihnen gehört dieses Hotel in Hillend. Das Kind muß etwa in Sybils Alter sein. Sind einander sehr ähnlich, nicht?« Und dann sagte sie, so daß Sybil es hören mußte: »Und bestimmt ist sie ein genauso braves Mädchen wie Sybil.« Die letzten Worte mit ihrem leisen Zwang zur Vollkommenheit gefielen der aufgeweckten Sybil überhaupt nicht.

Auch bei späteren Sonntagsspaziergängen begegnete man der Coleman-Tochter. Im Sommer trugen die Kinder Panamahüte und dezent gesmokte Kleider aus Tussahseide. Gelegentlich wurde die Coleman-Tochter von einem jungen Kindermädchen in grauem Kleid und schwarzen Strümpfen spazierengeführt. Sybil fiel auf, in welch unterschiedlicher Begleitung sie waren. »Dreh dich nicht um und starr nicht so!« flüsterte ihre Mutter.

Erst als sie in die Schule kam, stellte sie fest, daß Désirée Coleman ein Jahr älter war als sie. Désirée war eine Klasse über ihr, doch zuweilen, wenn sich die ganze Schule auf dem Rasen oder in der Turnhalle versammelt hatte, wurde Sybil einige Momente für Désirée gehalten. Im lauen Frühsommer saßen die Klassen oft in einzelnen Gruppen unter den Platanen, bis die Lehrerinnen, wie aus einem gemeinsamen Instinkt heraus, gleichzeitig das Pausenzeichen gaben. Dann vermischten sich die Gruppen, und eine Lehrerin rief vielleicht: »Sybil, deine Schnürsenkel!« und dann, während Sybil noch ihre ordentlich geschnürten Schuhe betrachtete: »Nein, nicht Sybil, ich meine Désirée!« Wenn die Lehrerin in der Musikstunde rief: »*Viel* besser als gestern, Sybil!« dann schlug Sybil den Triangel voller Triumph, doch es folgte dann immer ein »Désirée, vielmehr!«

Lediglich die Erwachsenen konnten die beiden Kinder zuweilen nicht auseinanderhalten. Keiner ihrer Spielkameraden irrte sich. Nach dem Schulkonzert sagte Sybils Mutter: »Einen Moment habe ich geglaubt, du warst Désirée im Chor. Merkwürdig, daß ihr einander so ähnlich seid. Ich sehe überhaupt nicht wie Mrs. Coleman aus, und dein Daddy hat mit *ihm* nicht die geringste Ähnlichkeit.«

Désirée war für Sybils Begriffe eine unzulängliche Spielkameradin. Sybil war frühreif, besaß einen messerscharfen Verstand. Sie hatte herausgefunden, daß dumme Kinder zu Boshaftigkeiten neigten. Désirée konnte bei einer Kindergesellschaft ganz harmlos im Schneidersitz neben einem sitzen, dem Zauberer zuschauen und plötzlich, aus unerfindlichem Grund, einem den Ellbogen in die Seite rammen.

Als Sybil acht und Désirée neun war, wurden sie, auch von Unbekannten und neuen Lehrern, kaum noch verwechselt. Sybils Nase wurde spitzer und ausgeprägter, während Désirées Nase in ihren Pausbacken zu versinken schien, als sei sie aufgemalt. Ganz selten, und auch das nur an langen Winternachmittagen, zwischen den letzten Lichtstrahlen um drei Uhr und dem Moment, da in der ganzen Schule das Licht anging, wurde Sybil noch für Désirée gehalten.

Zwischen Sybils neuntem und zehntem Lebensjahr zog Désirées Familie in ein Haus an dem Platz, wo auch Sybil wohnte. Die Nachbarskinder wurden nach der Schule von Müttern und Kindermädchen zu der Anlage in der Mitte des Platzes gebracht, um dort schön miteinander zu spielen. Sybil reagierte mürrisch auf Désirées Anwesenheit und sagte, sie wolle lieber lesen. Ihre Stimmung besserte sich aber, als ein paar Wochen später die Dobells an den Platz zogen. Die beiden Dobell-Jungen hatten einen dunklen Teint und wunderschöne schwarze Augen. Wie sich herausstellte, war ihr Vater Halbinder.

Wie sehr Sybil die Dobells doch bewunderte! Solche Spielkameraden hatte sie noch nie gehabt, so quicklebendig und agil, dabei sanft und überaus höflich. Ihre dunkle Haut war nie schmutzig, was Sybil im stillen guthieß. Jetzt hatte sie nichts mehr dagegen, daß Désirée an ihren Spielen teilnahm. Die Dobells waren eine Art Talisman gegen Verzweiflung, denn sie wußten nicht, was Dummheit war, und so fiel ihnen die Dummheit Désirées nicht auf.

Dem Mädchen fehlte es an geistigem Stehvermögen, es konnte Spiele, bei denen es auf Phantasie ankam, nicht lange durchhalten, es war laut und neigte dazu, grundlos und heimtückisch seine Spielgefährten zu treten. Die Dobells reagierten darauf mit schlichter Resignation. Vielleicht war dieser mangelnde Widerstand der Grund dafür, daß Désirée, ohne Rücksicht auf die Spielregeln, ständig Sybil totschoß, wann immer sie Lust dazu hatte.

Sybil empfand heftigen Ärger über dieses Massaker, das immer wieder zu einem völlig falschen Zeitpunkt an ihr verübt wurde. Jon Dobells Erklärungsversuche waren nutzlos. »Noch nicht, Désirée! Warte, Désirée, warte! Sie darf noch nicht erschossen werden! Sie ist noch nicht über die Brücke. Und von dort aus kannst du sie sowieso nicht erschießen! Zwischen dir und ihr ist doch ein großer Fels. Du mußt um ihn herumkriechen, und zuerst schießt Hugh auf dich, und er glaubt, er hat dich erwischt, aber es ist bloß dein Hut, und ...«

Es war zwecklos. Jeden Tag, bevor das Spiel anfing, setzten sich die vier in das kurze, trockene, stachlige Gras und beratschlagten. Schließlich hatte man sich über das Vorgehen geeinigt, und das Spiel konnte anfangen. »Alles klar, Désirée?«
– »Ja«, sagte sie, jeden Tag. Désirée schrie und erregte sich immer mehr, stieß dümmliche Laute aus, selbst dann, wenn es ihre Aufgabe war, sich in der Stille des Waldes an die Banditen heranzupirschen. Ein paar spitze Schreie, und dann brüllte sie, dabei auf Sybil zielend: »Päng, päng, du bist tot!« Sybil warf sich gehorsam zu Boden, gleichwohl protestierend, daß das Spiel doch gerade erst begonnen habe, während die Dobells seufzten: »Ach, Désirée!«

Sybil schwor sich allnächtlich, genau dasselbe werde ich mit ihr machen. Das nächste Mal – morgen, wenn es nicht regnet – werde ich sie abknallen, bevor sie eine Chance hat, ihren Panamahut zur Irreführung an den Baum zu hängen. Ich werde ganz überraschend »päng, päng« zu ihr sagen und sie totschießen, bevor sie dran ist.

Doch es gab kein ›morgen‹, an dem Sybil sich dazu durchringen konnte. Ihr Stolz war ihr wichtiger als das Gelingen des Spiels. Statt dessen beschloß die kluge Sybil, Désirée möglichst lange aus dem Weg zu gehen. Sie verbarg sich hinter den Lorbeerbäumen und sprach ununterbrochen vor sich hin, wie zu einem Schwachsinnigen, etwa: »Ich habe mich versteckt, ich habe lauter grüne Sachen an, und niemand kann mich zwischen den Bäumen sehen.« Désirée sah sie trotzdem. Sie behauptete nachdrücklich, ihre Augen könnten Berge durchdringen. »Ich bin eine halbe Meile von euch entfernt!« rief Sybil, während Désirées Gewehr sich unerbitt-lich auf sie richtete.

Ich werde mich weigern, tot zu sein, schwor sich Sybil. Ich werde gegen die Spielregeln verstoßen. Wenn sie für sie nicht gelten, warum sollten sie dann für mich gelten. Ich werde mich nicht mehr zu Boden werfen, wenn sie mich abknallt. Das nächste Mal, morgen, wenn es nicht regnet...

Sybil warf sich aber doch zu Boden. Als Jon und Hugh Dobell ihr zuriefen, daß Désirées »päng, päng« nicht gelte, faßte sie Mut und stand wieder auf. Désirée brüllte aber: »Es gilt, es gilt, das ist die Regel!« Und Sybil warf sich abermals hin, sie wußte, es war endgültig.

Und so fuhr das Mädchen fort, Sybil einen frühen Tod zu bescheren, kopflos, allerdings nie so sehr, als daß sie auf einen der Jungen angelegt hätte. Aus irgendeinem Grund, über den Sybil erst viele Jahre später nachdachte, war sie es immer, die sterben mußte.

Eines Tages, als Désirée nicht pünktlich zum Spielen erschien, schlug Sybil den Jungen vor, Désirée künftig nicht mehr am Spiel teilnehmen zu lassen. »Sie vermasselt es uns nur!«

»Aber man braucht doch vier für das Spiel!« sagte Jon.

»Man braucht vier«, sagte Hugh.

»Nein, zu dritt geht es auch.« Während sie noch sprach, ersann sie das Spiel mit den drei Teilnehmern. Sie erklärte, was ihr vorschwebte. Indes, keiner der Jungen konnte sie verstehen, da sie gewohnt waren, Räuber und Gendarm mit jeweils zwei Teilnehmern pro Seite zu spielen. »Ich bin halt der einsame Gendarm, versteht ihr«, sagte Sybil. »Oder der Kirschbaum kann ja der Gendarm sein!« Es war, als spräche sie zu gutartigen, aber verständnislosen Steinen. Auf einmal erkannte sie, ohne es auszusprechen, daß sie ihnen, was Intelligenz betraf, überlegen war, und sie fühlte sich einsam.

»Können wir statt dessen nicht Ball spielen?« fragte Jon.

Danach holte Sybil sich jeden Tag ein Buch und setzte sich mit ihrer Lektüre neben ihre Mutter, die im großen und ganzen froh war, daß Sybil das Interesse an rüden Spielen verloren hatte.

»Sie bereiteten sich auf eine Safari vor«, sagte Sybil.

Sybils Gastgeber war dabei, eine neue Rolle einzulegen.

»Sybil erscheint mir ja in ganz anderem Licht«, rief die Gastgeberin, »wenn ich sie in so, äh, geselliger Atmosphäre sehe. Gab es denn Intellektuelle unter diesen Leuten, Sybil?«

»Nein, aber zahlreiche Dichter.«

»Sag bloß! Haben sie alle Gedichte geschrieben?«

»Ja«, sagte Sybil, »viele von ihnen.«

»Was waren das für Leute? Wer war denn dieser blonde Typ, der mit dir beim Lieferwagen stand?«

»Das war der Verwalter des Unternehmens. Man hat Passionsfrucht angebaut und den Saft verarbeitet.«

»Passionsfrucht – ist ja irre! Hat *er* auch Gedichte geschrieben?«

»Ja.«

»Und wer war das Mädchen, mit dem ich dich verwechselt habe?«

»Ach, wir kannten uns schon als Kinder und sind uns dann in der Kolonie wieder begegnet. Der kleine Mann, das war ihr Gatte!«

»Und ihr seid an diesem Vormittag alle auf Safari gegangen? Irgendwie kann ich mir einfach nicht vorstellen, Sybil, daß du etwas schießt.«

»An diesem Tag«, sagte Sybil, »war ich nicht dabei. Das Gewehr habe ich bloß so gehalten, der Wirkung wegen.«

Alle lachten.

»Bist du mit diesen Leuten noch befreundet? Die Siedler sollen ja großartige Briefschreiber sein, so bleiben sie in Verbindung mit...«

»Nein.« Und dann: »Drei von ihnen sind tot. Das Mädchen, ihr Mann und der blonde Typ.«

»Wirklich? Was ist denn mit ihnen passiert? Sag bloß, sie waren in Schießereien verwickelt!«

»Sie waren in Schießereien verwickelt.«

»Ach, diese Siedler«, sagte die ältere Dame, »mit ihren Schießereien.«

»Nummer drei«, rief Sybils Gastgeber. »Fertig? Bitte das Licht aus!«

»Laß dich nicht von den Löwen auffressen! Und, Sybil, laß dich nicht in Schießereien verwickeln!« Die Gruppe am Bahnhof war sich des Lärms, den sie machten, nicht bewußt, denn sie befanden sich inmitten des Lärms. Als die Abfahrtszeit näherrückte, zogen Donalds Verwandte sich eher zurück, während Sybils Leute das Paar umringten.

»Zwei Jahre – es wird eine spannende Zeit für sie sein.«

»Nehmt euch vor den Schießereien in acht! Sieh zu, daß Donald kein Gewehr in die Hände bekommt.«

Die Schießereien in der Kolonie waren urplötzlich in die Schlagzeilen der Boulevardpresse geraten. In schrillen Worten wurde beschrieben, wie sich das Klima, der Alkohol und der Mangel an weißen Frauen auf das Gemüt der jungen Siedler auswirkte. Die Kolonie war ein Winkel, wo Liebhaber Ehemänner oder sich selbst erschossen, wo Ehemänner Eingeborene erschossen, die durch Schlafzimmerfenster spähten. Mit einiger Verzögerung flatterten der *Times* Leserbriefe angesehener Siedler auf den Tisch, die den Skandalen nüchterne Statistiken entgegenhielten. Die jüngsten Vorfälle, hieß es, seien für das Verhalten der friedliebenden Mehrheit nicht repräsentativ. Der Gouverneur erklärte vor der Presse, daß alles völlig übertrieben dargestellt worden sei. Als Sybil und Donald sich auf dem Weg in die Kolonie befanden, hatte sich der Wert, den die kolonialen Schießereien für Variété-Entertainer besaßen, schon wieder abgenutzt.

»Schlangen und Krokodile sind keine Haustiere! Paßt auf die Löwen auf! Und vergeßt nicht zu schreiben!«

Geradezu überrascht stellten sie fest, daß Schießereien in der Kolonie nicht bloß in der Phantasie von Entertainern existierten. Sie traten wellenartig auf. Drei Monate hindurch wurde allwöchentlich von Mördern und Selbstmördern berichtet. Die alten Siedler mit ihren ungemein blauen Augen saßen neben ihren Whiskyflaschen und sagten, daß schon wieder ein junger Mistkerl sich erschossen habe. Dann fing die Regenperiode an, und die Schießereien hörten für eine lange Zeit auf.

Achtzehn Monate nach seiner Hochzeit wurde Donald von einer Löwin angefallen und starb, während er auf einer Tragbahre den langen Weg zur Siedlung zurückgeschafft wurde. Er hatte einer achtköpfigen Gruppe angehört. Wie es gekommen war, konnte eigentlich niemand sagen. Es war alles ganz schnell passiert. Die Eingeborenen hatten den Kopf verloren und waren, anstatt die Bestie zu erschießen, in lautes Wehklagen ausgebrochen und hatten auf die Stelle gezeigt. Donalds Freunde waren losgeeilt, nur wenige

Schritte durch das hohe Gras, und hatten die Löwin, die sich gerade über Donalds Körper aufrichtete, getroffen.

Die Freunde aus dem Archäologenteam, dem Donald angehört hatte, drängten Sybil, die verbleibenden sechs Monate noch in der Kolonie zu verbringen und dann mit ihnen nach England zurückzukehren. Noch immer unentschlossen, begab sie sich zunächst auf eine Rundreise. Doch inzwischen waren die Archäologen vorzeitig zurückgerufen worden. Es war Krieg. Zivilisten bekamen keine Ausreisegenehmigung mehr, und Sybil war gefangen, wie Donald unter der Löwin.

Sie wünschte, er hätte sein eigenes Leben gelebt, so wie sie es für sich vorhatte. Ihr war klar, daß sie hätten auseinandergehen müssen, wenn er noch lebte. Es hatte zwar keinen Konflikt gegeben, aber noch zwei Jahre, dachte Sybil, und wir hätten diese Konflikte gehabt. Donald hatte angefangen, sich zu einem Langweiler zu entwickeln. Im letzten, dem siebenundzwanzigsten Jahr seines Lebens, war sein Wissensdrang schon eingeschlafen. Die Archäologie, diese aufregende Disziplin, betrachtete er nurmehr als seinen Job. Er redete so, als hätten sich sämtliche archäologischen Methoden und Theorien seit dem Tage seines Examens nicht mehr weiterentwickelt. Ihm ging es nur noch darum, sein Wissen für eine begrenzte Zeit in der praktischen Arbeit anzuwenden. Aus England kamen wissenschaftliche Untersuchungen. Die üblichen, hektographierten Artikel wurden ihnen überallhin nachgeschickt. »Donald, hast du denn nicht vor, sie zu lesen?« fragte Sybil, als sich die Zeitschriften und Aufsätze bereits stapelten. »Nein, ich finde, das ist wirklich nicht nötig.« Es war nicht nötig, weil er feste Vorstellungen von seiner Karriere hatte. Zwei Jahre draußen und anschließend eine Assistentenstelle. Wäre es mein Fach, dachte sie, dann wären mir diese Aufsätze wichtig. Selbst die verrücktesten, richtig gelesen, könnten mir von Nutzen sein.

An den Vormittagen lag Sybil im Bett und las die Übersetzung von Kierkegaards *Tagebüchern,* die innerhalb eines Monats nach ihrer aufsehenerregenden Veröffentlichung frisch aus England eingetroffen war. Sybil kam sich wie eine Wüste vor, die ihre Trockenheit erst bemerkte, als Regen auf sie fiel. Wenn Donald spätnachmittags heimkehrte, hatte sie ihm immer weniger zu sagen.

»Es hat mal wieder eine Schießerei gegeben«, sagte er, »drüben, auf der anderen Seite des Tals. Der Mann kam unerwartet nach Hause und überraschte seine Frau mit einem anderen. Er hat beide erschossen.«

»Hier ist man nie weit weg vom Dschungel«, sagte Sybil.

»Was redest du da? Wir sind achthundert Meilen vom Dschungel entfernt!«

Als er auf seine erste große Safari gegangen war, achthundert Meilen weit weg im Dschungel, hatte sie überlegt, es ist nicht die Spur von Wachheit in seinem Denken, er ähnelt einem gestrandeten Fisch, der aufgehört hat herumzuschlagen. Aber, dachte sie, einer anderen Frau würde das niemals auffallen. Andere Frauen wollen auch nicht mit einem Geistesmenschen verheiratet sein. Aber ich will es, dachte sie, ich bin ein Ungeheuer, ich hätte nicht heiraten sollen, ja mehr noch, ich bin gar nicht der Typ zum Heiraten. Vielleicht ist das der Grund, warum er sich mit mir genausowenig beschäftigt wie mit seinen Zeitschriften. Es könnte ja sein, daß er dann nachdenken müßte, und das wäre schmerzhaft.

Nach seinem Tod wünschte sie, er hätte sein eigenes Leben gelebt, egal, wie es ausgesehen hätte. Sie trat eine Stelle in einer Privatschule für Mädchen an und pflegte ein paar Freundschaften, um für die Dauer des Krieges Ablenkung zu haben. Nette Freunde brauchen keine Geistesgrößen zu sein.

Das Motorboot schaukelte den Sambesi hinauf. Sybil lehnte über die Bordwand und rief einem Eingeborenen, der in einem Kanu saß und erschrocken dreinblickte, etwas zu. Jetzt zeigte Sybil auf eine Stelle im Fluß.

»Ich glaube, ich habe ihn nach den Flußpferden gefragt«, erklärte Sybil den Zuschauern im Dunkel. »Irgendwo etwas weiter weg gab es eine Herde Flußpferde, und wir wollten sie besser zu Gesicht bekommen. Der Eingeborene meinte aber, wir sollten nicht zu nah heranfahren – deshalb sieht er auch so erschrocken aus –, weil die Flußpferde oft ein Boot umstoßen, und dann gleiten die Krokodile sofort ins Wasser. Seht mal dort! Wir haben hier eine lange Einstellung mit den Flußpferden – diese Höcker im Wasser, wie U-Boote, das sind die Schnauzen der Flußpferde.«

Das Bild wackelte wie das Boot, das den Fluß hochfuhr. Dann wurde die Leinwand wieder weiß.

»Irgendwas stimmt da nicht«, sagte Sybils Gastgeberin.

»Licht an«, rief Sybils Gastgeber. Er hantierte am Projektor herum, und ein junger Mann, der bei ihnen zur Untermiete wohnte, trat hinzu, um zu helfen.

»Diese Äffchen auf der Insel waren doch süß!« sagte ihre Gastgeberin. »Nun mach schon, Ted! Was ist denn los?«

»Sei doch mal still!« sagte er.

»Sybil, du hast dich seit deiner Jugend nicht sehr verändert, weißt du.«

»Danke, Ella.« Ich habe mich überhaupt nicht verändert, insoweit ich noch immer glaube, daß nette Freunde keine Geistesgrößen sein müssen.

»Dieser Film wird wohl deine Erinnerungen auffrischen, Sybil. Ich meine, die Einzelheiten. Man vergißt ja so viel!«

»Ja, ja«, sagte Sybil und fügte hinzu: »Aber ich erinnere mich an ziemlich viele Einzelheiten.«

»Ach *wirklich*, Sybil?«

Sie dachte, wenn sie sich doch nicht an jedes Wort von mir klammern würde.

Der junge Mann, der am Projektor stand, ein längeres Stück Film um die ausgebreiteten Hände geschlungen, drehte sich um. »Ist der Blonde da Ihr Mann, Mrs. Greeves?« fragte er Sybil.

»Sybil hat ihren Mann schon sehr früh verloren«, sagte die Gastgeberin zu ihm, leise und salbungsvoll.

»Ach, das tut mir wirklich leid.«

Sybils Gastgeberin füllte die Gläser ihrer drei Gäste auf. Ihr Gastgeber drehte dem Projektor den Rücken zu, trank sein Glas leer und ließ sich nachschenken, alles mit einer einzigen Bewegung. Was immer sie tun, sie lassen es ungeheuer wichtig erscheinen, dachte Sybil, aber ich werde mich dagegen wehren. Wir sehen uns bloß alte Filme an.

Sie hörte die ältere Dame »Wessendess« nuscheln, das sie als »Wer ist denn das?« deutete.

»Sybil Greeves«, wisperte ihre Gastgeberin zurück, »eine entfernte Verwandte von Ted.«

»Ja?« Die flüsternde Stimme klang verwirrt, als sei noch längst nicht alles erklärt worden.

»Sie ist ja ziemlich berühmt.«

»Ach so, das wußte ich nicht.«

»Nur sehr wenige Menschen wissen es«, sagte Sybils Gastgeberin mit einer Spur von Arroganz.

»Fertig«, rief Ted, »Licht aus!«

»Ich muß schon sagen«, bemerkte seine Frau, »die Farben sind wunderbar.«

Sybil sehnte sich all die Zeit, in der sie in der Kolonie war, nach den schwer zu beschreibenden Farben ihrer Heimat. Die Flamboyants waren zu grell, die Vögel, die Afrikanerinnen mit ihren leuchtendrosafarbenen Kopftüchern, glänzender schwarzer Haut und weißen Zähnen, auf dem Kopf Körbe voll bunter kräftiger Blumen oder Apfelsinen, ein Anblick, über den jedermann ins Schwärmen geriet (»Ach, könnte ich das bloß malen«) – all das deprimierte Sybil, langweilte sie.

Sie mietete sich ein Haus und bewohnte es gemeinsam mit einem Mädchen, dessen Mann in Nordafrika kämpfte. Sie war zweiundzwanzig. Um in ihrer Privatsphäre völlig ungestört zu sein, hatte sie im Wohnzimmer eine Trennwand aus

Sperrholz ziehen lassen, denn es sollten noch zehn Jahre vergehen, ehe sie die Fertigkeit erworben hatte, ein Doppel-leben zu führen, anderen Menschen nur halb zuzuhören (was ihr ermöglichte, mit anderen zusammenzusein, ohne die eigene Identität zu verlieren) und zuzuhören, ohne sich zu langweilen.

Auf der anderen Seite der Trennwand gab Ariadne Lewis sittsame Gesellschaften für ihre Freunde, zumeist Soldaten auf Urlaub. Ein paarmal nahm Sybil an diesen Parties teil und steigerte sich dabei, in einem Anfall von Selbstdisziplin sozusagen, in sexuelle Erregung hinein. Dies gelang ihr nur durch entschlossenes Unterdrücken all ihrer kritischen Fä-higkeiten, mit Ausnahme derjenigen, die eine gute männliche Stimme und Erscheinung zu registrieren wußte. Hinterher war ihr stets hundeelend.

Aufgrund ihres Seltenheitswerts konnten weiße Mädchen über einen ganzen Schwarm ständiger Verehrer verfügen. Ariadne hatte viele Freunde, aber keine Affären. Sybil hatte, um sich selbst auf die Probe zu stellen, innerhalb von zwei Jahren drei Affären. Es fing immer auf privaten Bällen an, in Magnoliengärten, in denen es wie in einer Parfümfabrik roch, unter der Milchstraße, die wie ein übervolles Juwelierschau-fenster aussah. Es endete damit, daß sie einem ihrer Anfälle von Tropengrippe nachgab und in einer Art Dämmerzustand auf einem Bett lag, das auf die Steinveranda gestellt wurde und mit seinem Moskitonetz wie ein Brautbett aussah. Mit feuchten, zittrigen Händen pflegte sie den letzten Brief zu schreiben und ihn von ihrem Dienstmädchen, einem Misch-ling, zur Post bringen zu lassen. Der jeweilige Mann rief anderntags an und wurde vom Boy, der recht intelligent war, abgewimmelt.

Schon seit einigen Jahren vermutete sie, daß Sex ihr nicht viel bedeutete. Nach der dritten Affäre wurde aus dieser Ahnung eine Erkenntnis, als seien die Gedanken von einst (»Sex ist etwas Nebensächliches für mich« oder »Ich bin wohl ein frigides Monstrum«) die Äußerungen einer Unwissenden gewesen, irrational und dunkel, aber nach der dritten Affäre kam ihr dieser Gedanke mit einer solchen Wucht, als wäre er ihr völlig neu. Er erschreckte sie. Sie lag auf der schattigen Veranda, das Fieber ging allmählich zurück, und sie begann, ihr Verhältnis zu Männern zu überprüfen. Sie dachte, was, wenn ich wieder heirate? Ihr schauderte unter dem heißen Laken. Kann es sein, dachte sie, daß ich eine Neigung zu Frauen verdrängt habe? Sie lag still da und horchte in sich hinein. Mit starrem, nach innen gerichtetem Blick ließ sie all die Frauen Revue passieren, die sie bislang kennengelernt hatte – spröde kleine Akademikerinnen, die Kleider mit cremefarbenen Bubikragen trugen, füllige, resolute Frauen, eine Reihe von Schönheiten, die üblichen Puten wie Ariadne. Nein, wirklich, dachte sie, weder Männer noch Frauen. Es ist Desinteresse an sexuellen Beziehungen. Es ist nicht bloß die Unfähigkeit, Sex zu genießen, es ist Abscheu vor der Erregung, und nicht bloß Abscheu, schlimmer noch, es ist Langeweile.

Sie empfand ein Gefühl von Einsamkeit, von Schuld beinahe. Ihre drei Liebesaffären bekamen im nachhinein etwas geradezu Heroisches. Sie waren ein Versuch, dachte Sybil, das Normale zu tun. Vielleicht probiere ich es noch einmal. Vielleicht, falls ich den richtigen Mann treffe... Doch bei dem Gedanken ›der richtige Mann‹ überkam sie eine unerträgliche Verzweiflung und ein nicht enden wollender Schüttelfrost. Sie hob das Moskitonetz an und griff nach dem Zitronensaft und goß ihn mit zittriger Hand in das Glas. Sie nippte davon. Der Saft war warm geworden und zu süß, aber sie ließ ihn in ihrem schmerzenden Hals verweilen und blickte durch das Netz auf die Rückseiten von Häusern und auf die gelbe Savanne dahinter.

Eines Morgens sagte Ariadne: »Gestern abend habe ich ein Mädchen getroffen, es war komisch. Zuerst dachte ich, du bist es, und rief ihr etwas zu. Aber von nahem sah sie dir gar nicht mehr ähnlich, es war bloß ein erster Eindruck. Übrigens kennt sie dich. Ich habe sie zum Tee eingeladen. Ich habe vergessen, wie sie heißt.«

»Ich nicht«, sagte Sybil.

Als Désirée eintraf, begrüßten sie einander mit übertriebener, in diesem Moment aber ehrlich empfundener Herzlichkeit, wie Bekannte einander begrüßen, die sich in einem anderen Teil der Welt über den Weg laufen. Sybil hatte Désirée zuletzt auf einem Ball in Hampstead gesehen und dort bloß »Ach, hallo!« zu ihr gesagt.

»Wir sind auf dieselbe Grundschule gegangen«, sagte Désirée zu Ariadne, Sybils Hand noch immer haltend.

Sybil wollte sich schon zurückziehen. »Es ist merkwürdig«, sagte sie, »daß alle hier in der Kolonie früher oder später jemand treffen, den sie selbst oder ihre Eltern zu Hause gekannt haben.«

Désirée und ihr Mann, Barry Weston, hatten sich in einem abgelegenen Teil der Kolonie niedergelassen. Sybil hatte von Weston gehört, ohne freilich zu wissen, daß er mit Désirée verheiratet war. Er war als unternehmungslustiger Plantagenbesitzer bekannt. Ein paar Jahre zuvor war er auf die Idee gekommen, Passionsfruchtsaft herzustellen; er hatte eine Plantage angelegt und eine Fabrik gebaut. Das Geschäft florierte inzwischen. Barry Weston schrieb auch Gedichte, er hatte einen Band mit dem Titel *Gedanken an die Heimat* veröffentlicht und in der Kolonie damit großen Erfolg gehabt. Seine erste Frau war an Schwarzwasserfieber gestorben. Bei einem seiner Aufenthalte in England hatte er Désirée, die zwölf Jahre jünger war als er, kennengelernt und geheiratet.

»Du mußt uns wirklich mal besuchen«, sagte Désirée zu Sybil, und Ariadne erklärte sie erneut: »Wir sind auf dieselbe Grundschule gegangen.« Und dann rief sie: »Ach, Sybil, erinnerst du dich noch an Trotzki? Weißt du noch, wie wir

Minnie Mouse getriezt haben? Nie werde ich den Tag vergessen, an dem wir...«

An Sybils Schule standen Ferien bevor, und Ariadne wollte in dieser Zeit ihren Mann in Kairo besuchen. Sybil sagte einem Besuch bei den Westons zu. Als Désirée, in wunderschönes Leinen gekleidet, gegangen war, meinte Ariadne: »Ich bin ja so froh, daß du sie besuchen wirst. Bei dem Gedanken, du bist hier ganz allein in den nächsten Wochen, war mir nicht sehr wohl.«

»Weißt du«, sagte Sybil, »ich werde sie wahrscheinlich doch nicht besuchen. Ich werde mich herausreden.«

»Aber warum denn? Ach, Sybil, es ist so schön dort, du wirst es bestimmt toll finden! Er ist auch ein Dichter.« Sybil spürte Wut in sich aufsteigen, konnte schon hören, wie Ariadne ihren Freundinnen erzählte »Mit Sybil stimmt was nicht. Man kennt einen Menschen erst, wenn man mit ihm lebt. Sybil sagt etwas, und in der nächsten Minute... Vielleicht hat sie sexuelle Probleme... sonderbar...«

Zu Hause, dachte Sybil, wäre es nicht so ein Schandfleck. Ihr letzter Antrag auf Erteilung einer Reiseerlaubnis nach England war kürzlich abgelehnt worden. Die Umwelt mokierte sich über ihre Anfälligkeit. »Ich werde mich wohl erkälten«, sagte sie fröstelnd.

»Leg dich sofort ins Bett!« Ariadne rief nach dem schwarzen Elijah und bat ihn, einen Zitronensaft zu bereiten. Die Erkältung kam indes nicht zustande.

Mit Grippe kehrte sie jedoch von ihrem ersten Besuch bei den Westons zurück. Ihr Ford V8, Baujahr 1936, war unterwegs stehengeblieben, und sie hatte drei Stunden in der Kälte warten müssen, ehe ein anderes Auto auftauchte.

»Sie müssen sich ein anständiges Auto zulegen«, sagte die Apothekersfrau, die gekommen war, sie zu trösten. »Diese alten Mühlen taugen einfach nicht für die Straßen hier.«

Sybil schwieg und fröstelte. In den nächsten Ferien fuhr sie trotzdem wieder zu den Westons.

Désirées Einladungen waren dringlich, ja flehentlich fast. Ein ums andere Mal machte Sybil sich gehorsam auf den Weg. Die Westons waren ein Magnetfeld.

Ihr Empfang dort hatte schon etwas Routinemäßiges. Der elegante Korbstuhl wurde für sie auf der Veranda an immer derselben Stelle aufgestellt. Dieselben Kissen, so schien es, lagen stets in exakt derselben Weise übereinander.

»Was willst du trinken, Sybil? Sitzt du bequem, Sybil? Du wirst dich richtig wohl fühlen bei uns, Sybil!« Ich bin ihr kleines Waisenkind, dachte sie. Sie saß mit einer Sonnenbrille da und betrachtete das Paar. »Wir haben uns – nicht wahr, Barry? – eine Überraschung für dich ausgedacht, Sybil.« – »Wir haben – nicht wahr, Désirée? – einen wunderbaren Ausflug geplant... eine Krokodiljagd... Flußpferde...«

Sybil nippt an ihrem Gin mit Limonensaft. Ihr gegenüber auf dem Korbsofa sitzen Désirée und ihr Mann, nebeneinander. Sie schauen Sybil freundlich an. »Setz deine Sonnenbrille ab, Sybil, die Sonne ist doch fast schon verschwunden!« Sybil setzt sie ab. Das Paar hält Händchen, gibt sich Küßchen, und dann ist es, unerhörterweise, in eine lange, erotische Umarmung verstrickt, in deren Verlauf Barry ein-, zweimal Sybil einen verstohlenen Blick zuwirft. Barry löst sich und sitzt da, den Arm um seine Frau gelegt. Sie schmiegt sich an ihn. Weshalb dieses Theater, denkt Sybil. »Sybil ist schockiert«, sagt Barry. Sie nippt an ihrem Drink und überlegt, daß eine öffentliche Darbietung zwischen Mann und Frau irgendwie anstößiger ist als der Anblick von Liebespaaren in Parkanlagen und Hausfluren. »Wir lieben uns sehr«, sagt Barry, seine Frau an sich drückend. Und Sybil fragt sich, was an ihrer Ehe wohl nicht stimmt, da ganz offensichtlich etwas nicht stimmt. Das Paar küßt sich abermals. Träume ich? fragt Sybil sich.

Schon bei ihrem ersten Besuch hatte Sybil deutlich gespürt, daß in der Ehe der Westons irgend etwas nicht stimmte. Sie empfand sich zunächst als neutrale Beobachterin und war sogar amüsiert, als sie feststellte, daß sie gewissermaßen als Sühneopfer ausersehen war. Ihr fiel auf, daß diese Liebesszenen nicht stattfanden, wenn andere Gäste anwesend waren. Die Westons neigten vielmehr dazu, Sybil dann vor den Freunden zu brüskieren. »Arme kleine Sybil, sie lebt ganz allein und ist Lehrerin und hat nicht viel Freunde. Sie kommt uns besuchen, so oft sie nur kann.« Die Leute schauten Sybil dann unsicher an und lächelten. »Aber Sie haben doch bestimmt haufenweise Freunde«, sagten sie höflich. Sybil erkannte, daß sie den Unmut der Westons auf sich lenkte, ihnen aber trotzdem unentbehrlich war.

Ariadne kam aus Kairo zurück. »Du siehst immer so erledigt aus, wenn du bei den Westons gewesen bist«, sagte sie schließlich. »Es liegt wohl an den langen Parties und an dem vielen Alkohol.«

»Vermutlich.«

Désirée schrieb andauernd. »Bitte komm! Barry braucht Dich! Er braucht Deinen Rat bei ein paar Sonetten.« Sybil zerriß diese Briefe sofort, fuhr aber meistens hin. Nicht, weil ihr Unbehagen für das Wohlergehen der Westons notwendig war, sondern weil es irgendwie notwendig war für ihr eigenes Wohlergehen. Die Besuche bei den Westons linderten ihre Schuldgefühle.

Meine Anomalie muß ihnen doch auffallen, dachte sie. Wie hatten sie es erraten können. Sie war immer vorsichtig, wenn Fragen nach ihrem Privatleben gestellt wurden. Aber noch die größten Geheimnisse haben eine Art, sich einem gereizt-wachsamen Gegenüber unmerklich mitzuteilen. Ich glaube wirklich, dachte sie, daß Herz zum Herzen spricht und daß Dunkles nach Dunklem ruft. Aber selten in klarer Sprache. Hier liegt ein Mißverständnis vor. Sie glauben, ihre Demonstrationen erotischer Glückseligkeit quälen meine frigide Seele, und insoweit haben sie recht. Aber der Grund für meinen Schmerz ist nicht Neid. Es ist eigentlich Langeweile.

Ihr Ford V8 klapperte über das Land. Wie langweilig,

dachte sie, wird ihre Demonstration ehelichen Glücks sein! Wie sehr werden sie vergnügt sein und sich freuen! Diese Gedanken trösteten sie, waren ein Opfer für die Götter.

»Sitzt du bequem, Sybil?«

Sie nippte von ihrem Glas. »Ja, danke.«

Sein Kosename für Désirée war Liebchen. »Küß mich, Liebchen!« sagte er.

»Ach, Baddy!« seufzte seine Frau und kuschelte sich an Barry, zu Sybil hinüberschielend.

»Wirklich, Sybil«, sagte Barry, seine Haare glättend, »du solltest wieder heiraten. Dir entgeht so viel!«

»Ja, Sybil«, sagte Désirée, »du solltest entweder heiraten oder in ein Kloster eintreten, entweder oder.«

»Ich verstehe gar nicht«, entgegnete Sybil, »warum ich in eine säuberliche Kategorie passen sollte.«

»Tja, du bist weder das eine noch das andere – stimmt's, mein Schnuckelputz?«

Schon wahr, dachte Sybil, und deswegen bin ich ja auch aufgebahrt auf dem Altar der Langeweile.

»Oder leg dir einen Freund zu«, sagte Désirée. »Es würde dir guttun.«

»Du läßt deine besten Jahre ungenutzt verstreichen«, sagte Barry.

»Sitzt du bequem dort, Sybil? Wir möchten, daß es dir gutgeht bei uns. Du kannst jederzeit einen Freund mitbringen, wir sind da tolerant – nicht wahr, Baddy?«

»Küß mich, Liebchen«, sagte er.

Désirée nahm sein Taschentuch und rieb den Lippenstift von seinem Mund. Er drehte den Kopf weg und sagte zu Sybil: »Gib mir dein Glas!«

Désirée betrachtete ihr Spiegelbild in den Fensterscheiben der Verandatüren und sagte: »Sybil ist zu intellektuell, das ist ihr Problem.« Sie strich sich übers Haar und betrachtete Sybil mit alter, kindischer Feindseligkeit.

Nach dem Dinner pflegte Barry aus seinen Gedichten

vorzulesen. Meistens sagte er: »Heute abend werde ich nicht egoistisch sein. Ich werde nicht aus meinen Gedichten vorlesen.« Désirée rief dann meistens: »Ach doch, Barry, bitte!« Und am Ende las er dann doch immer. »Fabelhaft, wunderbar«, lauteten Désirées Kommentare. Am dritten Abend verlor sich die Faszination des Lächerlichen für Sybil, und sie wurde von Langeweile erfüllt, bis zum Platzen fast, wie ein Luftballon von Gas. Um sich von dem Druck zu befreien, gab sie hin und wieder tiefe Seufzer von sich. Barry war zu sehr in seiner eigenen Stimme gefangen, um das zu hören, doch Désirée entging nichts. Anfangs kleidete Sybil ihre Bemerkungen in taktvolle Worte. »Ich finde, du solltest mehr Zeit auf deine Gedichte verwenden«, sagte sie. Und da er verwirrt aussah, fügte sie hinzu: »Das bist du der Dichtung schuldig, wenn du dichtest!«

»Unsinn«, sagte Désirée, »oft schreibt er schon morgens vor dem Rasieren ein wunderbares Sonett!«

»Vielleicht hat Sybil ja recht«, entgegnete Barry. »Ich schulde der Lyrik all die Zeit, die ich ihr geben kann.«

»Bist du müde, Sybil?« fragte Désirée. »Warum seufzt du so? Geht es dir nicht gut?«

Später gab Sybil den Kampf auf und sagte matt »Sehr schön!« oder »Hübscher Rhythmus!« nach jedem Gedicht. Und selbst die Schuldgefühle, die sie hatte, weil sie Désirée ihr ständiges »wunderbar... wunderbar« nachsah, wogen weniger schwer als die, die sie empfand, weil sie sich seelisch isolierte. Sie wußte damals noch nicht, daß der Preis für das Geltenlassen von falschen Ansichten in dem allmählichen Verlust der eigenen Fähigkeit besteht, richtige Ansichten zu bilden.

Nicht jeden Morgen, aber mindestens zweimal während eines jeden Besuches wachte Sybil von lautem Streit auf. Das Kindermädchen, das ihr die morgendliche Tasse Tee ans Bett brachte, machte große Augen und schlich sich wieder davon. Sybil pflegte dann ein Bad zu nehmen und dabei tüchtig herumzuplanschen, um den Lärm der Auseinandersetzung zu übertönen. Im Erdgeschoß füllte der Kampf der Stimmen alle Zimmer und Korridore. Am schlimmsten war es, wenn das Klirren von zerschlagenem Glas durch das Gewitter drang, und dann wußte Sybil, daß Barry auf Désirées Schminktisch losging. Und jedesmal fragte sie sich, wie Désirée es schaffte, ihre Kristallschalen zu ersetzen, da derartige Dinge inzwischen eine Seltenheit waren, und warum sie sich überhaupt diese Mühe machte. Sybil sah dann immer die beiden Mädchen aus Barrys erster Ehe nebeneinander auf dem Rasen stehen und ungeniert zum Schlafzimmerfenster hochgucken. Das Kindermädchen machte dann gewöhnlich mit Désirées Baby einen langen Spaziergang, und Sybil pflegte an diesen Vormittagen ebenfalls zu verschwinden.

Als dies das erste Mal passierte, meinte Désirée zu ihr: »Ich fürchte, du verunsicherst Barry.«

»Was willst du damit sagen?« rief Sybil.

Désirée tupfte sich die feuchten Augen ab und schneuzte sich. »Na ja, es leuchtet doch ein, Sybil, du willst, daß Barry sich für dich interessiert. Er ist ja auch bloß ein Mann. Ich weiß, du tust es unbewußt, aber...«

»Das ist ja nicht zum Aushalten! Ich werde sofort abreisen«, sagte Sybil.

»Nein, Sybil, nein. Stell dich nicht so an! Barry braucht dich, du bist der einzige Mensch in der Kolonie, der mit ihm über seine Gedichte wirklich reden kann.«

»Hör zu«, sagte Sybil bei diesem ersten Mal, »ich bin an deinem Mann kein bißchen interessiert. Ich finde, er ist in jeder Hinsicht drittklassig. Das ist meine Meinung.«

Désirée schaute sie blindwütig an. »Barry«, schrie sie, »hat in acht Jahren mit den Passionsfrüchten ein Vermögen gemacht. Er hat auf eigene Initiative viertausend Exemplare von seinen Gedanken an die Heimat verkauft!«

Es war wie ein Spiel für drei Personen. Nach den Spielregeln hatte sie unbewußt in Barry verliebt zu sein und beim Anblick von Désirées Eheglück Qualen zu erleiden. Sie kam sich in diesem Moment zu alt vor, um mitzuspielen.

Barry trat in ihr Zimmer, während sie beim Packen war. »Geh nicht fort!« sagte er. »Wir brauchen dich. Schließlich sind wir doch auch bloß Menschen. Was ist schon ein Streit? Diese Kräche gibt es in den besten Ehen. Und ich habe keinen blassen Schimmer, wie alles angefangen hat.«

»Was für ein schönes Haus! Was für ein großartiger Besitz!« rief Sybils Gastgeberin.

»Ja«, sagte Sybil, »es war der größte in der ganzen Kolonie.«

»Waren die Eigentümer furchtbar vornehm?«

»Nun ja, sie waren natürlich reich.«

»Das sehe ich. Was für ein wunderschönes Interieur! Ich schwärme für diese alten Petroleumlampen. Es gab wohl keinen Strom dort?«

»Doch, es gab elektrisches Licht in allen Zimmern. Aber im Eßzimmer wollten meine Freunde lieber eine Petroleumlampe haben. Es war ja eine Kopie eines alten niederländischen Hauses.«

»Wirklich reizend.«

Die Rolle war zu Ende, das Licht ging wieder an, und jedermann setzte sich etwas anders hin.

»Was waren das für große rote Blumen?« fragte die ältere Dame.

»Flamboyants.«

»Herrlich«, sagte die Gastgeberin. »Vermißt du die Farben nicht, Sybil?«

»Nein, eigentlich nicht. Mir war es zuviel.«

»Die leuchtenden Farben haben Ihnen nicht gefallen?« fragte der junge Mann, sich nach vorne lehnend.

Sybil lächelte ihm zu.

»Mir gefiel die Szene, wo diese kleinen Eidechsen zwischen

den Steinen gespielt haben. Das war eine hervorragende Aufnahme«, sagte der Gastgeber, der jetzt die letzte Rolle einlegte.

»Diesen gutaussehenden blonden Menschen fand ich wirklich sympathisch«, meinte die Gastgeberin, als sei darüber debattiert worden. »War er der Plantagenbesitzer?«

»Er war der Verwalter«, erklärte Sybil.

»Ach richtig, das sagtest du bereits. Er war in eine Schießerei verwickelt, nicht?«

»Ja, es war eine dumme Sache.«

»Der arme Kerl! Dieses Fleckchen Erde hört sich ja sehr gefährlich an. Ich glaube, die Sonne und alles...«

»Für einige war es tatsächlich gefährlich. Es kam halt darauf an.«

»Die Schwarzen sehen doch aber ganz glücklich aus. Hattet ihr damals Schwierigkeiten mit ihnen?«

»Nein«, sagte Sybil, »nur mit den Weißen.«

Alles lachte.

»Fertig«, rief der Gastgeber. »Licht aus, bitte!«

Sybil erkannte bald den wahren Grund für die Auseinandersetzungen zwischen den Westons. Er unterschied sich von ihren Erklärungen: Sie liebten einander so sehr, sagten sie, seien so eifersüchtig auf die Beziehungen des Partners zum anderen Geschlecht.

»Barry war wütend«, sagte Désirée eines Tages, »– nicht wahr, Barry? –, weil ich Carter angelächelt habe, einfach nur angelächelt habe.«

»Ich werde Carter zur Rede stellen«, murmelte Barry. »Er treibt sich andauernd in Désirées Nähe rum.«

David Carter war der Verwalter. Törichterweise sagte Sybil einmal: »Aber David würde bestimmt nicht...«

»Ach nein?« sagte Désirée.

»Ach nein?« sagte Barry.

Den wahren Grund für ihre Auseinandersetzungen haben

sie womöglich selber nicht gekannt. Diese ereigneten sich immer dann, wenn Barry morgens beschloß, im Bett zu bleiben und Gedichte zu schreiben. Désirée, der viel daran lag, daß das Geschäft mit dem Passionsfruchtsaft expandierte, wünschte sich, er solle jeden Morgen um acht in seinem Büro sitzen, zu einer Zeit, da alle anderen tüchtigen Geschäftsleute in der Kolonie ebenfalls bei der Arbeit waren. Indes, Barry sprach mehr und mehr davon, sich zurückzuziehen und sich ganz dem Schreiben von Gedichten zu widmen. Wenn er, den Stift in der Hand, im Bett lag und über eine Verszeile nachsann, schmollte Désirée regelmäßig und knallte mit den Türen. Das ganze Haus wußte, daß ein Krach bevorstand. »Ruhe! Siehst du nicht, daß ich nachdenken will?« brüllte er. Und sie: »Ich schlage vor, du gehst in die Bibliothek, wenn du schreiben willst!« Offensichtlich waren ihre Habgier und seine Eitelkeit, die sich da wutentbrannt gegenüberstanden, so schrecklich, daß sie lieber die Augen davor verschlossen. Statt dessen flogen zwischen ihnen die Namen von David Carter und Sybil hin und her, was sie tröstete, weil es den Mythos ihrer gegenseitigen Anziehungskraft beschwor und bestärkte.

»Carter im Garten schöne Augen machen! Glaub ja nicht, ich hätte es nicht gesehen!«

»Carter? Komisch! Ich kann mich von Carter mühelos abgrenzen. Aber wo wir schon mal beim Thema sind – wie steht's denn mit dir und Sybil? Du hast gestern abend, nachdem ich zu Bett gegangen war, noch lange mit ihr herumgesessen.«

Manchmal zerschlug er die Kristallschalen nicht nur, er warf sie durchs Fenster.

Am Nachmittag würde Barry, erschöpft, dann erklären: »Désirée war verstimmt – nicht wahr, Désirée? –, und zwar wegen dir, Sybil. Ist ja verständlich. Wir sollten abends nicht so lange plaudern, wenn Désirée schon zu Bett gegangen ist. Auf deine Weise bist du ein kleiner Teufel, Sybil!«

»Tja, genauso ist es«, sagte Sybil verbindlich.

Das Spiel langweilte sie allmählich. Wenn Barrys Stimme sich abends erhob, sonor und bedeutungsschwer, wie es sich bei einem geheiligten Gegenstand ziemt, dann empfand sie sich nicht länger als neutrale Beobachterin. Sie war des Spiels überdrüssig geworden, weil sie inzwischen mehr als nur formell beteiligt war. Sie fand die Westons nicht mehr langweilig, sie begann, sie zu hassen.

»Mir ist unbegreiflich«, sagte Barry, »warum meine Gedichte in England nicht zur Kenntnis genommen werden. Ich habe hier unten von dem Buch über viertausend Exemplare verkauft. Alle Zeitungen hier haben Artikel über mich gebracht. Erinnere mich daran, sie dir mal zu zeigen. In London bekomme ich keine einzige Meldung. Wenn ich einer Zeitschrift ein Gedicht schicke, kriege ich nicht mal eine Antwort!«

»Es ist Krieg dort«, sagte Sybil.

»Trotzdem drucken sie Gedichte. Was sie Gedichte nennen. Absoluter Quatsch, durch die Bank. Völlig unverständliches Zeug.«

»Deine Sachen sind zu gut für sie«, sagte Sybil. Auf ein feines Ohr hätte ihre Stimme wie eine Stecknadel gewirkt, die in ein Wachsbildnis gestochen wird.

»Unter uns gesagt: das stimmt«, sagte Barry. »Ich selbst sollte das ja nicht sagen, aber das ist die Antwort.«

Barry war übergewichtig, breit und dunkel. Im Gesicht hatte er Falten wie einer, der von Sorgen oder Magenschmerzen geplagt wird. David Carter, der kühl und blond durch das Haus ging, war allemal eine Abwechslung.

»England ist erledigt«, rief Barry, »es ist verkommen.«

»Dann verstehe ich nicht«, sagte Sybil, »warum du so heiter über die englischen Städte und Dörfer schreibst.« Aber Sybil! dachte sie, Geschäft ist Geschäft, und nostalgische Englandszenen sind genau das, was die Siedler haben wollen.

Dieser Besuch muß der letzte sein. Ich werde nie mehr herkommen.

»Ach«, sagte Barry, »das ist das England meiner Erinnerung. Die gute alte Heimat. Aber jetzt ist sie leider verkommen. Nach dem Krieg wird England nur noch ein...«

Désirée pflegte das Hauspersonal allmorgendlich im Salon antreten zu lassen, um dort die jeweiligen Arbeiten für den Tag zu verteilen. »Ich halte viel von häuslicher Ordnung«, sagte Désirée, deren Eltern ein Hotel besaßen. Sybil fragte sich, wie sie auf die Idee gekommen sein mochte, sämtliche Domestiken morgens um sich zu scharen. Vielleicht erinnerte sie sich an eine Art Gebetsversammlung ihrer Ahnen, oder womöglich war es eine Gepflogenheit im elterlichen Hotel, die sie dazu brachte, »das Personal zusammenzurufen« und den Leuten Instruktionen zu erteilen, die ihre Auffassungsgabe weit überstiegen. Diese halbdomestizierten Bauern standen unbeholfen, barfüßig und geschorenen Hauptes auf Désirées Teppich. In Pidgin-Englisch, das sie zum größten Teil nicht verstanden, wurde ihnen verkündet, welche Aufgaben jeder einzelne hatte. Nur Sybil und David Carter wußten, daß der Name, den Désirée bei den Eingeborenen hatte, übersetzt »schlechtes Huhn« hieß. Désirée beklagte sich oft über ihre Einfalt, doch an diesem morgendlichen Palaver hatte sie genausoviel Spaß wie Barry an seinen Gedichten.

»Carter schreibt auch Gedichte«, sagte Barry eines Tages und lachte.

Désirée kreischte auf: »Gedichte! Barry, dieses Zeug kann man doch nicht als Gedichte bezeichnen!«

»Es ist furchtbar«, sagte Barry, »aber der Ärmste weiß es ja nicht.«

»Ich würde sie gern einmal sehen«, sagte Sybil.

»Du bist doch nicht etwa an Carter interessiert, Sybil?« rief Désirée.

»Wie meinst du das?«

»Ich meine: persönlich.«

»Na ja, ich finde, er ist in Ordnung.«

»Sei ehrlich, Sybil«, sagte Barry. Sybil fühlte sich außerordentlich irritiert. Bei anderen forderte er so oft Ehrlichkeit, als habe er ein Recht dazu, war in bezug auf sich selbst aber so unehrlich. »Sei mal ehrlich, Sybil – du bist hinter Carter her.«

»Er sieht gut aus«, sagte Sybil.

»Du hast keine Chance«, sagte Barry. »Er ist ganz versessen auf Désirée. Und überhaupt, Sybil, so ein Junger ist ja wohl nichts für dich!«

»Du brauchst einen reifen Mann in guter Stellung«, sagte Désirée. »Das Leben, das du führst, ist unnatürlich für eine Frau. Mir ist aufgefallen«, sagte sie, »daß ihr beiden, du und Carter, draußen auf der Plantage vertraulich miteinander umgeht.«

Gegen Ende ihres Besuches holte David Carter seine Gedichte und gab sie Sybil zu lesen. Sie fand sie interessant, aber ungelenk. Das sagte sie ihm auch und war enttäuscht, daß er ihre Worte nicht als zumutbare Kritik gelten lassen konnte. Er war sehr wütend. »Natürlich sind deine Gedichte viel besser als Barrys«, sagte sie, was David allerdings nicht besänftigte. Später, als sie sich mit ihm in der Stadt traf, in der sie wohnte, begann sie, seine Gedichte zu loben und sich einzureden, er sei einigermaßen begabt.

Sie traf sich mit ihm, wann immer er kommen konnte. Auf Désirées drängende Einladungen reagierte sie mit Ausflüchten. Sybil und David waren aus unterschiedlichen Gründen daran interessiert, ihre Treffen vor den Westons zu verheimlichen. Sybil wollte nicht, daß aus dieser Affäre ein Mythos gemacht und über sie geredet würde. Und David hing an seinem Job in der florierenden Passionsfruchtfabrik. Er hatte Sybil von seiner stillen Hoffnung erzählt, eines Tages den gesamten Betrieb zu besitzen. Vielleicht würde er ihn Barry sogar abkaufen können. »Ich verstehe mehr davon als er. Er beschäftigt sich immer mehr mit seinen Gedichten und kümmert sich kaum noch um den Betrieb. Ich warte einfach ab.« Er ist, sagte Sybil zu sich selbst, als sie das hörte, also doch ein wahrer Poet.

David erzählte, daß die Streitereien zwischen Désirée und Barry immer gewalttätiger wurden und daß die Aussicht, Barry könne sich aus dem Geschäft zurückziehen und sich nur noch seiner Dichtung widmen, Désirée beunruhige. »Warum kommst Du nicht«, schrieb Désirée, »und sprichst mit Barry über seine Gedichte? Warum kommst Du uns nicht mehr besuchen? Was haben wir getan? Arme Sybil, mutterseelenallein auf der Welt, Du solltest heiraten. David Carter hängt an meinen Rockzipfeln, es ist furchtbar peinlich, Du weißt ja, wie wütend Barry wird. Na, das ist wohl der Preis, den man für einen treuen Ehemann zu zahlen hat.« Vielleicht, dachte Sybil, ahnt sie, daß David mein Liebhaber ist.

Eines Tages lag sie mit Grippe im Bett. Ganz unerwartet tauchte David auf und sprach von Heiraten. Seine kräftigen Hände umklammerten Sybil. Sie allein, rief er, könne seine Ambitionen verstehen, seine Kunst, seine Person. Ein, zwei Jahre noch, und sie würden gemeinsam die Passionsfruchtplantage übernehmen können.

»Pssst, Ariadne wird uns hören!« Ariadne war allerdings ausgegangen. David sah sie ein wenig wirr an. »Wir müssen heiraten«, sagte er.

Aus Sybils Sicht war die Affäre mit David Carter vorbei, noch ehe sie recht angefangen hatte. Für sie war es eine heldenhafte Tat gewesen, auf die sie sich nur widerstrebend eingelassen hatte. Für kurze Zeit hatte es sie aber von dem Vorwurf der Geschlechtslosigkeit befreit.

»Ich warte auf eine Antwort.« Seine Stimme klang, als ahnte er die Antwort schon.

»Ach, David, ich wollte dir gerade schreiben. Wir müssen mit dieser Geschichte wirklich aufhören. Und was das Heiraten angeht – also, ich bin dafür überhaupt nicht geeignet.«

Er beugte sich über ihr Bett und packte sie. »Du wirst dich

anstecken«, sagte sie. »Ich werd's mir überlegen«, meinte sie, um ihn loszuwerden.

Nachdem er gegangen war, schrieb sie den Brief und trank dabei Zitronensaft gegen ihr Halsweh. Sie bemerkte, daß er sechs Flaschen Weston-Passionsfruchtsaft für sie mitgebracht und auf der Veranda stehengelassen hatte. Er wird über diese Sache bald hinwegkommen, dachte sie, er hat ja noch immer diese fixe Idee mit dem Fruchtsaftgeschäft.

Doch als Antwort auf ihren Brief verschaffte er sich gewaltsam Zutritt ins Haus. Sybil war erschrocken. Keiner ihrer früheren Liebhaber war derart hartnäckig gewesen.

»Es ist deine Pflicht, mich zu heiraten.«

»Ach ja? Und was dann?«

»Es ist deine Pflicht mir als Mann und Dichter gegenüber.« Seine Augen gefielen ihr nicht.

»Als Dichter«, sagte sie, »bist du drittklassig.« Sie empfand Erleichterung, als sie sich diese Worte sagen hörte.

Auf komisch-melodramatische Art erstarrte er und sah mit seinem goldenen Haar und dem Tropenanzug wie der typische Siedler aus.

»David Carter«, schrieb Désirée, »hat sich dem Alkohol ergeben. Ich finde, er spinnt. Bloß weil ich ihn nicht erhöre. Ist das nicht albern? Der Besitz wird zugrunde gehen, wenn Barry ihn nicht rausschmeißt. Barry hat ihm einen Monat Urlaub gegeben, aber wenn es dann nicht besser geworden ist, werden wir uns jemand anders suchen müssen. Wann kommst Du mal? Barry muß unbedingt mit Dir reden!«

In der darauffolgenden Woche machte Sybil, getrieben von ihrer alten Selbstverachtung, sich auf den Weg. Sie fuhr ihren Ford V8 gegen den Strom der Freude, wie unter dem Zwang, für ihre abnorme Natur durch den Kontakt zu den Westons und deren Sexualität zu büßen, obwohl sie wußte, daß es sie langweilen würde.

Kaum war sie angekommen, da stürzten sie schon über sie her.

57

»Hast du noch immer keinen Mann gefunden?« rief Barry.

»Wie wär's mal mit einer Affäre«, meinte Désirée. »Wir sagen immer – nicht wahr, Barry? –, du solltest es wirklich mal mit einer Affäre probieren. Es würde dir guttun. Es ist nicht gesund, so wie du lebst! Deshalb bekommst du so oft Grippe! Ist alles psychologisch.«

»Komm heraus auf den Rasen«, hatte Barry bei ihrer Ankunft gesagt, »wir haben die Kamera aufgebaut. Komm, laß dich filmen!«

Désirée sagte: »Carter ist heute morgen zurückgekommen.«

»Ach, er ist hier? Ich dachte, er sei für einen Monat verreist.«

»Das haben wir auch gedacht. Aber heute morgen ist er wieder aufgekreuzt.«

»Er ist niedergeschlagen«, sagte Barry, »wegen Désirée. Sie spielt ihm übel mit.«

»Er ist ein Fall für die Klapsmühle«, sagte Désirée.

»Diese gestreifte Markise gefällt mir gut«, sagte Sybils Gastgeberin. »Sie gibt der ganzen Szene etwas Elegantes. Wie unbeschwert alle aussehen, nicht wahr, Ted?«

»Der Bursche sieht aber elend aus«, meinte Ted. Das bezog sich auf David Carter, der gerade im Bild erschienen war.

Alles lachte, denn David sah überaus grimmig aus.

»Man hat ihn in einem ungünstigen Augenblick erwischt«, sagte die Gastgeberin. »Ach, da ist ja Sybil. Ich finde, eben hast du ein bißchen traurig ausgesehen, Sybil. Dort ist dieses andere Mädchen wieder und der schöne Hund.«

»War das ein *typischer* Nachmittag in der Kolonie?« wollte der junge Mann wissen.

»Teils, teils«, sagte Sybil.

Immer wenn die Kamera aufgebaut war, veränderte sich das Leben bei den Westons. Jeder, einschließlich der Kinder, hatte richtig glücklich auszusehen. Die schwarzen Bediensteten im Sonntagsstaat mußten im Hintergrund Aufstellung nehmen. Gelegentlich mußten alle, auf Barrys Kommando, mit den Kindern einen Kreis bilden und tanzen, und die Eingeborenen mußten den Rhythmus klatschen.

Oder er ließ, wie beim letzten Mal, die Szene »Ein Leben in Luxus« spielen. Der Küchenboy, der mit der Kamera umgehen konnte, wurde an der entsprechenden Stelle plaziert.

»Fertig«, rief Barry dem Boy zu, »Film ab!«

Désirée trat heraus, der Hund hintendrein.

»Schau etwas lebhafter drein, Barker!« rief Barry, und der Schäferhund sah lebhaft drein.

An diesem Spätnachmittag legte Barry den einen Arm um Désirée und hakte sich mit dem anderen bei Sybil ein und schlenderte mit ihnen entlang. Er plauderte liebenswürdig und nickte theatralisch mit dem Kopf. Er lachte affektiert und warf den Kopf dabei zurück. Eine Tonspur hätte freilich die folgenden Worte festgehalten: »Lachen, Sybil! Geh langsam! Tu so, als würde es dir Spaß machen! Du wirst dich später einmal sehen können und dich dann köstlich amüsieren!«

Sybil kicherte.

Just in diesem Moment konnte man sehen, wie David unten bei den Bäumen das kleine Boot festmachte. »Er muß über den See gekommen sein«, sagte Barry. »Ob er wohl wieder getrunken hat?«

Doch David ging keineswegs unsicher. Er wußte nicht, daß er, während er über den Rasen kam, gefilmt wurde. Einen Moment stand er da, Sybil anstarrend. Sie sagte: »Oh, hallo, David!« Er drehte sich um und ging ziellos weiter, direkt auf die Kamera zu.

»Halt mal kurz an!« rief Barry dem Küchenboy zu.

Der Boy gehorchte, und genau in diesem Augenblick erkannte David, daß er gefilmt wurde.

»Okay!« rief Barry, als David aus dem Bild verschwunden war, »mach weiter!«

Und dann sagte er zu Sybil: »Hast du noch immer keinen Mann gefunden...«, und Désirée sagte: »Wie wär's mal mit einer Affäre...«

»Wir haben Sybil unglücklich gemacht«, sagte Désirée.

»Och, ich bin recht glücklich.«

»Na, dann lächle in die Kamera!« sagte Barry.

Die Sonne ging jetzt rasch unter, die Kamera wurde eingepackt, und jedermann ging ins Haus, um sich umzuziehen. Sybil kam herunter, setzte sich auf die Terrasse, vor die geöffneten Verandatüren des Eßzimmers. Wenig später war Désirée im Zimmer hinter ihr und verstellte die Petroleumlampen, die einer der Boys zu hoch gezogen hatte. Désirée schaute durch das Fenster auf die Terrasse und sagte zu Sybil: »Dieser Benjamin ist ein Trottel! Ich muß morgen mal mit ihm reden. Er paßt einfach nicht auf mit diesen Lampen. Eines schönen Tages wird es hier wirklich mal einen Brand geben.«

Sybil sagte: »Ach, heutzutage sind wohl alle an Elektrizität gewöhnt...«

»Das ist es ja«, sagte Désirée und zog den Kopf wieder zurück.

Davids Anwesenheit versetzte Sybil in Unruhe. Sie fragte sich, ob er zum Abendessen kommen würde. Sie dachte daran, wie mürrisch er sie auf dem Rasen angeguckt hatte, und hielt es für möglich, daß er eine Szene machen würde. Aus dem Eßzimmer hinter ihr hörte sie ein schweres Atmen.

Sie sah sich um, doch in dem Moment war es schon passiert. Ein ohrenbetäubendes Krachen aus der Pistole, und Désirée sank zu Boden. Eine Bewegung an der Innentür, und David hielt sich die Waffe an den Kopf. Sybil schrie. Sie hörte Laufschritte oben. Die Pistole krachte ein zweites Mal, und Davids Körper fiel seitlich zu Boden.

Mit Barry und den Eingeborenen lief sie in das Eßzimmer. Désirée war tot. David lebte noch einen Moment, um die

Augen zu verdrehen, als er sah, wie Sybil sich von Désirées Körper erhob. Er weiß, durchfuhr es Sybil, daß er die falsche Frau erwischt hat.

»Ich begreife einfach nicht«, sagte Barry, als er Sybil ein paar Wochen später besuchte, »warum er es getan hat.«

»Er war verrückt«, sagte Sybil.

»So schlimm war's auch wieder nicht«, erwiderte Barry. »Und alle glauben natürlich, daß zwischen ihnen etwas war. Genau das finde ich ja so unerträglich.«

»Ja«, sagte Sybil. »Klar war er versessen auf Désirée! Du selbst hast es immer gesagt. Diese ewigen Streitereien zwischen euch... Du hast immer behauptet, auf David eifersüchtig zu sein.«

»Ach, weißt du«, sagte er, »eigentlich war ich es gar nicht. Es war eine Art, äh...«

»Theater«, sagte Sybil.

»Quasi. Es war ja nichts zwischen ihnen«, sagte er. »Und ehrlich, Carter war kein bißchen an Désirée interessiert. Aber die Frage ist: *warum* hat er es getan. Ich finde es unerträglich, daß die Leute denken...«

Sybil sah, daß der Schaden, den sein Stolz genommen hatte, schwerer wog als seine Trauer. Die Sonne ging unter, und Sybil stand auf, um das Licht auf der Veranda einzuschalten.

»Halt!« rief er. »Dreh dich mal um. Mein Gott, einen Moment hast du wirklich wie Désirée ausgesehen.«

»Du bist mit den Nerven fertig«, sagte sie und machte das Licht an.

»In gewisser Weise siehst du wirklich wie Désirée aus«, sagte er. »Bei gewissem Licht«, sagte er nachdenklich.

Ich muß etwas sagen, dachte Sybil, um diese Überlegung aus seinem Denken zu tilgen. Ich muß erreichen, daß er diesen Augenblick als etwas Unangenehmes verdrängt.

»Auf jeden Fall«, sagte sie, »hast du ja noch deine Gedichte.«

»Das ist ja das Gute«, sagte er, »das bleibt mir. Es bedeutet mir alles. Ein großer Trost. Ich werde den Besitz verkaufen und zur Armee gehen. Die Kinder werde ich auf eine Klosterschule schicken. Ich selbst werde nach Nordafrika gehen. Was wir brauchen, ist gute Kriegslyrik. Es gibt noch keine Kriegslyrik.«

»Zum Soldaten eignest du dich besser als zum Dichter«, sagte sie.

»Wie bitte?«

Sie wiederholte ihre Worte ziemlich langsam und mit einem Gefühl der Erleichterung, der Absolution fast. Die Zeit der Falschheit hatte einen Schorf gebildet, der sich bald ablösen würde. Für mich gibt es Gesundheit nur innerhalb der Ehrlichkeit, dachte sie.

»Du fandest meine Gedichte doch immer gut«, sagte er.

»Das habe ich gesagt«, erwiderte sie, »aber es war eine Art Spiel. Natürlich ist das nur meine Meinung, aber ich finde, du bist ein drittklassiger Dichter.«

»Du bist durcheinander, meine Liebe«, sagte er.

Er schickte ihr die vier Filmrollen von Kairo aus, einen Monat bevor er fiel. »Du wirst Dich in späteren Jahren mit Freude an die guten Zeiten erinnern, die wir gehabt haben«, schrieb er.

»Es war herrlich, wunderbar«, sagte ihre Gastgeberin. »Du hast dich kein bißchen verändert. *Fühlst* du dich anders?«

»Na ja, natürlich sehe ich jetzt alles anders.« Man lernt, sich zu akzeptieren.

»Hundert Meter seines früheren Lebens«, sagte der junge Mann, »wenn es meine wären, ich wäre bestimmt erschüttert. Ich würde ›Licht, Licht!‹ rufen, wie Hamlets Onkel.«

Sybil lächelte ihm zu. Er sah zurück, plötzlich ernst und wissend.

»Wie tragisch, daß diese Leute bei Schießereien umgekommen sind«, sagte die ältere Dame.

»Die letzte Rolle war am besten«, sagte die Gastgeberin. »Der Garten war himmlisch. Ich würde sie gern noch einmal sehen. Du auch, Ted?«

»Ja, mir haben diese Naturszenen gefallen. Ich glaube, mir ist da viel entgangen«, sagte ihr Mann.

»Hör ihn dir an – Naturszenen!«

»Na, diese Nahaufnahmen von tropischen Gewächsen.«

Alle wollten die letzte Rolle noch einmal sehen.

»Und du, Sybil?«

Bin ich eine Frau, dachte sie ruhig, oder ein intellektuelles Ungeheuer? Sie war diese Frage in ihrem Innern so sehr gewohnt, daß es keiner Antwort bedurfte. Sie sagte: »Ja, auch ich würde sie gern sehen. Es ist eine interessante Erfahrung.«

Das Theater namens Bemerkenswert

Kürzlich sagte ich zu meinem Freund Moon Biglow, daß ich ein paar Literaturleute in Hampstead besuchen wollte.

»Ach, Litterturleute«, sagte Moon – denn so spricht er.

»Ach, Hampstead!« rief Moon.

»Ja«, sagte ich. »Ich werde eine Erzählung vorlesen, die den Aufstieg meines Abstiegs schildert.«

Moon wurde etwas fahrig. Es ist seltsam, wie gut man bestimmte Menschen zu kennen glaubt, und dann tun sie etwas Komisches, und man bewegt sich wieder auf unbekanntem Terrain.

»Was ist los, Moon?« fragte ich ihn. Wir saßen in einer Milchbar und tranken Kaffee, oder was immer es wirklich war.

»Trink noch einen Kaffee«, schlug ich vor.

»Der Aufstieg deines Abstiegs«, murmelte Moon. »Hast du gesagt...«

»Ach«, ich unterbrach ihn schnell. »Es hat nichts mit dem Sündenfall zu tun. Ich meine, es ist bloß ein Ausdruck für meinen riskanten Vorstoß in jene Gefilde, von denen kein Reisender jemals zurückkehrt...«

»Dann kennst du also das Geheimnis?« rief Moon.

»Geheimnis?« sagte ich. »Da ist nichts Geheimnisvolles dran. Es erschließt sich mir ganz natürlich.«

»Reines Talent«, fügte ich bescheiden hinzu.

Ich überlegte, wie ich mich aus Moons Gesellschaft entfernen könnte. Seine Augen gefielen mir überhaupt nicht, aus irgendeinem Grund hatte er große Angst vor mir.

Moons Wille schien plötzlich zu erlahmen. Ich sagte, ich müsse aufbrechen.

»Geh noch nicht! Erzähl mir erst, wie du's rausbekommen hast!« Moon war jetzt recht sanft, ließ sich nichts anmerken.

»Was denn rausbekommen?« rief ich ungeduldig. »Hast du getrunken?«

»Entweder Tee oder Kaffee«, erwiderte Moon, in seine Tasse blickend, denn er war immer sehr ehrlich. Eines seiner Merkmale – er liebt die Wahrheit über alles.

»Der Aufstieg deines Abstiegs«, sagte er. »Ich muß sagen, als du das gerade erwähntest, dachte ich, jetzt ist es soweit, aber in ein, zwei Tagen werde ich schon darüber hinweggekommen sein. Sag mir bloß, wie...«

»Diese Formulierung«, sagte ich, »bezieht sich auf meinen absteigenden Aufstieg zu schwindelerregenden Höhen, so weit es die Literatur betrifft.«

»Ich *weiß*«, sagte Moon und fügte hinzu, nachdem ihm ein neuer Gedanke gekommen war: »Ich bilde mir ein, es zu wissen.«

Ich sagte: »Wovon redest du und warum betonst du jedes Wort?«

»Du sagst zuerst«, meinte Moon mißtrauisch, »wovon du redest!«

»Nichts da!« sagte ich dunkel, denn inzwischen interessierte mich, was in Moons Kopf vorging.

»Na gut«, sagte Moon, »es ist der Mond, stimmt's?«

»Ja«, antwortete ich, weil ich bei Lügen in der Kunst keine Skrupel habe.

Moon atmete tief ein, ein langer Zug aus unsichtbarer Nahrung, atmete dann wieder aus.

»Was sonst noch?« fragte er.

»Hampstead«, sagte ich, denn ich erinnerte mich wieder, daß dieses Wort alles ausgelöst hatte.

»Ach so«, sagte Moon. »Gut, ich werde dir jetzt die *wahre* Geschichte erzählen, denn, wer immer dir das Geheimnis verraten hat, ich wette zehn zu eins, er hat dir etwas Falsches erzählt. Die Wahrheit wirst du von mir erfahren.«

Bevor ich Ihnen Moon Biglows Geschichte erzähle, muß ich etwas zu ihm sagen. Er gehört zu der Sorte Freund, von dessen Familie und Lebensgeschichte man nichts weiß. Ich dachte immer, er käme aus Irland oder Chicago oder so – wegen des recht merkwürdigen Namens Moon Biglow. Moon muß um die Vierzig sein, und er bezeichnet sich als freien Journalisten, was wohl heißt, einen Artikel pro Monat. Merkwürdigerweise kann ich mich nicht mehr erinnern, wo ich Moon kennengelernt habe. Es muß wohl auf einer Party gewesen sein. Ich kenne ihn jetzt bestimmt schon zehn Jahre. Vormittags sehe ich ihn oft auf der Kensington High Street, klein und blond und braune Kleidung tragend. Sein Gesicht ist klein, aber seine Gesichtszüge sind groß, ein sympathisches Gesicht. Ich werde es wohl einige Zeit nicht sehen, denn Moon ist jetzt nicht mehr in London.

Um also auf die Geschichte zurückzukommen, die Moon Biglow mir erzählte, als ich wegen meines absteigenden Aufstiegs deprimiert war...

»Ich habe seinerzeit in Hampstead gewohnt«, sagte Moon, »das war gleich nach der Flut.«

»Gab es dort eine Flut?« fragte ich. »Wann denn?«

»*Die* Flut«, sagte er, »ich meine die Sintflut Noahs – die große Flut. Hör gut zu. Ich lüge nicht.«

»Unmittelbar nach der Sintflut wohnte ich in Hampstead. Damals sah es natürlich ganz anders dort aus, aber es gab da eine kleine Gemeinschaft freundlicher Menschen – natürlich lange, bevor die paläolithischen Wilden auftauchten. Noahs Sohn Ham war der Vater dieser Schar – von daher der Name Hampstead. Wir waren sechs«, sagte Moon, »zuerst sechs, später dann sieben. Wir waren ja völlig fremd dort, aber alle hießen uns auf das freundlichste willkommen.«

»Woher wart ihr denn gekommen?« fragte ich.

»Vom Mond«, sagte Moon. »Das weißt du doch. Unterbrich mich nicht mit unehrlichen Fragen. Wir kamen freiwillig, auf dem Abstieg unseres Aufstiegs, und wir ließen uns in Hampstead nieder, denn wir sahen, daß es nach der Sintflut der zivilisierteste Ort der Erde war. Es sah dort fast wie auf dem Mond aus, auch wenn sich der Mond inzwischen natürlich verändert hat, aber ich erinnere mich noch an den Mond in seinen besten Jahren. Es war herrlich, auf ihm zu leben. Trotzdem gingen wir weg und ließen uns in Hampstead nieder.

Das Schöne an den Leuten«, sagte Moon, »war ihr Feingefühl. Sie haben uns nie gefragt, warum wir gekommen sind, sie haben uns einfach akzeptiert.

Nach anderthalb Jahren, als das Eis gebrochen war, erzählten wir ihnen, warum wir auf die Erde gekommen waren. Wir baten den Hampsteader Bürgermeister und seine Frau, eine Versammlung in das Rathaus einzuberufen. Das war dort, wo heute das Keats-Haus steht. Ich schrieb meine Rede und lernte sie auswendig. Natürlich war ich damals ein besserer Redner als heutzutage. Ich erinnere mich noch an jedes Wort.

›Freunde, Brüder und Schwestern!‹ sagte ich, ›die sechs Brüder vom Mond entbieten Euch ihre Grüße und bitten um das Recht, vielmehr um die Ehre, zu Euren Herzen sprechen zu dürfen. Es wird, Brüder und Schwestern, Schwestern und Brüder, eine Zeit kommen, da diese Worte nicht mehr neu und erregend klingen werden. Und warum? Werden Eure Nachkommen, Generation auf Generation, einen brüderlichen Ruf an das Herz des Menschen ungerührt vernehmen? Nein. Warum also werden sie sich über eine Rede, wie ich sie heute abend halte, lustig machen? – Bei meiner Ehre als Seher, genau das werden sie nämlich tun. Sie werden meine Worte, Freunde, als leeres Gerede bezeichnen. Sie werden es als Geschwafel, Schmarren, Gewäsch und Quatsch bezeichnen.

Daß dies so sein wird, meine Brüder und Schwestern, liegt im Wesen dieser Erde, Eurer Heimat. Auf die Zyklen von Geburt, Heranwachsen, Verfall und Tod, die Ihr in dem tiefsinnigen Satz *Es ist alles vergänglich* zum Ausdruck gebracht habt, brauche ich nicht näher einzugehen. Es ist dasselbe, meine lieben Kinder, mit allen Äußerungen des Lebens, und wenn Ihr mir die Bemerkung erlaubt, ohne jene Sensibilität, jene unendliche Feinheit des Geistes, die ich in Euch spüre, verletzen zu wollen – Eure Sprache ist in einem beklagenswerten Zustand. Was Eure Kunst angeht, sie existiert nicht.

Schwestern, wir sind vom Mond hierher gekommen, um Euch die Sprache der Dichtung zu lehren. Brüder, wir sind in sozusagen künstlerischer Mission gekommen.«

Moon Biglow hielt inne und biß von dem Rosinenbrötchen ein großes Stück ab. Wie Sie sich vorstellen können, verwirrte mich seine Geschichte ein wenig. Wenn Sie Moon Biglow kennten, würden Sie die Aufrichtigkeit dieses Mannes nie bezweifeln. Auch die Art, wie er das Rosinenbrötchen aß, hatte etwas sehr Ehrliches. Sie wirkte ebenso unanfechtbar wie die Geschichte, die er erzählte. Ich wollte ihm natürlich Fragen stellen, dachte mir aber, daß dies ihn verärgern könnte. Ich behalf mir einstweilen mit der Erkenntnis, daß er entweder verrückt oder nicht verrückt war.

»Und was ist dann passiert?« fragte ich.

»Also«, sagte Moon, »ich beendete meine Rede, schüttelte die Hände der Männer, küßte alle Frauen und ging nach Hause zu Bett.«

Ich spürte, daß ich irgendwie Moons Gefühle verletzt hatte.

»Erzähl mir bitte, was dabei herausgekommen ist«, drängte ich ihn.

»Ich bin nicht verrückt«, sagte Moon, dann fuhr er mit seiner Erzählung fort.

»Um die Wahrheit zu sagen«, sagte Moon, »das ganze Volk von Hampstead war im Begriff, auszusterben, weil es mit seiner Freizeit einfach nichts anzufangen wußte. Sie hatten nur ein Hobby. Abends kamen sie im örtlichen Wohlfahrtszentrum zusammen und saßen bloß auf dem Boden und sangen. Das Lied ging so: Dum-dum Dah, Dum-dum Dah – immer wieder. Nichts anderes. Bloß Dum-dum Dah, den ganzen Abend lang, bis sie müde waren. Und es war jeden Abend dasselbe. Unter diesen Umständen mußte das Volk ja langsam aussterben.

Na ja, wir machten ihnen klar, daß wir etwa sehr Gutes anbieten könnten. Wir sagten, daß wir in Hampstead gern ein Theater errichten und gegen ein kleines Eintrittsgeld all-abendlich Vorstellungen geben würden. Wir wollten ›Das veränderliche Drama des Mondes‹ aufführen. Ich sagte zu ihnen: ›Habt Ihr ›Das veränderliche Drama des Mondes‹ erst einmal gehört und gesehen, dann werdet Ihr, meine Freunde, mit Eurem nationalen Klassiker, dem Unveränderlichen Dum-dum Dah nicht mehr zufrieden sein.‹ Ich fügte hinzu: ›Es ist ja keineswegs so, als hätten wir vom Mond nicht den allergrößten Respekt für die klassischen Traditionen. Aber Ihr werdet selbst festgestellt haben, daß das altehrwürdige Dum-dum Dah nicht mehr die Kraft hat, Euer Interesse am Leben wachzuhalten. Viele Eurer Jugendlichen sind an der Krankheit Langeweile gestorben. In den letzten zwei Jahren sind keine Kinder zur Welt gebracht worden.

Freunde‹, schloß ich, ›das Dum-dum Dah reicht nicht aus!‹

Wir hatten nur einen Widersacher – den jungen Johnnie Heath, Redaktionsassistent bei der *Dum-Dum Times*. Johnnie erfand die Parole ›Hampstead den Söhnen Hams‹ und brachte in der ganzen Stadt Plakate an, mit Losungen wie ›Nieder mit dem Mond‹ und ›Schützt unsere Frauen vor den Pseudo-Künstlern‹. Aber niemand beachtete ihn – alles war gespannt auf unser Projekt. Wir übernahmen das Wohl-fahrtszentrum und bauten es zu einem großen Theater aus. Zuerst nannten wir es das Mond-Theater, doch Johnnie Heath schickte sich an, gegen den Namen zu agitieren, und damit er Ruhe gab, nannten wir es einfach ›Das Theater‹.

Die Eröffnungsvorstellung war ein rauschender Erfolg. Ich

muß etwas zu dem ›Veränderlichen Drama des Mondes‹ sagen. Für die Künstler vom Mond gab es nur ein wirklich großes Thema, und das war die Geschichte, die unserem Theaterstück zugrunde lag. Zufälligerweise ist es eine wahre Geschichte. Von dem Gipfel eines hohen Mondberges war seinerzeit eine singende Stimme zu hören. Sie sang keine Worte, sondern bloß Melodien. Die Mondmenschen haben sich immer wieder gefragt, ob die Stimme einem Mann oder einer Frau gehörte. Es war schwer zu sagen. Von Zeit zu Zeit brach eine Expedition auf, um den Besitzer der Stimme zu lokalisieren. Der Weg zum singenden Berg war übersät mit tiefen, verdeckten Kratern. Aber einmal gab es ein junges Mädchen, Akrobatin und Sängerin von Beruf, das sich darin übte, die Stimme zu imitieren. Es gedachte nun, der Melodie die passenden Worte zu unterlegen, und machte sich auf die Reise zum Berg, weil sie herausfinden wollte, was den Sänger inspirierte. Falls es ihr gelänge, den Ursprung der Melodie zu erfahren, so würde sie wissen, welche Worte dazu passen würden.

Aufgrund seiner artistischen Fähigkeiten schaffte es dieses Mondmädchen, sich von Fels zu Fels schwingend, den Berg zu besteigen. Alle Menschen in jener Gegend des Mondes konnten hören, wie es, um sich während des Aufstiegs Mut zu machen, vor sich hin sang, denn es war ja Nacht. Es sang ein Lied über seine Reise, über die warmen, fremdartig duftenden Wälder und die silbrig glänzenden Mondseen. Als es dem Gipfel immer näher kam, verband sich seine Stimme mit der Stimme des singenden Berges wie zu einem Duett. Das Mädchen erreichte den Gipfel bei Morgendämmerung. Plötzlich verstummte es. Nur die Bergmelodie war jetzt zu hören. An jenem Tag warteten die Menschen ungeduldig auf ein Zeichen des Mondmädchens, aber es war nichts zu hören. Gegen Abend gab man das Mädchen als verschollen auf. Man schloß, daß es von der eifersüchtigen Bergstimme ermordet worden sei.

Doch dann, die Sonne war gerade untergegangen, hörte man

einen Schrei vom Berggipfel. Das Mädchen sang wieder, seine Stimme kämpfte gegen die Bergmelodie in einer Art verzweifeltem Dialog. Es war eine fremdartige Harmonie. Das Mondmädchen sang ein Lied, in dem es erzählte, wie es von der Bergstimme gefangengenommen worden war. Zu der Stimme gehöre kein Körper, sie umgebe es aber und halte es in einer wirbelnden Spirale von Klängen auf dem Gipfel fest. Das Mädchen vermochte sich nicht zu bewegen, weder nach links noch nach rechts, weder vorwärts noch rückwärts, konnte aber nicht anders, als sich mit der Bergstimme um die eigene Achse zu drehen. Unser Mondmädchen ist noch immer dort. Allnächtlich dreht es dort seine Pirouetten, gefangengehalten von der Stimme, und singt, in Harmonie mit dem Berggeist, seinem Kerkermeister, ununterbrochen von seinem Widerstand. Jeden Tag bei Sonnenaufgang hört es auf zu singen, und sein herumwirbelnder Körper kommt zu einem Stillstand. An klaren Tagen können die Mondmenschen seine kleine Gestalt sehen, die reglos auf dem Berggipfel steht, während sich die Bergstimme mit ihrer hohen sprachlosen Melodie über das Mondmädchen lustig macht. Schließlich erzählte es uns in seinem Lied, warum es tagsüber keinen Laut von sich geben und keine Bewegung machen kann. Jeden Morgen bohrt sich ein ganz bestimmter Sonnenstrahl durch seine Kehle, schärfer als die dünnste Stahlklinge. Es ist den ganzen Tag an den Himmel gefesselt, unfähig, zu rufen oder sich zu bewegen, bis sich bei Abenddämmerung die furchtbare Klinge der Sonne aus seiner Kehle zurückzieht. Dem Lied des Mondmädchens entnehmen wir, daß es dieser harte Sonnenstrahl ist, der den musikalischen Berg inspiriert. Das Mondmädchen singt aber auch von anderen Dingen. Es erzählt uns in seinem nächtlichen Lied von allem, was es auf dem Mond gesehen hat. Es war das Mondmädchen, das uns in seinem Lied gebeten hat, sein Drama bis zur Erde zu bringen.«

Moon Biglow sah allmählich etwas erschöpft aus. Offensichtlich beschäftigte ihn das Mondmädchen sehr, und er würde wohl den ganzen Vormittag über das Wunder dieser Frau reden.

»Und euer Theater?« fragte ich, »– in Hampstead?«

»Ja«, sagte Moon, »ich war gerade auf dem Weg zur Erde. Wir haben also ›Das Veränderliche Drama des Mondes‹ aufgeführt, dem diese Geschichte vom Mondmädchen zugrunde liegt – das ist der aktive Teil, das Drama. Die Veränderungen liegen im Text und in den Melodien, denn das Mondmädchen singt allnächtlich ein anderes Lied. Alles, was es tagsüber sieht, trägt es zusammen und schleudert es in seinem Lied gegen die Mauern der Stimme, die sein Gefängnis ist.

Und so folgten wir seiner Geschichte. Wir zeigten seinen Aufstieg zum Gipfel – wie es tanzt und singt. Wir zeigten seine Gespräche mit dem Berg, zeigten, wie es die unsichtbare Stimme für alles unter der Sonne verantwortlich macht, wir übersetzten die glitzernden blauen Salzufer der Mondseen in menschliche Sprache. Wir zeigten, in satirischer Form, die Fluten der Erde und die Orientierungspunkte von Hampstead Heath im Wechsel der Jahreszeiten. Wir stellten sogar unseren Feind Johnnie Heath musikalisch dar, lobten seinen Scharfsinn, um ihn ein wenig zu beschwichtigen. Aber er hat sich nicht besonders dafür interessiert. Unser Bühnenbild war phantastisch. Da es an den Formen und Farben des Mondes orientiert war, hatte noch niemand so etwas gesehen.

Überhaupt, so etwas wie unser Theater hatte noch niemand gesehen. Es war ein ungeheurer Erfolg. Wir mußten das Theatergebäude vergrößern, denn das Theater war eine Art Gemeindezentrum geworden.

›Eine bemerkenswerte Aufführung‹, sagten alle, ›wirklich bemerkenswert!‹

Tatsächlich nannte man das Theater fortan das ›Bemerkenswert‹. Man verabredete sich beispielsweise am ›Bemerkenswert‹, und wir sechs Brüder Moon wurden als ›Die

Jungen Bemerkenswerten‹ bezeichnet. Ein neuer Geist hatte die Hampsteader ergriffen. Sie hatten sich nicht nur in das Mondmädchen verliebt, dessen Geschichte und stets verändertes Lied wir allabendlich aufführten, sondern sie verliebten sich auch immer mehr ineinander. Die Jungen starben nicht mehr jung. Die Entbindungsstationen wurden wieder in Betrieb genommen. Das ›Bemerkenswert‹ war jeden Abend ausverkauft.

Und ich – ich verliebte mich in Dolores, die Tochter des Bürgermeisters von Hampstead. Wir hatten vom Mond keine Mädchen mitgenommen, weil die Erde weiblichen Mondwesen nicht verträglich ist. Also baten wir Dolores, die Rolle des Mondmädchens zu übernehmen, und sie spielte sie auch sehr überzeugend. Wir sechs Brüder konnten Dolores natürlich alle gut leiden, aber schließlich tat sie sich doch mit mir zusammen.

Das war etwa fünf Jahre nachdem wir das ›Bemerkenswert‹ eröffnet hatten. Dann starb Dolores' Vater, der Bürgermeister, und als Johnnie Heath sein Amt übernahm, waren wir alle sehr beunruhigt. Die *Dum-Dum Times* gab es natürlich nicht mehr, aber Johnnie hatte sich in einem der neuen städtischen Wohlfahrtsprojekte emporgearbeitet, die aus dem wiedererwachten öffentlichen Leben hervorgegangen waren. Er entwickelte sich zu einer einflußreichen Persönlichkeit.

Wir hatten beabsichtigt, uns einem neuen Gebiet zuzuwenden und eine Art Kunstakademie zu gründen. Vielleicht war es ganz gut, daß es dazu nicht gekommen ist, doch unsere Beweggründe waren wirklich vernünftig. Obwohl unser Stück weiterhin mit großem Erfolg im ›Bemerkenswert‹ gespielt wurde, konnten wir die Menschen nicht dazu bringen, selber irgendeine Form unserer Kunst auszuüben. Hampstead hatte keine Dichter, keine Maler, keine Musiker. Die allgemeine Auffassung war, daß die Kunst eine Angelegenheit des Mondes sei und einzig die ›Jungen Bemerkenswerten‹ sich wirklich darauf verstünden. Wenn wir darauf hinwiesen, daß Dolores das Mondmädchen doch sehr gut spiele, dann hieß es, sie sei ja selber fast ein geborenes Mondmädchen. Vielleicht hatten sie recht. Mit unserem Kunstakademie-Projekt kamen wir nicht sehr weit, und ein paar Monate nachdem Johnnie Heath Bürgermeister geworden war, bekamen wir die ersten Schwierigkeiten mit dem Theater namens Bemerkenswert. Durch Johnnie war das Leben in Hampstead irgendwie strenger geworden. (Übrigens wurde die Londoner *School of Economics* von einem Nachfahren von Johnnie gegründet.)

Er setzte eine Ermittlungskampagne gegen uns in Gang. Wir mußten Formulare über unsere Herkunft ausfüllen. Wir mußten einen riesigen Fragebogen für unsere Theaterlizenz ausfüllen.

Mit der Begründung, wir seien nicht auf der Erde geboren und es gebe keinen Beweis für ein Leben auf dem Mond, versuchte Johnnie den Nachweis zu führen, daß wir überhaupt nicht existierten. Er schrieb uns eine amtliche Mitteilung, in der er Einwände gegen den Namen unseres Theaters erhob. Er schrieb, er könne das Wort ›Bemerkenswert‹ nicht gelten lassen, unter Hinweis darauf, daß ›Theater‹ ein Substantiv, ›Bemerkenswert‹ aber ein Adjektiv sei. Es gehe nicht an, daß die beiden Wörter ein und dasselbe Objekt bezeichnen.

Mit der Zeit wurde Johnnies Kampagne immer lästiger. Sein Tonfall wurde immer herrischer. Er verschärfte die polizeilichen Kontrollen, und oft wurden wir wegen unbedeutender Verstöße mit einer Geldstrafe belegt.

Johnnie besiegte uns tatsächlich. An einem Februarabend gaben wir unsere letzte Vorstellung. Das war sieben Jahre nach unserer Eröffnungsvorstellung. Die Menschen waren sehr bestürzt, doch Johnnie hatte sie so bearbeitet, daß sie es nicht wagten, ihrer Besorgnis Ausdruck zu geben.

Wir hatten beschlossen, mit Dolores zum Mond zurückzukehren, auf dem üblichen Weg, du weißt ja.«

»Auf welchem Weg denn?« fragte ich neugierig.

»Unterbrich mich nicht«, rief Moon. »Und überhaupt, du
kennst ja den Weg zum Mond. Du nimmst den Aufstieg
deines Abstiegs, das hast du mir selber gesagt!«

»Hör mal«, sagte ich verzweifelt, »ich habe keine Ahnung,
wie man zum Mond kommt. Man redet zwar viel von
Raumschiffen, aber was haben die mit dem Aufstieg zu
tun...?«

»Eben«, sagte Moon, »eben.«

Ich will lieber gleich sagen, daß ich bezüglich der Frage,
wie man zum Mond kommt, nicht mehr an Information aus
Moon Biglow herausgeholt habe. Gewiß, es hat etwas mit
Aufsteigen und Absteigen zu tun, aber das Ende seiner
Geschichte ist noch nicht erzählt.

»In meiner, wie es aussah, letzten Nacht auf Erden«, fuhr
Moon fort, »machte ich einen Spaziergang über Hampstead
Heath. Wir hatten die Türen des ›Bemerkenswert‹ zum
letzten Mal geschlossen und waren alle vorbereitet auf den
letzten Aufstieg unseres Abstiegs. Dolores sollte mit uns
kommen. Über unsere Abreise waren wir traurig und froh
zugleich. Wir gingen nicht gern aus Hampstead weg, doch
der Ort und die Menschen hatten sich verändert unter
Johnnies Einfluß, und in den letzten sieben Jahren auch sehr
stark unter unserem Einfluß.

Ich grübelte darüber nach und wollte gerade zu unserer
Unterkunft zurückgehen, um dort Dolores zu treffen, als ich
plötzlich zu meiner Rechten ein merkwürdiges Geräusch
hörte.

Ich ging auf die Stelle zu, und da wurde mir klar, daß sich
hinter einem mächtigen Felsblock, verborgen vor meinen
Augen, eine Anzahl von Menschen versammelt hatte. Bald
konnte ich deutlich hören, worum es sich bei dem Geräusch
eigentlich handelte. Diese Leute sangen den alten Refrain.

Dum-dum Dah, Dum-dum Dah. Lautlos spähte ich um den Felsblock und wich sogleich wieder zurück, angeekelt und entsetzt von dem Gesehenen.

Ehe ich diesen Anblick beschreibe, muß ich dir erzählen, daß Johnnie Heath kurz zuvor die *Dum-Dum Times* wieder ins Leben gerufen hatte. In einer ihrer Kolumnen wurde immer wieder aufgerufen, sich auf das zu besinnen, was entweder ›die angestammte Reinheit unserer Sitten‹ hieß oder ›die Reinheit unserer angestammten Sitten‹ oder ›die Sitten unserer angestammten Reinheit‹. Ich hatte mir darüber nicht allzuviel Gedanken gemacht, denn Johnnies Ideen waren immer etwas verschroben. Eines Tages aber las ich in dieser Kolumne zufällig von einer Organisation, die, wie es hieß, ›die Möglichkeit bietet, unsere reinsten und ursprünglichen Passionen auf klassischem Wege auszudrücken‹. Als ich das las, schauderte ich, dachte aber nicht weiter darüber nach.

Einige Zeit nach dem Vorfall in Hampstead Heath fiel mir das wieder ein.

Jetzt werde ich dir erzählen«, sagte Moon Biglow, »was ich dort gesehen habe.

Eine Gruppe von jungen Männern und Frauen, die ich kannte und von denen viele gute Freunde gewesen waren, saßen im Schneidersitz kreisförmig um einen Stein. Im Mondlicht sah ich, wie sie, angeführt von Johnnie Heath, zu dem Rhythmus von Dum-dum Dah, Dum-dum Dah in die Hände klatschten. Auf dem Stein in der Mitte des Kreises lag die Leiche von Dolores, in ihrem Hals steckte ein Messer. Das Blut auf ihrem Hals, dort, wo es geflossen war und nun nicht mehr floß, war geronnen.

Dann sah ich, daß zwei meiner Mondbrüder von hinten die Szene beobachteten. Sie kamen lautlos zu mir herum. Hand in Hand flohen wir nach Hause.

Meine fünf Mondbrüder verließen noch in derselben Nacht die Erde still und heimlich. Ich selbst fand den Gedanken an einen Mond ohne Dolores unerträglich. Ich hielt es für notwendig, auf der Erde zu bleiben und dort zu sterben, wo sie gestorben war.

Natürlich verschwand ich aus Hampstead.

Aber das Merkwürdige ist, daß unsere Mission am Ende doch kein Fehlschlag war. Der Renaissance des Dum-dum-Dah-Kults war keine Dauer beschieden. Hier und dort tritt er zuweilen noch auf, denn derartige Dinge breiten sich aus. Allmählich machte sich aber bemerkbar, daß es ›Das veränderliche Drama des Mondes‹ nicht mehr gab. Das Gefühl, einen Verlust erlitten zu haben, führte zu einer ungeheuren Bewegung des menschlichen Geistes. Überall auf der Erde tauchte das Volk der Artisten auf und versuchte, das verlorengegangene Drama des Mondes auszudrücken. Als die Menschen, die das alte Theater ›Bemerkenswert‹ besucht hatten, schon längst tot und begraben waren, lebte die Legende noch immer. Und als die Legende schon längst vergessen war, lebte das Gefühl eines Verlustes noch immer fort.

Und wann immer die Dum-dum-Dah-Bewegung sich erhebt und Monotonie und Schrecken von den Menschen Besitz ergreifen«, sagte Moon Biglow, »dann stehen die Künstler auf und verkünden die Vorzüge der bemerkenswerten Dinge, die der Erde abhanden gekommen sind.

Und so«, sagte Moon Biglow, »verdankt ihr eure Literatur, eure Symphonien, eure alten Meister und eure neuen Meister den Sechs Brüdern vom Mond und Dolores. Es war gut, daß wir gehen mußten. Anders hätten wir es nie geschafft, daß ihr euch selbst verändert.

Du und deine Litterturfreunde«, sagte Moon Biglow, »ihr solltet wissen, wie die Dinge wirklich liegen, nämlich so, wie ich es dir erzählt habe. Und wenn du jemals ein anständiges Gedicht oder eine Erzählung schreibst, dann nicht aufgrund irgendeiner Sache, die es auf der Welt gibt, sondern aufgrund von irgend etwas Bemerkenswertem, das du nicht hast. Von Zeit zu Zeit wird immer der Ruf nach dem Bemerkenswerten

laut werden, einfach weil wir das Theater namens Bemerkenswert geschlossen haben und weil die Jungen Bemerkenswerten nach Hause zurückgekehrt sind und weil es unterhalb
des Mondes, der kommt und geht, nichts Bemerkenswertes
gibt.«

Der Laubkehrer

Hinter dem Rathaus befindet sich ein bewaldeter Park, der gegen Ende November anfängt, sich in eine dünne blaue Wolke zu hüllen, und normalerweise schwebt er in diesem Dunst bis Mitte Februar. Ich gehe jeden Tag vorbei und sehe in diesem Nebelschleier Johnnie Geddes das Laub zusammenkehren. Hin und wieder hält er inne, wirft seinen langen Kopf hoch und sieht ungehalten zu dem Blätterhaufen hin, als dürfte es ihn nicht geben. Dann fegt er weiter. Diese Tätigkeit hatte er während der Jahre gelernt, die er in der Anstalt verbrachte; man hatte ihm stets diese Arbeit gegeben, und als er entlassen wurde, ließ der Stadtrat ihn das Laub zusammenkehren. Die unwillige Kopfbewegung wirkt an ihm aber ganz natürlich, denn sie gehört, seit der Zeit, da er der vielversprechendste und lebhafteste und lautstärkste Hochschulabsolvent seines Semesters war, zu seinen Gewohnheiten. Er sieht viel älter aus, als er tatsächlich ist, denn vor nicht ganz zwanzig Jahren gründete Johnnie die Gesellschaft zur Abschaffung des Weihnachtsfestes.

Johnnie wohnte damals bei seiner Tante. Ich ging zur Schule, und in den Weihnachtsferien gab Miss Geddes mir das neueste Pamphlet ihres Neffen zu lesen, das den Titel ›Wie man zu Weihnachten reich wird‹ trug. Das klang zwar sehr einleuchtend, doch es stellte sich heraus, daß man zu Weihnachten dadurch reich wird, daß man Weihnachten abschafft, und so dachte ich über Johnnies Schrift nicht weiter nach.

Das war aber bloß sein erster Versuch. Drei Jahre später hatte er bereits seine Gesellschaft der Abolitionisten gegründet. Sein neues Buch, ›Weihnachten – unser Untergang‹, war in der Stadtbibliothek außerordentlich begehrt, und schließlich kam auch ich an die Reihe. Diesmal überzeugte Johnnie mich wirklich, und die meisten Leute gaben sich nach der Lektüre des Buches völlig geschlagen. Kürzlich erstand ich für Sixpence ein antiquarisches Exemplar, und obgleich so viel Zeit seither vergangen ist, liefert es noch immer den schlüssigen Beweis dafür, daß Weihnachten ein nationales Verbrechen ist. Johnnie legt dar, daß jede Bevölkerungseinheit des Landes zwangsläufig verhungern wird innerhalb jener Zeit, die umgekehrt proportional ist zu derjenigen, in der eine von sechs Produktionseinheiten kein Spielzeug mehr herstellt, mit dem die Strümpfe der Bildungsempfängereinheiten gefüllt werden können, wenn Sie verstehen, was er meint. Er zitiert erschreckende Statistiken, um zu zeigen, daß 1,024 Prozent der Zeit, die alljährlich zu Weihnachten mit unbekümmerten Einkäufen und gedankenlosem Kirchgang vergeudet wird, die Nation ihrem Untergang um fünf Jahre näher bringt. Einige Leser protestierten, doch Johnnie vermochte ihre verworrenen Argumente abzuschmettern. Währenddessen wurde die Gesellschaft zur Abschaffung des Weihnachtsfestes immer größer. Indes, Johnnie war besorgt. Nicht nur wütete in jenem Jahr das Weihnachtsfest wie gewohnt im ganzen Land, er verfügte auch über geheime Hinweise, daß zahlreiche Mitglieder den Eid, sich des Festes zu enthalten, gebrochen hatten.

Da beschloß er, einen Schlag gegen die eigentlichen Wurzeln des Weihnachtsfestes zu führen. Er quittierte seinen Job bei den Wasserwerken. Er gab seine Karriere auf und zog sich, von ein paar Freunden finanziell unterstützt, für zwei Jahre zurück, um die Ursprünge des Weihnachtsfestes zu studieren. Dann schrieb er, überglücklich, sein nächstes und letztes Buch, in dem er darlegte, daß Weihnachten entweder eine Erfindung der frühen Christen war, um die Heiden versöhnlich zu stimmen, oder eine Erfindung der Heiden, um die frühen Christen versöhnlich zu stimmen – ich weiß nicht mehr, welche Version es war. Entgegen dem Rat seiner Freunde gab Johnnie seinem Buch den Titel ›Weihnachten und Christentum‹. Verkauft wurden achtzehn Exemplare. Johnnie hat sich davon nie recht erholt, und in dieser Zeit geschah es, daß seine Verlobte, eine glühende Abolitionistin, ihm zu Weihnachten einen selbstgestrickten Pullover schickte. Er schickte ihn nebst einem Exemplar der Statuten der Gesellschaft zurück, woraufhin sie den Ring zurückschickte. In jedem Fall aber war die Gesellschaft während Johnnies Abwesenheit von einer gemäßigten Fraktion unterwandert worden. Diese Gemäßigten wurden schließlich immer gemäßigter, und der ganze Verein löste sich auf.

Bald danach verließ ich die Gegend, und es vergingen einige Jahre, ehe ich Johnnie wiedersah. An einem Sonntagnachmittag im Sommer schlenderte ich in der Menge umher, die gekommen war, die Redner von Hyde Park zu hören. Eine kleinere Gruppe umringte einen Mann, der ein Transparent mit der Aufschrift ›Kreuzzug gegen Weihnachten‹ trug. Seine Stimme war schreckenerregend; sie trug außergewöhnlich weit. Das war Johnnie. Jemand aus der Menge sagte mir, Johnnie sei jeden Sonntag da, äußere sich sehr heftig über Weihnachten und werde wohl bald wegen Verwendung anstößiger Ausdrücke festgenommen werden. Wie ich aus der Presse erfuhr, wurde er bald wegen Verwendung anstößiger Ausdrücke festgenommen. Ein paar Monate später hörte ich, daß der arme Johnnie in einer Nervenheilanstalt sei, weil er nur noch Weihnachten im Kopf habe und nicht aufhören könne, seine Meinung darüber lautstark kundzutun.

Danach verlor ich ihn aus dem Sinn, bis ich vor etwa drei Jahren, im Dezember, in die Nähe des Ortes zog, in dem Johnnie seine Jugend verbracht hatte. Am Tag vor Weihnachten machte ich mit einem Bekannten einen Nachmittagsspaziergang, wobei ich darauf achtete, was sich während meiner Abwesenheit verändert hatte und was nicht. Wir kamen an einem langgestreckten, großen Haus vorbei, das früher für seine Waffenkammer bekannt war, und ich sah, daß die eisernen Tore weit offen standen.

»Früher waren sie immer geschlossen«, sagte ich.

»Jetzt ist eine Anstalt darin untergebracht«, sagte mein Bekannter. »Die leichten Fälle dürfen draußen arbeiten, und die Tore bleiben offen, um ihnen ein Gefühl von Freiheit zu vermitteln.«

»Aber innendrin wird alles abgeschlossen«, sagte mein Bekannter. »Tür für Tür. Auch der Aufzug. Alles bleibt zugeschlossen.«

Während mein Bekannter noch redete, betrat ich die Toreinfahrt und warf einen Blick hinein. Unmittelbar hinter dem Tor stand eine große, kahle Ulme. Dort sah ich einen Mann in brauner Cordhose das Laub fegen. Der arme Kerl, er sprach laut vor sich hin, irgend etwas über Weihnachten.

»Das ist doch Johnnie Geddes«, rief ich. »Ist er all die Jahre hier gewesen?«

»Ja«, sagte mein Bekannter, und im Weitergehen: »Ich glaube, um diese Jahreszeit geht es ihm immer etwas schlechter.«

»Kommt seine Tante ihn besuchen?«

»Ja. Und sie besucht niemand sonst.«

Wir näherten uns jetzt dem Haus, in dem Miss Geddes wohnte. Ich schlug vor, sie zu besuchen. Ich hatte sie gut gekannt.

»Auf gar keinen Fall!« sagte mein Bekannter.

Ich beschloß trotzdem, hineinzugehen, und mein Bekannter ging weiter, zurück in die Stadt.

Miss Geddes hatte sich verändert, mehr als die Umgebung. Sie war eine ernste, ruhige Frau gewesen, und nun bewegte sie sich schnell und lächelte kurz und nervös. Sie führte mich zu ihrem Wohnzimmer, und als sie die Tür öffnete, rief sie jemand, der schon im Zimmer war, zu: »Johnnie, schau mal, wer uns besucht!«

Ein Mann in dunklem Anzug stand auf einem Stuhl und

brachte Stechpalmenzweige hinter einem Bild an. Er sprang herunter.

»Gesegnete Weihnachten!« rief er. »Gesegnete und fröhliche Weihnachten! Hoffentlich bleiben Sie zum Tee«, sagte er, »wir haben nämlich einen wunderbaren Weihnachtskuchen, und weil es das Fest der Liebe ist, würde ich mich freuen, wenn Sie sehen könnten, wie schön er dekoriert ist. Es steht ›Frohe Weihnachten!‹ in rotem Zuckerguß darauf, und ein Rotkehlchen gibt es auch...«

»Johnnie«, sagte Miss Geddes, »du vergißt die Weihnachtslieder!«

»Die Weihnachtslieder«, sagte er. Er nahm eine Schallplatte von einem Stapel und legte sie auf. Es war *The Holly and the Ivy*.

»Das ist ja *The Holly and the Ivy*«, rief Miss Geddes. »Kannst du nicht was anderes auflegen? Das haben wir schon den ganzen Vormittag gehört.«

»Es ist großartig«, sagte er strahlend und hob, Ruhe gebietend, die Hand.

Während Miss Geddes den Tee holte und er in das Weihnachtslied versunken dasaß, beobachtete ich ihn. Er ähnelte Johnnie dermaßen, daß ich ihn, wenn ich den armen Johnnie nicht kurz zuvor im Anstaltspark das Laub hätte aufkehren sehen, tatsächlich für Johnnie gehalten hätte. Miss Geddes kam mit dem Tablett zurück, und als er aufstand, um eine andere Platte aufzulegen, sagte er etwas, was mich verblüffte.

»Ich habe dich an dem Sonntag, als ich im Hyde Park sprach, in der Menge gesehen.«

»Was für ein Gedächtnis du hast!« sagte Miss Geddes.

»Es muß zehn Jahre her sein«, sagte er.

»Mein Neffe hat seine Ansichten über Weihnachten geändert«, erklärte sie. »Inzwischen kommt er Weihnachten immer nach Hause, und dann haben wir immer ein paar schöne Tage, stimmt's, Johnnie?«

»Freilich«, sagte er. »Ach, laß mich mal den Kuchen anschneiden.«

Der Kuchen faszinierte ihn. Schwungvoll stach er das große Messer hinein. Es rutschte ab und stach tief in seinen Finger. Miss Geddes rührte sich nicht. Er drehte den verletzten Finger weg und fuhr fort, den Kuchen in Scheiben zu schneiden.

»Blutet es nicht?« fragte ich.

Er hielt die Hand hoch. Ich konnte den tiefen Schnitt erkennen, aber Blut war nicht zu sehen.

Absichtlich, und vielleicht auch aus Hilflosigkeit, wandte ich mich Miss Geddes zu.

»Dieses Haus da oben«, sagte ich, »ich habe gesehen, daß es inzwischen eine Irrenanstalt ist. Heute nachmittag bin ich daran vorbeigekommen.«

»Johnnie«, sagte Miss Geddes wie jemand, der weiß, daß das Spiel aus ist, »geh und hol die Pastetchen!«

Er ging, ein Weihnachtslied pfeifend.

»Sie sind also an der Anstalt vorbeigekommen«, sagte Miss Geddes müde.

»Ja«, sagte ich.

»Und Sie haben Johnnie das Laub kehren sehen.«

»Ja.«

Wir hörten noch immer, wie das Weihnachtslied gepfiffen wurde.

»Wer ist denn *er*?« fragte ich.

»Das ist Johnnies Geist«, sagte sie. »Er kommt jede Weihnachten nach Hause.

Aber ich kann ihn nicht leiden«, sagte sie. »Ich halte es nicht mehr aus. Morgen reise ich ab. Ich will nicht Johnnies Geist. Ich will Johnnie, wie er leibt und lebt.«

Mich schauderte bei dem Gedanken an den verletzten Finger, der nicht bluten konnte. Und ich ging, ehe Johnnies Geist mit den Pastetchen zurückkehrte.

Tags darauf – ich sollte mich bei einer Familie melden, die

in der Stadt wohnte – machte ich mich um die Mittagszeit auf den Weg dorthin. Wegen des leichten Nebels erkannte ich zuerst nicht, wer sich mir näherte. Es war ein Mann, der mir zuwinkte. Es stellte sich heraus, daß es Johnnies Geist war.

»Fröhliche Weihnachten! Was sagst du dazu«, rief Johnnies Geist, »meine Tante ist nach London gefahren. Stell dir vor, an Weihnachten, und ich dachte, sie ist in der Kirche, und ich stehe hier und habe niemand, mit dem ich Weihnachten feiern kann, aber ich verzeihe ihr natürlich, es ist ja das Fest der Liebe, und ich freue mich, dich zu sehen, weil ich jetzt mitkomme, wohin du auch gehst, und wir können ein fröhliches...«

»Laß mich in Ruhe!« sagte ich und ging weiter.

Es klingt roh. Aber vielleicht wissen Sie nicht, wie abstoßend und widerlich der Geist eines lebenden Menschen ist. Die Geister der Toten, meinetwegen, aber bei dem Geist des verrückten Johnnie bekam ich eine Gänsehaut.

»Verschwinde!« sagte ich.

Er ging neben mir her. »Da es das Fest der Liebe ist, werde ich deinen Ton mit Nachsicht behandeln«, sagte er, »aber ich werde mitkommen!«

Wir hatten die Tore der Anstalt erreicht, und dort, auf dem Grundstück, sah ich Johnnie das Laub kehren. An Weihnachten zu arbeiten war wohl seine Art zu streiken. Er machte lautstarke Bemerkungen über Weihnachten.

Einer plötzlichen Eingebung folgend, sagte ich zu Johnnies Geist: »Du willst Gesellschaft?«

»Gewiß«, erwiderte er. »Es ist das Fest der...«

»Du sollst sie haben«, sagte ich.

Ich stand in der Toreinfahrt. »He, Johnnie!« rief ich.

Er sah auf.

»Ich habe deinen Geist mitgebracht, Johnnie. Er will dich besuchen.«

»So, so«, sagte Johnnie und näherte sich seinem Geist. »Sieh mal an!«

»Fröhliche Weihnachten!« sagte Johnnies Geist.

»Ach ja?« sagte Johnnie.

Ich überließ sie sich selbst. Und als ich mich umblickte, neugierig, ob sie wohl übereinander herfallen würden, sah ich, daß Johnnies Geist ebenfalls Laub kehrte. Gleichzeitig schienen sie sich zu streiten. Aber es war noch immer neblig, und ich kann wirklich nicht sagen, ob es, als ich mich ein zweites Mal umblickte, zwei Männer waren, die das Laub kehrten, oder nur einer.

Johnnie machte im neuen Jahr langsam Fortschritte. Schließlich hörte er auf, über Weihnachten herumzuschreien, und dann verlor er kein Wort mehr zu diesem Thema. Nach ein paar Monaten, als er fast überhaupt nichts mehr sagte, wurde er entlassen.

Der Stadtrat ließ ihn das Laub im Park kehren. Er spricht selten und erkennt niemanden. Gegen Jahresende sehe ich ihn jeden Tag im Nebel arbeiten. Manchmal, wenn plötzlich ein Windstoß geht, wirft er den Kopf hoch, um zu beobachten, wie hinter ihm ein paar Blätter zu Boden fallen, als wäre er erstaunt, daß es sie tatsächlich gibt, obwohl, von Rechts wegen, das Fallen der Blätter eigentlich abgeschafft gehörte.

Die vergoldete Uhr

Das Hotel Stroh stand direkt neben dem Gasthaus Lublonitsch, getrennt durch einen schmalen Weg, der auf der
österreichischen Seite bergauf zur jugoslawischen Grenze
führte. Vielleicht war das alte Haus einmal eine bekannte
Jagdschenke gewesen, doch heutzutage war das Hotel Stroh
offensichtlich eine Enttäuschung für seine wenigen ermatte-
ten Gäste. Sie drängten sich zusammen wie Vögel bei einem
Gewitter. Ihre schlaffen Körper neigten sich über die unge-
scheuerten Tische auf der hinteren, dunklen Veranda, von der
aus Herrn Strohs vernachlässigte Felder zu sehen waren.
Herr Stroh saß meist etwas abseits, umgeben von einem
Cognacnebel, schwitzend, mit offenem Hemd, der Unterkie-
fer ruhte auf dem geröteten Hals. Diejenigen Gäste, die nicht
zum Bergsteigen gekommen waren, sondern bloß der Aussicht wegen, saßen da und bewunderten die Berge und
wurden unaufmerksam bedient, bis der Omnibus, der allwöchentlich vorbeikam, sie wieder abholte. Hatten sie ein
Auto, blieben sie selten lang – in der Regel fuhren sie
spätestens zwei Stunden nach ihrer Ankunft wieder ab, wie in
einer Komödie. Soviel war amüsanterweise vom Gasthaus
Lublonitsch aus, auf der anderen Seite des Weges, zu sehen.

Ich erwartete Freunde, die auf dem Weg nach Venedig
waren und mich abholen wollten. Frau Lublonitsch hieß alle
ihre Gäste persönlich willkommen. Bei meiner Ankunft war
ich mir dieser Ehre nicht recht bewußt gewesen. Sie schien,
wie sie unscheinbar und rundlich aus der Küche trat und sich
die Hände an der braunen Schürze abwischte, das graue Haar
streng zurückgekämmt, die Ärmel hochgerollt, mit ihrem
schäbigen Kleid, den schwarzen Strümpfen und Stiefeln,

eben nur irgendeine Bäuerin zu sein. Fremde sollten ihre Bedeutung erst allmählich erkennen dürfen.

Es gab auch einen Herrn Lublonitsch, doch er zählte nicht, wiewohl er in den Genuß aller ehelichen Aufmerksamkeiten kam. Er saß, eine kleine, schwächliche Gestalt, mit seinen Zechfreunden an einem der Tische vor dem Gasthaus, begrüßte die vorbeigehenden Gäste und wurde von den Serviermädchen mit all der Aufmerksamkeit behandelt, die er sich nur wünschen konnte. Wenn er krank war, brachte Frau Lublonitsch ihm das Essen persönlich nach oben, in ein Zimmer, das für seine Krankheit reserviert war. Aber unzweifelhaft führte sie das Kommando.

Ihre Angestellten ließ sie vierzehn Stunden täglich arbeiten, doch sie taten die Arbeit immer gut gelaunt. Nie hatte man Frau Lublonitsch sich beklagen oder einen Befehl geben hören. Einmal, als ein Mädchen ein Tablett mit fünf Suppentellern fallen ließ, holte sie selbst einen Lappen und machte ohne Aufheben sauber, wie eine alte Bäuerin, die zu ihrer Zeit Schlimmeres mitgemacht hatte. Die Mädchen sagten »Chefin« zu ihr. Eines von ihnen erzählte mir: »Die Chefin bereitet ihrem Mann immer ein besonderes Essen zu, wenn er es mit dem Magen hat.«

Angeschlossen an das Gasthaus war eine Metzgerei, die ebenfalls den Lublonitschs gehörte. Daneben befand sich ein Gemüseladen, und auf einem Nachbargrundstück – beides im Besitz der Lublonitschs – näherte sich ein Textilgeschäft seiner Fertigstellung. Zwei Lublonitsch-Söhne arbeiteten in der Metzgerei, ein dritter führte den Gemüseladen, und der jüngste Sohn, der nun soweit war, seinen Platz einzunehmen, sollte das Textilgeschäft übernehmen.

Im Garten, zwischen den Blumen, die als Tischschmuck dienten, und dem Gemüse, das in der Küche verwendet wurde, wuchs, überragt von den ausladenden Kastanienbäumen, unter deren Dach zuweilen die Mahlzeiten eingenommen wurden, dem üppigen Obstgarten zugewandt, immerhin ein nutzloses Ding – eine kleine, gepflegte Palme. Sie verlieh dem Anwesen eine gewisse Atmosphäre. So klein sie auch war, diese fremdartige Pflanze sah, von der großen hinteren Terrasse aus betrachtet, wo wir aßen, genauso hoch wie die Berggipfel in der Entfernung aus. Sie beherrschte unauffällig die Szenerie.

Gewöhnlich stand ich um sieben Uhr auf, aber eines Morgens wachte ich um halb sechs auf und ging von meinem Zimmer, das in der zweiten Etage lag, hinunter in den Hof, um jemand zu finden, der mir einen Kaffee machen könnte. Im Sonnenlicht, den Rücken mir zugewandt, stand Frau Lublonitsch. Sie betrachtete ihren großen Küchengarten, die dahinterliegenden Felder, ihre Nebengebäude und ihre Schweineställe, in denen zwei ältere Frauen schon bei der Arbeit waren. Einer der Söhne tauchte, mehrere Ringe langer Würste tragend, aus einem Nebengebäude auf. Ein anderer Sohn führte einen Ochsen, dessen Kopf mit einem Sack verbunden war, zu einem Baum und kettete ihn dort für seine Schlächter an. Frau Lublonitsch betrachtete, ohne sich zu bewegen, ihren Besitz, ihre Schweine, ihre Schweinehüterinnen, ihre Kastanienbäume, ihre Bohnenstangen, ihre Würste, ihre Söhne, ihre hohen Gladiolen, und sie schien – als hätte sie im Hinterkopf Augen – auch das vorzügliche, florierende Gasthaus hinter sich im Blick zu haben, die Metzgerei, das Textilgeschäft und den Gemüseladen.

Gerade in dem Moment, als sie sich umdrehen wollte, um das Tagewerk in Angriff zu nehmen, sah ich, daß sie dem kümmerlichen Hotel Stroh auf der anderen Seite des Weges einen Blick zuwarf. Ich sah, wie sich, mit der Belustigung dessen, der eine bestimmte Sache schon im voraus weiß, die Ecken ihres Mundes herabzogen. Ich spürte in ihren kleinen schwarzen Augen den taxierenden Blick des Grundbesitzers.

Noch ehe einem die Ortsansässigen es sagten, wußte man schon, daß Frau Lublonitsch das Ganze aus dem Nichts aufgebaut hatte, nur mit ihrem eigenen Grips und Fleiß. Aber sie rackerte sich ab. Sie bereitete alle Mahlzeiten selbst, sie beaufsichtigte den Haushalt und stürzte sich, ohne Hast, in die Führung des Betriebs, wie die verrückten Autofahrer aus Wien, die auf der Fernstraße vor ihrem Haus entlangrasten. Sie scheuerte, die dicklichen Arme schwingend, die großen Töpfe selbst. Offensichtlich traute sie keinem der Mädchen ordentliches Arbeiten zu. Sie war sich nicht zu schade, den Fußboden zu wischen, die Schweine zu füttern und in der Metzgerei zu bedienen (wobei sie ihren Kunden eine Wurst nach der anderen geduldig unter die Nase zu halten pflegte, damit sie die Qualität riechen konnten). Vom frühen Morgen bis um ein Uhr nachts, wenn sie zu Bett ging, setzte sie sich nur dann hin, wenn sie in der Küche ihre Mahlzeiten einnahm.

Warum macht sie das, wozu? Ihre Söhne sind erwachsen, sie hat ihr Gasthaus, ihre Dienstmädchen, ihre Geschäfte, ihre Schweine, die Felder, das Vieh...

Im Café auf der anderen Seite des Flusses, wo ich spätnachmittags immer saß, sagte man: »Frau Lublonitsch hat noch viel mehr. Ihr gehört das ganze Land bis hoch zum Berg. Sie hat drei Höfe. Vielleicht expandiert sie sogar bis hierher und bis hinunter in die Stadt.«

»Warum arbeitet sie so hart? Sie zieht sich wie eine Bäuerin an«, sagten sie. »Sie scheuert die Töpfe.« Frau Lublonitsch war ihr Lieblingsthema.

Sie ging nicht zur Kirche, sie stand über der Kirche. Ich hatte gehofft, sie dort zu sehen, anders gekleidet und womöglich mit dem Apotheker, dem Zahnarzt und ihren Frauen in der zweiten Reihe hinter dem Grafen und seiner Familie sitzend. Vielleicht hätte sie auch einen unauffälligeren Platz in der Gemeinde eingenommen. Doch Frau Lublonitsch war ihre eigene Kirche und ähnelte schon von ihrer Figur her den zwiebelförmigen Kirchtürmen der Gegend.

Ich erstieg die unteren Berghänge, während die Experten

mit ihren Stiefeln auf den nackten Felsen über den Wolken die Sache ernsthaft betrieben. Wenn es regnete, kehrten sie zurück und erklärten: »Tito hat schlechtes Wetter geschickt!« Die Bedienungen fanden den Witz längst nicht mehr komisch, antworteten aber jedesmal mit einem Lächeln, das sie zusammen mit dem stets vorhandenen Kalbfleisch auftrugen.

Die höheren Gebirgszüge waren mir zu anstrengend, es sei denn, ich nahm den Bus. Ich war aber sehr darauf aus, die Gipfel von Frau Lublonitschs Natur zu erkunden.

Eines Morgens, als nach einer unruhigen Gewitternacht alles wie verrückt glitzerte, kam ich schon früh herunter, um nach einer Tasse Kaffee Ausschau zu halten. Kurz zuvor hatte ich im Hof Stimmen gehört, die aber, als ich unten ankam, schon im Innern des Hauses waren. Ich folgte den Stimmen zur dunklen, steinernen Küche und spähte durch die Tür. Hinter den schwatzenden Mädchen entdeckte ich eine weitere Tür, die meistens geschlossen war. Jetzt stand sie offen.

Dahinter lag ein Schlafzimmer, das tief in das Haus reichte. Es war von majestätischer Pracht, ausgestattet in Rot und Gold. Ich erblickte ein hohes Himmelbett, auf dem eine wunderbare scharlachrote Decke ausgebreitet lag. Am Kopfende türmten sich die Kissen – etwa vier Stück, sehr weiß. Das Kopfende war aus tiefdunklem Holz, mit einem Hauch von Gold. Der Baldachin war mit einem goldschimmernden Saum versehen. Dieses Bett erinnerte mich in mehrfacher Hinsicht an das leuchtende Bett, mit dem van Eyck das Bildnis des Giovanni Arnolfini und seiner Frau veredelt hatte. Alles andere im Hause der Lublonitschs war aus geschrubbtem und poliertem, ortsüblichem Holz, doch dies hier war ein überaus poetisches Bett.

Der Fußboden des Schlafzimmers war mit einem Teppich bedeckt, dessen Rot wohl Karmin war, das aber gegen das Scharlachrot der Bettdecke purpurfarben aussah. An den Wänden zu beiden Seiten des Bettes hingen türkische Teppiche, deren Hintergrund in einem matten Altrot gehalten war, das dort, wo sich der Schatten des Baldachins abzeichnete, fast wie Schwarz wirkte.

Ich war ergriffen von dem Anblick. Das Mädchen, das Mitzi hieß, hatte mich schon in der Küchentür stehen sehen. »Kaffee?« fragte sie.

»Wessen Zimmer ist denn das?«

»Die Chefin schläft dort.«

Da sprang ein anderes Mädchen, die hochaufgeschossene, schlanke Gerta, die ein schelmisches Gesicht hatte und auf alles eher humorvoll reagierte, zur Schlafzimmertür hinüber und sagte: »Wir sollen darauf achten, daß die Tür immer geschlossen ist«, und ehe sie sie schloß, öffnete sie sie für einen Moment weit, damit ich mehr vom Zimmer sähe. Mein Blick fiel auf einen Kachelofen, dessen mosaikartige Kacheln nicht von der ortsüblichen Art waren; mit ihrem schimmernden Ocker und Grün erinnerten sie an die Fußböden byzantinischer Ruinen. Der Ofen sah wie ein Tempel aus. Ich bemerkte ein schwarzlackiertes, mit Perlmutterintarsien besetztes Schränkchen, und bevor Gerta die Tür schloß, sah ich auf der Truhe gerade noch eine große, dekorative Uhr stehen, deren Gehäuse mit kleinen, rosafarbenen Pastellbildern bemalt war. Jede Krümmung und jede Windung dieses Uhrengehäuses war mit jener Art Goldbronze überzogen, die unter der Bezeichnung *Or moulu* bekannt ist. Die Uhr funkelte im ersten Sonnenlicht, das schräg zwischen den Vorhängen einfiel.

Ich ging hinüber in das blitzblanke Eßzimmer, und Mitzi brachte mir den Kaffee dorthin. Vom Fenster aus konnte ich Frau Lublonitsch in ihrem dunklen Kleid, den schwarzen Stiefeln und Wollstrümpfen sehen. Sie saß über einem Eimer voller Federn und rupfte ein Huhn. Dahinter erkannte ich die traurige Gestalt des Herrn Stroh, der, dick und unrasiert und ohne Kragen, auf der anderen Seite des Wegs in der offenen Tür seines Hotels stand. Er schien über Frau Lublonitsch nachzudenken.

An ebendiesem Tag ereignete sich die ärgerliche Sache. Die Doppelfenster meines Zimmers lagen genau gegenüber den Gästezimmern des Hotels Stroh, nicht mehr als vielleicht sechs Meter voneinander entfernt – die Breite des schmalen Wegs, der hinauf zur Grenze führte.

Es war ein kalter Tag. Ich saß in meinem Zimmer und schrieb Briefe. Ich blickte aus dem Fenster. Am Fenster direkt gegenüber stand Herr Stroh und starrte aufdringlich zu mir herüber. Das störte mich. Ich ließ die Jalousie herunter und schaltete das Licht ein, um mit dem Schreiben fortfahren zu können. Ich überlegte, ob Herr Stroh, bevor ich auf ihn aufmerksam geworden war, mich bei irgendwelchen komischen Bewegungen beobachtet haben mochte, – sich mit dem Füllhalter gegen den Kopf zu tippen oder sich an der Nase zu kratzen oder am Kinn zu zupfen oder dergleichen Dinge, die man während des Briefeschreibens tut. Die heruntergelassene Jalousie und das Kunstlicht irritierten mich, und ich sah plötzlich nicht mehr ein, warum ich nicht in der Lage sein sollte, meine Briefe bei Tageslicht zu schreiben, ohne angegafft zu werden. Ich schaltete das Licht aus und ließ die Jalousie hoch. Herr Stroh war verschwunden. Ich folgerte, daß er meine Aktion als Zeichen meiner Mißbilligung aufgefaßt hatte, und fuhr mit dem Schreiben fort.

Etwas später blickte ich wieder auf, und diesmal saß Herr Stroh auf einem Stuhl, etwas weiter weg vom Fenster. Er sah direkt zu mir herüber, ein Fernglas an seine Augen haltend.

Ich verließ mein Zimmer und ging hinunter, um mich bei Frau Lublonitsch zu beschweren.

»Sie ist auf den Markt gegangen«, sagte Gerta. »In einer halben Stunde wird sie zurück sein.«

Also beschwerte ich mich bei Gerta.

»Ich werd's der Chefin ausrichten«, sagte sie.

Etwas an ihrer Reaktion ließ mich fragen: »Ist das schon mal passiert?«

»Ein- oder zweimal dieses Jahr«, sagte sie. »Ich werde mit

der Chefin reden.« Und in ihrer schelmischen Art fügte sie hinzu: »Wahrscheinlich hat er Ihre Wimpern gezählt.«

Ich ging wieder auf mein Zimmer. Herr Stroh saß noch immer an seinem Platz, den Feldstecher auf den Knien haltend. Als ich ins Blickfeld trat, hob er das Fernglas vor die Augen. Ich beschloß, sein Gaffen so lange zu erwidern, bis Frau Lublonitsch wieder zurück wäre und sich um die Sache kümmern würde.

Fast eine ganze Stunde saß ich geduldig am Fenster. Hin und wieder stützte Herr Stroh die Arme auf, aber er blieb die ganze Zeit auf seinem Stuhl sitzen. Ich konnte ihn deutlich sehen, obgleich das Grinsen, das auf sein Gesicht trat, wenn er das Fernglas zuweilen an die Augen hob, wohl meiner Phantasie zuzuschreiben war. Den Zorn auf meinem Gesicht konnte er aber zweifellos so deutlich sehen, als säßen wir nur ein paar Zentimeter auseinander. Es war jetzt zu spät, als daß einer von uns hätte einlenken können. Ich sah immer wieder zu den Eingängen des Hotels Stroh hinunter, in der Erwartung, Frau Lublonitsch oder vielleicht einen ihrer Söhne oder einen der Landarbeiter hinübergehen und protestieren zu sehen. Doch von unserer Seite her näherte sich niemand dem Strohschen Grundstück, weder von hinten noch von vorn. Ich blickte weiter hinaus, und Herr Stroh glotzte weiter durch sein Glas.

Dann ließ er es sinken. Es war, als habe eine unsichtbare Kraft es ihm aus der Hand gestoßen. Er trat nahe ans Fenster und schaute herüber, fixierte jetzt aber eine Stelle links, knapp oberhalb meines Zimmers. Nach etwa zwei Minuten drehte er sich um und verschwand.

In diesem Moment klopfte Gerta an meiner Tür. »Die Chefin hat sich beschwert. Sie werden keinen Ärger mehr haben«, sagte sie.

»Hat sie ihn angerufen?«

»Nein, die Chefin benutzt das Telefon nicht, es bringt sie durcheinander.«

»Wer hat dann protestiert?«

»Die Chefin.«

»Aber sie ist doch nicht drüben bei ihm gewesen! Ich habe das Haus beobachtet.«

»Nein, die Chefin geht nicht rüber zu ihm. Aber keine Sorge, er weiß sehr wohl, daß er unsere Gäste nicht stören darf.«

Als ich wieder aus dem Fenster blickte, sah ich, daß die Jalousie in Herrn Strohs Zimmer heruntergelassen war, woran sich bis zum Ende meines Aufenthalts auch nichts änderte.

Unterdessen ging ich hinaus, um meine Briefe in den Briefkasten gegenüber unserem Hotel, auf der anderen Seite des Weges, zu werfen. Die Sonne war stärker herausgekommen, und Herr Stroh stand in der Eingangstür und blinzelte zum Dach des Gasthauses Lublonitsch hinauf. Er war davon ganz in Anspruch genommen, bemerkte mich nicht.

Ich wollte nicht, indem ich zu ihm trat und seinen Blicken folgte, seine Aufmerksamkeit erregen, aber ich hätte gerne gewußt, was ihn so sehr fesselte, daß er wie in Trance zu unserem Dach hochstarrte. Auf dem Rückweg vom Briefkasten sah ich, was es war.

Wie die meisten Dächer dieser Gegend war das Dach des Gasthauses Lublonitsch ein gutes Stück oberhalb der Regenrinne mit einem Gitter versehen, welches verhindern soll, daß im Winter die Schneemassen herunterrutschen. An diesem Gitter, genau unter einem Mansardenfenster, stand die gold und rosa schimmernde Uhr, die ich in Frau Lublonitschs prächtigem Schlafzimmer gesehen hatte.

Ich kam in dem Moment um die Ecke, als Herr Stroh aufhörte, hinaufzustarren. Mürrisch gebeugt trat er wieder hinein. Zwei Autoladungen von Gästen, die am Vormittag in das Hotel eingezogen waren, zogen nun wieder aus, ihre Gepäckstücke eilig und mit den Anzeichen der Erleichterung heraustragend. Ich wußte, daß sein Haus fast völlig leer war.

Vor dem Abendessen ging ich, am Hotel Stroh vorbei, über die Brücke zum Café. Es waren keine anderen Gäste anwesend. Der Besitzer brachte den scharfen Wacholderschnaps, die Spezialität des Ortes, an meinen üblichen Tisch, ich trank davon und wartete, daß jemand käme. Ich mußte nicht lange warten, denn zwei ortsansässige Frauen traten ein und bestellten Eis, wie so viele von ihnen es machten, wenn sie von der Arbeit in einem der Dorfläden nach Hause gingen. Sie hielten lange Löffel in ihren rauhen, knubbeligen Händen und redeten miteinander, und der Cafébesitzer nahm an ihrem Tisch Platz, um die Neuigkeiten des Tages auszutauschen.

»Herr Stroh hat Frau Lublonitsch herausgefordert«, sagte eine der Frauen.

»Schon wieder?«

»Er hat ihren Gästen nachspioniert.«

»Schmutziger alter Spanner.«

»Er tut es nur, um Frau Lublonitsch zu ärgern.«

»Ich habe die Uhr auf dem Dach gesehen. Ich habe gesehen, wie...«

»Stroh ist erledigt, er...«

»Welche Uhr?«

»Die sie ihm im letzten Winter abgekauft hat, als er in der Klemme steckte. Ganz in Rot und Gold, wie ein Altarbild. Eine wunderschöne Uhr – sie gehörte seinem Großvater, als alles noch anders war.«

»Stroh ist erledigt. Sie wird sein Hotel bekommen. Sie wird...«

»Sie wird ihn bis aufs Hemd ausziehen.«

»Er wird gehen müssen. Sie wird das Grundstück zu ihrem Preis bekommen. Dann wird sie bauen, bis zur Brücke hinunter. Wartet ab! Im nächsten Winter wird ihr das Hotel Stroh gehören. Im letzten Winter bekam sie die Uhr. Es ist schon zwei Jahre her, daß sie ihm die Hypothek gab.«

»Jetzt steht ihr nur noch Strohs Haus im Weg. Sie wird es abreißen lassen.«

Die Gesichter der beiden Frauen und des Mannes berührten sich fast über dem Tisch, so hypnotisiert waren sie von ihrem Gesprächsthema. Die Frauen führten den Löffel zum Mund und wieder zum Eisbecher, während die Hände des Mannes die Tischkante umklammerten. Ihre Stimmen hörten sich wie eine Litanei an.

»Sie wird bis zur Brücke bauen.«

»Vielleicht sogar bis auf die andere Seite.«

»Nein, nein. Bis zur Brücke wird ihr's reichen. Sie ist nicht mehr die Jüngste.«

»Armer alter Stroh!«

»Warum expandiert sie denn nicht in die andere Richtung?«

»Weil in der anderen Richtung geschäftlich nicht so viel los ist.«

»Hier läuft das Geschäft, auf dieser Seite des Flusses.«

»Der alte Stroh ist völlig fertig.«

»Sie wird bis zur Brücke bauen. Sie wird sein Haus abreißen und bauen.«

»Bis über die Brücke hinaus.«

»Der alte Stroh! Seine Uhr oben auf dem Dach, daß jeder es sehen kann.«

»Was erwartet er denn, das faule Schwein?«

»Was will er denn mit seinem Feldstecher sehen?«

»Die Touristen.«

»Ich wünsch' ihm viel Vergnügen mit den Touristen.«

Sie kicherten, bemerkten dann, daß ich in Hörweite saß, und tauchten aus ihrer Trance auf.

Wie feinfühlig Frau Lublonitsch ihre tödliche Botschaft doch mitgeteilt hatte! Die vergoldete Uhr war noch immer oben auf dem Dach, als ich zurückkehrte. So hatte sie ihn also wissen lassen, daß die Zeit verging und das Ende des Sommers bevorstand und daß sein Hotel, wie seine Uhr, bald ihr gehören würde. Als ich vorbeiging, kam Herr Stroh ziemlich betrunken zur Haustür herausgeschlurft. Er sah mich nicht. Er sah zur Uhr hoch, die im Sonnenuntergang hing, er sah zu ihr hoch, wie die zitternden Feinde des Herrn auf das Haupt des Holofernes geblickt hatten. Ich fragte mich, ob der arme Mann überhaupt noch den nächsten Winter erleben würde; zweifellos hatte er sich Frau Lublonitsch ein letztes, schwaches Mal entgegengestellt.

Was sie betraf, so würde sie wahrscheinlich leben, bis sie neunzig war oder noch älter. Im allgemeinen wurde sie auf dreiundfünfzig, vier-, fünf-, sechsundfünfzig geschätzt. Eine gesunde Frau.

Tags darauf war die Uhr verschwunden. Genug war genug. Sie war wieder in jenes prachtvolle Zimmer hinter der Küche gebracht worden, in welches Frau Lublonitsch sich in den frühen Morgenstunden zurückzog, um ihre großartigen Pläne zu entwerfen, wobei sie nicht auf dem Rücken lag wie eine besiegte Kreatur, sondern aufrecht dasaß, die weißen Kissen im Rücken, umgeben von den karminroten, scharlachroten, gold- und rosafarbenen Tönen, wodurch ihr Geist, wie von einer religiösen Disziplin, aus seiner Trägheit gerissen wurde. Von hier aus hatte sie die Palme gepflanzt und die Geschäfte gebaut.

Als ich sie am nächsten Tag im Hof die Töpfe scheuern und in ihren Stiefeln zwischen dem Gemüse herumstapfen sah, war ich ein wenig erschrocken. Sie hätte sich mit Scharlachrot und Gold schmücken können, sie hätte in einer mit Türmchen versehenen Villa wohnen können, die dem Haus des Dorfapothekers ebenbürtig gewesen wäre. Aber wie jemand, der dem bösen Blick aus dem Weg geht, oder wie jemand, der eine reine, uneigennützige Kunst ausübt, hatte sie an ihrer braunen Schürze und ihren Stiefeln festgehalten. Und sie würde ihren Lohn bekommen, gar keine Frage. Sie würde das Hotel Stroh übernehmen. Sie würde auf die Brücke marschieren und darüber hinaus. Die Cafés würden ihr gehören, das Schwimmbad, das Kino. Der ganze Marktplatz würde ihr gehören, ehe sie in dem scharlachroten Bett unter dem goldgesäumten Baldachin starb, den Blick auf die vergoldete Uhr gerichtet, auf das Kästchen mit den Urkunden und auf die Flasche mit der nutzlosen Arznei.

Fast schon, als wüßten sie Bescheid, kamen die drei Touristen, die noch im Hotel Stroh wohnten, herüber, um sich bei Frau Lublonitsch zu erkundigen, ob es noch freie Zimmer gäbe und was ihre Preise seien. Ihre Preise waren bescheiden, und für zwei von den dreien fand sie ein Zimmer. Der dritte reiste noch in derselben Nacht auf seinem Motorrad ab.

Jeder möchte gern auf der Seite des Gewinners sein. Am nächsten Morgen sah ich die beiden Neuankömmlinge vom Hotel Stroh geborgen unter der Lublonitschschen Kastanie sitzen und frühstücken. Herr Stroh, nüchterner als sonst, stand in seiner Tür und betrachtete die Szene. Ich dachte, warum spuckt er nicht vor uns aus, er hat doch nichts zu verlieren! Vor meinem geistigen Auge sah ich wieder die vergoldete Uhr hoch oben im Glanz der untergehenden Sonne. Aber ich war noch immer wütend auf ihn, weil er in mein Zimmer gespäht hatte, und ich verspürte gleichzeitig tiefe Verachtung und großes Mitleid, heißen Triumph und kalte Angst.

Die Sonnenbrille

Als wir zum Seeufer kamen, blieben wir stehen, um unser Spiegelbild auf dem Wasser zu betrachten. In diesem Moment, als ihr Gesicht mir aus dem Wasser entgegensah, erinnerte ich mich an sie. Sie hatte ununterbrochen geredet.

Ich setzte meine Sonnenbrille auf, um die Augen vor dem hellen Licht zu schützen und um mir nicht anmerken zu lassen, daß ich sie erkannt hatte.

»Langweile ich Sie?« fragte sie.

»Nein, Dr. Gray, keineswegs.«

»Bestimmt nicht?«

Eine Sonnenbrille aufzusetzen, wenn jemand mitten dabei ist, vertraulich über sein Leben zu sprechen, wirkt abschreckend. Es ging aber nicht anders, denn ich hatte sie erkannt und war aufgeregt und konnte mir ihre Geschichte anständigerweise nur quasi unsichtbar anhören.

»Müssen Sie diese Brille tragen?«

»Ja, das Licht blendet so.«

»Das Tragen von Sonnenbrillen«, sagte sie, »ist ein modernes psychologisches Phänomen. Es bezeichnet den Trend zum Unpersönlichen, es ist die Waffe des modernen Inquisitors, es...«

»An dem, was Sie sagen, ist etwas dran.« Gleichwohl setzte ich meine Sonnenbrille nicht ab, denn erstens hatte ich sie nicht um ihre Begleitung gebeten, und zweitens gibt es eine Grenze für das, was man sich mit dem bloßen Auge anhören kann.

Wir gingen auf dem neu asphaltierten Uferweg rings um den See, und sie fuhr fort, mir zu erzählen, was sie veranlaßt hatte, mit der Allgemeinmedizin aufzuhören und sich der

Psychologie zuzuwenden. Und während sie sprach, beobachtete ich sie durch meine Sonnenbrille, und da Sonnenbrillen alles weicher erscheinen lassen, sah ich sie wieder, so, wie
ich sie aus dem See hatte emporblicken sehen und wie ich sie
in meiner Kindheit gesehen hatte.

Gegen Ende der dreißiger Jahre war Leesden End ein L-för-
miges Städtchen. Unser Haus befand sich an der Spitze des L.
Am gegenüberliegenden Ende befand sich der Marktplatz.
Mr. Simmonds, der Optiker, hatte sein Geschäft auf der
Querachse. Er wohnte dort mit Mutter und Schwester direkt
über dem Laden. Während alle anderen Geschäfte der Häu-
serzeile miteinander verbunden waren, war Mr. Simmonds'
Geschäft ein separates Gebäude, mit einem Weg zu beiden
Seiten, wie bei einem richtigen Haus.

Ich war zu ihm geschickt worden, um meine Augen prüfen
zu lassen. Er führte mich in das abgedunkelte Hinterzimmer
und sagte: »Setz dich, Kleines.« Er legte den Arm um meine
Schulter. Sein Zeigefinger bewegte sich auf und ab an meinem
Nacken. Ich war dreizehn und wollte nicht unhöflich zu ihm
sein. In diesem Moment kam Dorothy Simmonds, seine
Schwester, die Treppe herunter. Lautlos trat sie in ihrem
weißen Kittel zu uns. Noch ehe sie das Zimmer durchquert
hatte, um ein gedämpftes Licht einzuschalten, hatte Mr.
Simmonds den Arm von meiner Schulter genommen, und
zwar so ruckartig, daß mir klarwurde, daß es keine harmlose
Berührung war.

Ich hatte Miss Simmonds schon einmal gesehen, auf einem
Gartenfest, bei dem sie, angetan mit großem Hut und blauem
Kleid, auf einer Tribüne gestanden und ›Sometimes between
long shadows on the grass‹ gesungen hatte, während ich
Fallobst aufgelesen hatte, Äpfel, die allesamt einen verfaulten
Eindruck gemacht hatten. Jetzt, in ihrem weißen Kittel,
drehte sie sich um und warf mir einen feindseligen Blick zu,
als wäre ich im Begriff gewesen, ihren Bruder zu verführen.

Ich hatte das Gefühl, in sexueller Hinsicht etwas Unrechtes getan zu haben, und fing an, mich mit unschuldiger Miene in dem dunklen Zimmer umzusehen.

»Kannst du lesen?« fragte Mr. Simmonds.

Ich hörte auf, mich umzusehen. »Lesen? Was denn?« sagte ich, denn man hatte mir gesagt, daß ich mehrere Buchstaben-reihen würde ablesen müssen. Auf der Tafel, die unter dem schwachen Licht hing, waren Abbildungen von Eisenbahnen und Tieren zu sehen.

»Für den Fall, daß du nicht lesen kannst, haben wir nämlich Bilder für Analphabeten.«

Das war Mr. Simmonds Witz. Ich kicherte. Seine Schwe-ster schmunzelte und tupfte sich mit ihrem Taschentuch das rechte Auge. Sie war in London am rechten Auge operiert worden.

Ich erinnere mich, daß ich die Buchstaben korrekt ablas, bis auf die letzten Reihen, die waren zu klein. Ich erinnere mich noch, daß Mr. Simmonds, als ich das Geschäft verließ, meinen Arm drückte, das sandfarbene, sommersprossige Gesicht rückwärts gewandt, um sicherzugehen, daß seine Schwester ihn nicht beobachtete.

Meine Großmutter sagte: »Hast du...«

»...Mr. Simmonds Schwester gesehen?« sagte meine Tante.

»Ja, sie war die ganze Zeit da«, sagte ich, zwecks Klarstel-lung.

Meine Großmutter sagte: »Es heißt, sie wird...«

»...auf einem Auge erblinden«, sagte meine Tante.

»Und wo ihre Mutter doch bettlägerig ist...«, sagte meine Großmutter.

»...ist sie bestimmt eine Heilige«, sagte meine Tante. Dann, es mag ein paar Tage, vielleicht auch Wochen später gewesen sein, war meine Lesebrille fertig, und ich trug sie, wenn ich nicht gerade vergaß, sie aufzusetzen.

Zwei Jahre später, in den Sommerferien, brach meine Brille entzwei, weil ich mich daraufgesetzt hatte.

Meine Großmutter seufzte und sagte: »Es wird Zeit, daß deine Augen mal wieder geprüft...«

»...sowieso mal wieder geprüft werden«, sagte meine Tante, nachdem sie geseufzt hatte.

Am Abend wusch ich mir die Haare und legte sie in Wellen. Am nächsten Vormittag um elf ging ich zu Mr. Simmonds, eine von Großmutters langen Hutnadeln in meiner Blazertasche. Die Geschäftsfassade war neu gestrichen, auf der Glastür prangte in goldenen Lettern BASIL SIMMONDS, OPTIKERMEISTER, dahinter zahlreiche Buchstaben, es waren, soweit ich mich erinnere, F.B.O.A., A.I.C. und andere.

»Eine richtige junge Dame, Joan!« rief er, mit einem Blick auf meinen jungen Busen.

Ich lächelte und steckte die Hand in die Blazertasche.

Er war noch kleiner als vor zwei Jahren. Ich schätzte ihn auf etwa fünfzig oder dreißig. Sein Gesicht war sommersprossiger denn je, und seine Augen waren mattblau, wie aus einem Tuschkasten. Miss Simmonds tauchte lautlos in ihren weichen Pantoffeln auf. »Eine richtige junge Dame, Joan!« sagte sie hinter ihrer grüngetönten Brille hervor, denn auf dem rechten Auge war sie inzwischen erblindet, und das andere war angeblich auch nicht ganz in Ordnung.

Wir gingen zum Untersuchungszimmer. Sie glitt an mir vorbei und knipste das gedämpfte Licht über der Buchstabentafel an. Ich begann, die Buchstaben vorzulesen, während Basil Simmonds mit gefalteten Händen dabeistand. Jemand betrat das Geschäft. Miss Simmonds schlüpfte nach vorn, um nachzusehen, wer es war. Ihr Bruder streichelte meinen Nacken. Ich las weiter. Er zog mich an sich. Ich faßte in meine Blazertasche. Er rief »Oh!« und sprang beiseite. Die Hutnadel hatte durch meinen Blazer in seinen Schenkel gestochen.

Miss Simmonds erschien in ihrem weißen Rächerkittel an

der Tür. Ihr Bruder, der sich verdutzt den Schenkel gerieben hatte, tat so, als wollte er ein Stäubchen von seiner Hose entfernen.

»Was ist los? Warum hast du gerufen?« sagte sie.

»Ach was, ich habe nicht gerufen.«

Sie sah mich an, machte dann wieder kehrt, um sich dem Kunden vorne im Geschäft zu widmen, die Verbindungstür weit geöffnet lassend. Fast im gleichen Moment war sie wieder zurück. Meine Untersuchung war rasch beendet. Mr. Simmonds brachte mich zur Ladentür, mir einen flehentlichen, unglücklichen Blick zuwerfend. Ich kam mir wie ein Verräter vor und fand, daß er gemein war.

Für den Rest der Ferien figurierte er in meinen Gedanken als ›Basil‹, und ich versuchte, mir sein Privatleben auszumalen, indem ich Fragen stellte und die Gespräche um mich herum mit größerem Interesse verfolgte als sonst. ›Dorothy‹, dachte ich, ›und Basil.‹ Meine Phantasie beschäftigte sich so lange mit ihnen, bis ich ein Bild von den Wohnräumen über dem Laden entwickelt hatte. Beim Nachmittagstee blieb ich extra lange sitzen und, um das Gespräch auf Dorothy und Basil zu lenken, erzählte unseren Besuchern, daß meine Augen untersucht worden seien.

»Die Mutter bettlägerig und ein Vermögen wert. Aber was nützt ihr das?«

»Welche Chancen hat Miss Simmonds jetzt, mit diesem Auge?«

»Sie wird das Geld bekommen. Er wird nur den gesetzlichen Pflichtteil bekommen.«

»Nein, es heißt, er wird alles bekommen, zu treuen Händen.«

»Ich glaube, Mrs. Simmonds hat alles ihrer Tochter vermacht.«

Meine Großmutter sagte: »Sie sollte ihr Vermögen ...«

»... zu gleichen Teilen vererben«, sagte meine Tante. »Gerechtigkeit muß sein!«

Ich malte mir eine immer wiederkehrende Szene aus: Bruder und Schwester treten aus dem Zimmer ihrer Mutter, und auf dem schmalen Treppenhaus treffen sich ihre Blicke, in stummem Kampf um die Erbschaft. Basils stumpfe Augen sind ausdruckslos, doch der nach vorne gereckte rote Hals verrät seine Absichten. Dorothy ihrerseits macht ihre Absichten dadurch deutlich, daß sie den Kopf spiralförmig bewegt – hin und her und aufwärts – und daß sie ihr gesundes Auge durch die grüne Brille funkeln läßt.

Dann erhielt ich die Benachrichtigung, daß ich meine neue Lesebrille abholen könnte. Ich hatte die Hutnadel bei mir. Ich war freundlich zu Basil, während ich vorne im Laden die neue Brille ausprobierte. Er wollte anscheinend eine Hand auf meine Schulter legen, konnte sich aber nicht entscheiden, hatte Angst. Dorothy kam herunter und tauchte vor uns auf, gerade in dem Moment, als seine Hand unschlüssig zitterte. Er machte aus dem Zittern seiner Hände eine Bewegung, die den Sitz des Brillenbügels hinter meinem Ohr korrigierte.

»Meine Tante sagt, ich soll sie richtig ausprobieren«, sagte ich, »wo ich schon mal da bin.« Das gab mir die Gelegenheit, mich im vorderen Teil des Ladens umzusehen.

»Du wirst sie nur zum Lernen brauchen«, sagte Basil.

»Manchmal brauche ich aber eine Brille, wenn ich nicht lese«, sagte ich. Mein Blick fiel durch eine Tür in ein kleines Büro, in das wegen eines Baumes draußen auf dem Weg nur wenig Licht drang. In dem Büro befanden sich ein unförmiger grüner Safe, eine alte Schreibmaschine auf einem Tisch und am Fenster ein Schreibtisch mit einem Geschäftsbuch darauf. Andere Geschäftsbücher lagen...

»Unsinn«, sagte Dorothy. »Ein gesundes Mädchen wie du braucht eigentlich gar keine Brille. Zum Lesen, um die Augen zu schonen, vielleicht. Aber wenn du nicht liest...«

Ich erwiderte: »Großmutter hat gesagt, ich soll mich erkundigen, wie es Ihrer Mutter geht.«

»Es geht bergab mit ihr«, sagte sie.

Ich gewöhnte mir an, Basil ein bezauberndes Lächeln zuzuwerfen, wenn ich beim Einkaufen an seinem Geschäft vorbeikam. Das passierte sehr oft. Und dann stand er immer schon in der Ladentür, darauf wartend, daß ich auf dem Rückweg wieder bei ihm vorbeikäme. Ich habe ihm dann immer die kalte Schulter gezeigt. Ich fragte mich, wie lange er es ertragen würde, sich betören zu lassen und zehn Minuten später einen Korb zu bekommen.

Ich fing an, vor dem Abendessen in den Seitenstraßen herumzuspazieren, schlenderte immer wieder um das Simmondssche Haus und überlegte, was sich drinnen wohl abspielte. Einmal, als es schon dämmerte, setzte starker Regen ein, und ich stellte fest, daß ich unter dem Baum, der so dicht vor dem schmutzigen Bürofenster stand, einigermaßen geschützt war. Ich konnte gerade über das Fenstersims hinwegsehen und am Schreibtisch eine Gestalt erkennen. Bald, dachte ich, würde die Gestalt das Licht einschalten müssen.

Nachdem ich fünf lange Minuten gewartet hatte, erhob sich die Gestalt, ging zur Tür und schaltete das Licht ein. Es war Basil, dessen Haare plötzlich hellrot aussahen. Auf dem Rückweg zum Schreibtisch bückte er sich zum Safe und holte einen Stapel Papiere heraus, die mit einer Büroklammer zusammengehalten wurden. Ich wußte, daß er aus dem Stapel ein Blatt herausnehmen und daß es sich bei diesem Dokument um das eigentlich spannende, wichtige handeln würde. Es war wie bei einer Lektüre eines Buches, das man schon kennt. Man weiß, was kommt, will sich aber kein Wort entgehen lassen. Er holte tatsächlich ein Blatt Papier hervor und hielt es hoch. Es war maschinebeschrieben, aber der unterste Absatz war, wie man vom Fenster aus sehen konnte, von Hand geschrieben. Simmonds legte das Blatt neben einen Bogen Papier, der schon auf dem Schreibtisch lag. Ich drückte mich an das Fenster und gedachte, falls ich gesehen würde, zu winken und zu lächeln und zu rufen, daß ich Schutz gesucht hätte vor dem Regen, der inzwischen herunterprasselte. Basil hielt den Blick aber auf die Blätter gesenkt. Es lagen noch andere Blätter auf dem Schreibtisch; ich konnte nicht erkennen, was auf ihnen stand. Ich war jedoch überzeugt, daß er auf ihnen Schriftzüge geübt hatte und daß er im Begriff war, das Testament seiner Mutter zu fälschen.

Dann griff er zum Federhalter. Ich kann noch heute den Regen riechen und höre ihn um mich herum niederprasseln und fühle, wie er durch das Astwerk auf mich herabtropft. Basil hob die Augen und sah in den Regen hinaus. Es schien, als ruhe sein Blick auf mir, auf genau der Stelle zwischen Fenster und Baum, an der ich mich befand. Ich verharrte reglos, an den Baum gedrückt, wie eine gejagte Kreatur, und hätte am liebsten die Farbe von Rinde und Blättern und Regen angenommen. Dann wurde mir klar, daß ich ihn ja viel deutlicher sehen konnte als er mich, denn es wurde dunkel.

Er griff nach einem Löschpapier. Er tauchte die Feder in die Tinte und begann, das vor ihm liegende Blatt unten zu beschreiben, es hin und wieder mit dem Blatt vergleichend, das er aus dem Safe genommen hatte. Ich war nicht überrascht, doch völlig gefesselt, als sich die Tür hinter ihm langsam öffnete. Es war, als sähe ich eine Verfilmung des Buches. Dorothy schlich sich heran, aber er hörte nichts, ließ Wort auf Wort aus der Feder fließen. Der Regen prasselte erbarmungslos hernieder. Durch ihre grüne Brille sah sie mit dem einen Augen hinterhältig über seine Schulter auf das Papier.

»Was machst du da?« sagte sie.

Er sprang auf und schob das Löschpapier über sein Werk. Ihr eines Auge funkelte ihn durch die grüne Brille an, obwohl ich das eigentlich nicht gesehen habe, sondern nur, wie sich die grünen Brillengläser von der Seite auf sein Gesicht richteten.

»Ich mache die Buchführung«, sagte er, mit dem Rücken zum Schreibtisch, die Papiere verbergend. Ich sah, wie sich seine Hand nach hinten schob und nervös herumtastete.

Ich schlotterte in meinen völlig durchnäßten Sachen. Dorothy sah mit ihrem Auge zum Fenster. Ich glitt zur Seite, um ihrem Blick auszuweichen, und rannte nach Hause.

Am nächsten Morgen sagte ich: »Ich habe versucht, mit dieser Brille zu lesen. Alles ist so verschwommen. Ich muß sie wohl zurückbringen.«

»Ist dir denn nichts aufgefallen, als du sie...«

»...im Laden probiert hast.«

»Nein. Im Laden ist es so dunkel. Muß ich sie zurückbringen?«

Ich brachte sie Mr. Simmonds am frühen Nachmittag zurück.

»Ich habe heute morgen versucht, damit zu lesen, aber es ist alles verschwommen.« Allerdings hatte ich sie zuerst mit Feuchtigkeitscreme beschmiert.

Im Handumdrehen stand Dorothy neben uns. Sie schaute einäugig auf die Brille, dann zu mir.

»Hast du Verstopfung?« fragte sie.

Ich schwieg, hatte aber den Eindruck, daß sie durch ihre grünen Brillengläser alles sah.

»Setz sie auf«, sagte Dorothy.

»Probier sie mal«, sagte Basil.

Sie hatten sich verbündet. Alles ging schief, denn ich war ja gekommen, um herauszufinden, wie nach der Sache mit dem Testament die Dinge bei ihnen lagen.

Basil ließ mich etwas lesen. »Jetzt geht es«, sagte ich, »aber heute morgen, als ich lesen wollte, war es ganz verschwommen.«

»Du solltest eine Medizin nehmen«, sagte Dorothy.

Ich wollte möglichst schnell mit der Brille aus dem Laden kommen, doch der Bruder sagte: »Ich werde mir deine Augen nochmals ansehen, wo du schon hier bist, sicherheitshalber.«

Er machte einen ganz normalen Eindruck. Ich folgte ihm in das dunkle Hinterzimmer. Dorothy schaltete das Licht ein. Beide machten einen normalen Eindruck. Die Szene in dem kleinen Büro am Abend zuvor kam mir immer weniger überzeugend vor. Als ich die Buchstaben auf der Tafel vor mir herunterlas, war Basil wieder ›Mr. Simmonds‹ für mich und Dorothy ›Miss Simmonds‹, und ich hatte Angst vor ihrer Autorität und fühlte mich im Unrecht.

»Scheint ja alles in Ordnung zu sein«, sagte Mr. Simmonds. »Aber warte mal einen Moment.« Er zog ein paar bunte Lichtbilder hervor, auf denen Buchstaben standen.

Miss Simmonds warf mir einen, wie ich fand, einäugigen, triumphierend-höhnischen Blick zu und stieg die Treppe hoch, wie jemand, der mit einem anderen Menschen nichts mehr zu tun haben will. Offensichtlich wußte sie, daß ich für ihren Bruder nicht mehr interessant war.

Doch bevor sie den Treppenabsatz erreichte, hielt sie an und kehrte wieder um. Sie ging zu einem Regal und stellte ein paar Flaschen um. Ich las weiter. Sie unterbrach mich.

»Meine Augentropfen, Basil. Ich habe sie doch heute morgen hergestellt. Wo sind sie?«

Mr. Simmonds betrachtete sie plötzlich, als passierte etwas Unvorstellbares.

»Einen Moment, Dorothy. Warte, ich will nur noch die Augen dieses Mädchens prüfen.«

Sie hatte ein braunes Fläschchen heruntergeholt. »Ich will meine Augentropfen haben. Wenn du sie bloß nicht immer woanders hinstellen würdest. Sind es diese?«

Mir fiel die korrekte Formulierung »sind es diese?« auf, und es kam mir ein wenig überkorrekt vor. Womöglich waren die zwei am Ende doch sonderbar, bösartig, schuldig.

Sie hatte die Flasche hochgehoben und las mit ihrem gesunden Auge das Etikett. »Ja, es sind meine. Mein Name steht darauf«, sagte sie.

Finsterer Basil, finstere Dorothy. Also doch, irgend etwas war nicht in Ordnung. Sie stieg mit ihren Augentropfen die Treppe hoch. Der Bruder legte die Hand auf meinen Ellbogen, hob mich auf die Füße und vergaß seine bunten Lichtbilder.

»Mit deinen Augen ist alles in Ordnung. Los, troll dich!« Er schob mich in den vorderen Geschäftsraum. Seine matten Augen waren weit geöffnet, als er mir meine Brille gab. Er zeigte zur Tür. »Ich habe viel zu tun«, sagte er.

Von oben her kam ein anhaltender Schrei. Basil riß die Tür für mich auf, aber ich bewegte mich nicht. Dorothy oben schrie und schrie und schrie. Basil hielt sich die Hand vor die Augen. Dorothy erschien, schreiend und schmerzgekrümmt, auf dem Treppenabsatz, das gesunde Auge mit beiden Händen bedeckend.

Ich fing an zu schreien, als ich wieder zu Hause war, und bekam ein Beruhigungsmittel. Am Abend wußten alle, daß Miss Simmonds für ihre Augen die falschen Tropfen genommen hatte.

»Wird sie auch auf diesem Auge erblinden?« wurde gefragt.

»Der Arzt sagt, es besteht Hoffnung.«

»Es wird eine Untersuchung geben.«

»Auf diesem Auge wäre sie sowieso erblindet«, sagte jemand.

»Schon, aber die Schmerzen...«

»Wer hat sich vertan, er oder sie?«

»Joan war dort, als es passierte. Joan hat die Schreie gehört. Wir mußten ihr ein Beruhigungsmittel...«

»...Beruhigungsmittel geben.«

»Aber wer war es denn nun?«

»Normalerweise fertigt sie die Augentropfen selbst an. Sie ist ja zugelassene...«

»...zugelassene Apothekerin.«

»Joan sagt, auf der Flasche stand ihr Name.«

»Wer hat den Namen auf die Flasche geschrieben? Das ist doch die Frage. Aufgrund der Handschrift wird man's feststellen können. Wenn es Mr. Simmonds war, wird er Berufsverbot bekommen.«

»Sie hat die Namen immer selbst auf die Flaschen geschrieben. Die Ärmste, man wird ihr die Zulassung entziehen.«

»Sie werden ihre Geschäftslizenz verlieren.«

»Ich habe erst vor drei Wochen Augentropfen von ihnen bekommen. Wenn ich gewußt hätte, was ich heute weiß, dann hätte ich nie...«

»Der Doktor sagt, die Flasche ist unauffindbar. Sie ist verschwunden.«

»Nein, der Wachtmeister sagt, die Flasche ist da, eindeutig. Es ist ihre Handschrift. Sie muß die Tropfen selbst angefertigt haben, die Ärmste!«

»Tollkirsche, genau das gleiche.«

»Atropin heißt das Zeug. Belladonna. Tollkirsche.«

»Es hätte aber Eserin sein müssen. Das hat sie sonst immer genommen, sagt der Doktor.«

»Dr. Gray sagt das?«

»Ja, Dr. Gray.«

»Dr. Gray sagt, wenn man von Eserin zu Atropin über-geht...«

Die Sache wurde als Unfall deklariert. Es bestand große Aussicht, daß Miss Simmonds eines Auge gesunden würde. Sie selbst hatte die verordnete Medizin angefertigt, weigerte sich aber, darüber zu sprechen.

Ich sagte: »Vielleicht hat irgend jemand sich an der Flasche zu schaffen gemacht. Habt ihr daran mal gedacht?«

»Joan liest zuviel!«

In der letzten Ferienwoche starb die alte Mrs. Simmonds in der Wohnung über dem Laden, und ihre Tochter erbte das gesamte Vermögen. Zur selben Zeit bekam ich Mandelentzün-dung und konnte nicht zur Schule zurück. Ich wurde von unserer Ärztin behandelt, der Witwe des einzigen Arztes der Stadt, der vor kurzem gestorben war. Das war das erste Mal, daß ich Frau Dr. Gray sah, obwohl ich ihren Mann gekannt hatte; ihr Mann fehlte mir. Frau Dr. Gray war eine lebhafte, sportliche Frau. Es hieß, sie sei jung. Eine Woche lang besuchte sie mich jeden Tag. Nach reiflicher Überlegung sagte ich mir, daß sie normal sei und in Ordnung, jedoch langweilig.

Während der Fieberphase meiner Krankheit sah ich, durch das Fenster, Basil am Tisch sitzen, und hörte ich Dorothys Schreie. Während meiner Genesung machte ich Spaziergänge, die mich stets am Simmondsschen Haus vorbeiführten. In bezug auf das Testament der Mutter hatte es keinen Streit gegeben. Jedermann sagte, die Sache mit den Augentropfen sei ein schrecklicher Unfall gewesen. Miss Simmonds arbeitete nicht mehr in ihrem Beruf und wurde angeblich immer wunderlicher.

Eines Abends, etwa um sechs Uhr, sah ich Frau Dr. Gray aus dem Simmondsschen Haus kommen. Sie muß die arme Miss Simmonds besucht haben. Sie bemerkte mich sofort, als ich vom Weg her auftauchte.

»Trödel nicht herum, Joan! Es wird kalt.«

Am folgenden Abend sah ich Licht im Bürofenster. Ich stand unter dem Baum und guckte hinein. Dr. Gray saß auf dem Tisch, den Rücken mir zugewandt, ganz nah. Mr. Simmonds saß auf seinem Stuhl, sprach zu ihr und kippelte. Auf dem Tisch stand eine Flasche Sherry. Jeder von ihnen hatte ein Glas, das zur Hälfte mit Sherry gefüllt war. Dr. Gray baumelte mit den Beinen, das war unrecht, sexy, wie unsere Haushaltshilfe, die auf dem Küchentisch saß und mit den Beinen baumelte.

Doch dann sprach sie. »Es wird lange dauern«, sagte sie. »Sie ist ja eine schwierige Patientin.«

Basil nickte. Dr. Gray baumelte mit den Beinen und sah wie ein Profi aus. Sie war in Ordnung, sie sah wie unsere Sportlehrerin aus, die manchmal auf einem Pult saß und mit den Beinen baumelte.

Bevor ich wieder zur Schule ging, sah ich Basil eines Morgens in der Ladentür stehen. »Geht's jetzt mit der Lesebrille?« rief er.

»Ja, vielen Dank!«

»Mit deinen Augen ist alles bestens. Paß auf, daß deine Phantasie nicht mit dir durchgeht!«

Ich ging weiter, überzeugt davon, daß er die ganze Zeit von meinen Verdächtigungen gewußt hatte.

»Mit der Psychologie habe ich während des Kriegs angefangen. Davor hatte ich als praktische Ärztin gearbeitet.«

Ich war zu der Sommerakademie gekommen, um dort Vorträge über Geschichte zu halten, und sie über Psychologie. Psychiater sind sehr oft bereit, Fremden von ihrem Seelenleben zu erzählen. Das liegt vermutlich daran, daß sie so viel Zeit damit verbringen, ihren Patienten zuzuhören. Als Frau Dr. Gray ihren ersten Vortrag über die »psychischen Ausdrucksweisen der Sexualität« hielt, hatte ich sie nicht wiedererkannt, höchstens als Typus. Sie sprach von Kind-Poltergeistern, und aus Langeweile fing ich an, genauer auf die kuriose Sprache ihres Faches zu achten. Mir fiel das Wort »Erregung« auf. »In einem Zustand sexueller Erregung«, sagte sie, »können Heranwachsende eine beinahe übersinnliche Einsicht entwickeln.«

Nach dem Lunch, die Anglisten waren Tennis spielen gegangen, heftete sie sich an meine Fersen. Wir gingen über den Rasen, an den Rhododendren vorbei, hinüber zum See. Dieser See war der Schauplatz des Todes einer liebeskranken Herzogin gewesen.

»... während des Krieges. Davor habe ich als praktische Ärztin gearbeitet. Es ist seltsam«, sagte sie, »wie ich zur Psychologie gekommen bin. Mein zweiter Mann hatte einen Zusammenbruch und war in psychiatrischer Behandlung. Natürlich ist er unheilbar, aber ich beschloß ... Merkwürdig, aber das war mein Weg. So bin *ich* bei Verstand geblieben. Mein Mann ist ja noch immer in einer Anstalt. Seine Schwester ist absolut unheilbar. Er hat seine lichten Momente. Als ich ihn heiratete, war mir das natürlich nicht klar, aber heute würde ich sagen, daß bei ihm eine ödipale Übertragung stattgefunden hat, und ...«

Wie ermüdend ich diese Worte fand! Wir waren am See

angelangt. Ich beugte mich über das trübe Wasser und sah mein Gesicht zu mir hochblicken. Ich sah zu Dr. Grays Spiegelbild hinüber und erkannte sie. In diesem Moment setzte ich meine Sonnenbrille auf.

»Langweile ich Sie?« fragte sie.

»Nein, erzählen Sie ruhig weiter.«

»Müssen Sie diese Brille tragen? ... Es ist ein modernes psychologisches Phänomen ... der Trend zum Unpersön-lichen ... des modernen Inquisitors.«

Eine Weile schaute sie auf ihre Füße, während wir um den See gingen. Dann fuhr sie mit ihrer Geschichte fort.

»... ein Optiker ... Seine Schwester war blind – im Begriff zu erblinden, als ich sie das erste Mal behandelte. Nur das eine Auge war krank. Dann passierte ein Unfall, einer dieser psychologischen Unfälle. Sie war eine zugelassene Apotheke-rin, aber sie stellte sich die falschen Augentropfen zusammen. Normalerweise ist es ja sehr schwer, solch einen Fehler zu machen. Aber unbewußt wollte sie es, sie wollte es einfach. Sie war nicht normal, sie war nicht normal.«

»Ich habe nicht behauptet, daß sie normal war«, sagte ich.

»Wie bitte?«

»Bestimmt war sie nicht normal«, meinte ich, »wenn Sie es sagen.«

»Das Ganze läßt sich psychologisch erklären, und so haben wir es ja auch meinem Mann zu zeigen versucht. Wir haben es ihm immer wieder gesagt und ihn mit den verschiedensten Methoden behandelt – Schock, Insulin, alles. Und am Ende wirkte sich das Medikament bei seiner Schwester nicht unmittelbar aus, und als sie dann doch erblindete, war es akuter grüner Star. Sie hätte das Augenlicht wohl in jedem Fall verloren. Na ja, sie rastete dann völlig aus und beschul-digte ihren Bruder, absichtlich die falschen Tropfen in die Flasche getan zu haben. Aus psychologischer Sicht ist genau dies das Interessante – sie sagte, sie habe etwas gesehen, was er vor ihren Augen habe verbergen wollen, etwas Anrüchiges.

Sie sagte, er habe das wissende Auge blenden wollen. Sie sagte...«

Wir gingen jetzt das zweite Mal um den See. Als wir zu der Stelle kamen, wo ich ihr Spiegelbild gesehen hatte, hielt ich an und blickte über das Wasser.

»Ich langweile Sie.«

»Nein, nein.«

»Wenn Sie bloß diese Brille absetzen würden!«

Ich setzte sie für einen Augenblick ab. Ihre Arglosigkeit machte sie mir irgendwie sympathisch, denn sie erkannte mich nicht, obschon sie mich scharf ansah und dann sagte: »Im Unterbewußtsein gibt es einen Grund, warum Sie sie tragen.«

»Hinter dunklen Brillen verbergen sich dunkle Gedanken«, sagte ich.

»Ist das ein Sprichwort?«

»Nicht daß ich wüßte. Aber jetzt ist es eins.«

Sie blickte mich erneut an, erkannte mich aber nicht. Diese Erforscher der Seele haben kein Auge für Äußerliches. Statt dessen ›erkannte‹ sie meine Gedanken. Bestimmt paßte ich in eine ihrer Kategorien.

Ich setzte meine Brille wieder auf, und wir gingen weiter.

»Wie hat Ihr Mann auf die Beschuldigungen seiner Schwester denn reagiert?« sagte ich.

»Er war erstaunlich liebenswürdig.«

»Liebenswürdig?«

»O ja, in Anbetracht der Umstände. Sie hatte ja allerlei Gerüchte unter den Nachbarn ausgestreut. Es war bloß eine kleine Stadt. Ich konnte ihn erst nach langer Zeit dazu bringen, seine Schwester in eine Blindenanstalt zu geben, wo sie versorgt werden würde. Sie hatten eine furchtbare Beziehung zueinander. Unbewußter Inzest.«

»Haben Sie das nicht gewußt, als Sie ihn heirateten? Ich könnte mir vorstellen, daß es offenkundig war.«

Sie sah mich wieder an. »Zu der Zeit hatte ich noch nicht Psychologie studiert«, sagte sie.

Ich auch nicht, dachte ich.

Wir schwiegen und begannen unsere dritte Runde um den See. Dann sagte sie: »Also, ich wollte Ihnen erzählen, wie ich zur Psychologie gekommen bin. Mein Mann hatte einen Nervenzusammenbruch, nachdem seine Schwester ausgezogen war. Er hatte Wahnvorstellungen. Er bildete sich ein, überall Augen zu sehen, die ihn anblickten. Von Zeit zu Zeit sieht er sie noch immer. Aber Augen, verstehen Sie! Das ist ja das Bezeichnende. Unbewußt fühlte er sich schuldig am Erblinden seiner Schwester. Weil er es unbewußt gewollt hat. Immer wieder bekennt er, daß er es getan hat.«

»Und versucht hat, das Testament zu fälschen«, sagte ich. Sie hielt an. »Was sagen Sie da?«

»Gibt er zu, daß er versucht hat, das Testament seiner Mutter zu fälschen?«

»Von einem Testament habe ich doch gar nicht gesprochen!«

»Ach, mir war so.«

»Aber so lautete tatsächlich der Vorwurf seiner Schwester. Wie sind Sie denn darauf gekommen? Woher wußten Sie?«

»Ich muß wohl medial veranlagt sein«, sagte ich.

Sie nahm meinen Arm. Ich war eine außerordentlich interessante Fallgeschichte geworden.

»Sie müssen wirklich medial veranlagt sein«, sagte sie. »Sie müssen mir mehr von sich erzählen. Na ja, das ist jedenfalls die Geschichte, wie ich zu meinem jetzigen Beruf gekommen bin. Als mein Mann mit diesen Wahnvorstellungen und Geständnissen anfing, hielt ich es für notwendig, ein Verständnis für seelische Prozesse zu entwickeln. Und dann habe ich studiert. Es hat sich bezahlt gemacht. Ich bin bei Verstand geblieben.«

»Ist Ihnen mal der Gedanke gekommen, daß die Geschichte der Schwester stimmen könnte?« fragte ich. »Vor allem, da er sie ja zugibt.«

Sie nahm ihren Arm wieder weg und sagte: »Ja, ich habe die

Möglichkeit in Betracht gezogen. Ich muß sagen, gründlich in Betracht gezogen.«

Sie merkte, daß ich ihr Gesicht beobachtete. Sie sah aus, als wollte sie sich persönlich rechtfertigen.

»Bitte, setzen Sie doch Ihre Brille ab!« sagte sie.

»Warum glauben Sie seinem eigenen Geständnis nicht?«

»Ich bin Psychiater, und Geständnissen glauben wir nur selten.« Sie sah auf ihre Uhr, als wollte sie mir zu verstehen geben, ich hätte das Gespräch angefangen und langweile sie nun.

Ich sagte: »Wenn Sie ihn beim Wort genommen hätten, vielleicht wäre er dann seine Wahnvorstellungen losgeworden.«

Sie rief: »Was sagen Sie da? Was denken Sie sich! Er wollte zur Polizei und dort eine Erklärung abgeben. Ist Ihnen klar...«

»Sie wissen, daß er schuldig ist«, sagte ich.

»Als seine Frau weiß ich, daß er schuldig ist«, sagte sie.

»Als Psychiater muß ich ihn aber für unschuldig halten. Deswegen habe ich das Fach ja studiert.« Sie wurde plötzlich wütend und brüllte: »Sie verdammter Inquisitor! Solche Typen wie Sie kenne ich!«

Ich konnte kaum glauben, daß sie, die bislang so ruhig gewesen war, nun brüllte. »Ach, es geht mich nichts an«, sagte ich und nahm, zum Zeichen meiner guten Absicht, meine Sonnenbrille ab.

Ich glaube, in diesem Augenblick erkannte sie mich.

Ein Mitglied der Familie

An einem Tag im November sagte Richard plötzlich: »Du mußt meine Mutter kennenlernen!«

Trudy, die lange auf diesen Satz gewartet hatte, war nun doch überrascht.

»Ich möchte gerne«, sagte Richard, »daß du meine Mutter kennenlernst. Sie freut sich schon darauf.«

»Ach, weiß sie denn von mir?«

»Ja, sicher«, sagte Richard.

»Oh!«

»Kein Grund zur Aufregung«, sagte Richard. »Sie ist furchtbar nett.«

»Bestimmt. Ja, natürlich würde ich gerne...«

»Komm doch am Sonntag zum Tee!« sagte er.

Sie hatten sich im vorausgegangenen Juni in einem südöster-reichischen Badeort kennengelernt. Trudy war mit einer jungen Frau dorthin gereist, die in Kensington, direkt unter ihr, ein möbliertes Zimmer bewohnte. Im Gegensatz zu Trudy konnte diese junge Frau Deutsch sprechen.

Bleilach war einer der billigeren Ferienorte – billiger, so konnte man es ausdrücken. Tatsächlich war er billig.

»Gwen, mir war nicht klar, daß es hier auch regnet«, sagte Trudy am dritten Tag. »Es ist ja wie in Wales«, sagte sie; sie stand vor den geschlossenen Doppelfenstern ihres Zimmers, betrachtete den Platzregen und stellte sich die Berge vor, die wohl tatsächlich da, aber nicht zu sehen waren.

»Das hast du gestern schon gesagt«, erwiderte Gwen, »und gestern war schönes Wetter. Gestern hast du gesagt, es sei wie in Wales.«

»Gestern hat es etwas geregnet.«

»Aber die Sonne schien, als du gesagt hast, es sei wie in Wales!«

»Es stimmt doch.«

»Dort regnet es aber viel mehr«, sagte Gwen.

»Ich hätte nicht gedacht, daß es so naß ist.« Dann konnte Trudy fast hören, wie Gwen bis zwanzig zählte.

»Man muß es darauf ankommen lassen«, sagte Gwen. »Wir haben Pech mit diesem Sommer.«

Wie zur Bestätigung wurde das Prasseln des Regens noch stärker.

Trudy dachte, ich halte lieber den Mund. Doch dann sagte sie törichterweise: »Wäre es nicht besser, wenn wir uns etwas Teureres suchten?«

»Der Regen fällt auch auf die teureren Häuser. Er fällt auf die Gerechten und die Ungerechten gleichermaßen.«

Gwen war fünfunddreißig, Lehrerin. Die Art, wie sie ihr Haar trug und ihre Kleider und den Hauch von Lippenstift und wie sie am Fenster stand und in den Regen hinausschaute, ließ Trudy spüren, daß sie jeden Gedanken ans Heiraten aufgegeben hatte. »Auf die Gerechten und die Ungerechten gleichermaßen«, sagte Gwen, die aufreizend gleichmütigen Augen auf Trudy gerichtet, als wollte sie sagen, du bist die Ungerechte und ich bin die Gerechte.

Anderntags war schönes Wetter. Sie schwammen im See. Sie saßen unter rot-gelben Sonnenschirmen auf der Terrasse ihrer Pension, tranken Apfelsaft und blickten zum unschuldig lächelnden Gebirge hinüber. Sie promenierten – Gwen in marineblauen Shorts und Trudy in bauschigem Strandanzug – am Seeufer, wo auch die schlanken, braungebrannten, jugendlichen Zeltler aus aller Welt herumliefen, die dauergewellten Engländerinnen und aus Deutschland die dicken Mütter in gemusterten Sommerkleidern und die stiernackigen Väter, blonde, ernste Kinder im Schlepptau.

»Es gibt ja gar keine Männer hier«, rief Trudy.

»Es gibt Hunderte«, antwortete Gwen, in einem Tonfall, der ausdrücken sollte, was meinst du denn damit?

»Ich muß wirklich mal mein Wörterbuch ausprobieren«, sagte Trudy, denn sie vermutete, unabhängig von Gwen als Dolmetscherin, womöglich bessere Chancen zu haben, wie sie selbst es nannte.

»Deine Chancen, jemand Interessantes kennenzulernen, wären dann wohl größer«, sagte Gwen, die durch das ständige gemeinsame Eingesperrtsein wegen des Regens anscheinend übersinnliche Fähigkeiten entwickelt hatte und nun fortwährend Trudys Gedanken in Worte kleiden wollte.

»Ach, ich bin doch nicht deswegen hier. Ich will nur ein wenig ausspannen, wie ich dir gesagt habe. Ich bin nicht . . .«

»Du meine Güte! Richard!«

Gwen sprach tatsächlich Englisch mit einem Mann, der offenbar nicht von einer Ehefrau oder Tante oder Schwester begleitet wurde.

Er küßte Gwen auf die Wange. Sie lachte, und er lachte ebenfalls. »Na so was!« rief er. Er war nicht viel größer als Gwen. Er hatte dunkles, krauses Haar und einen kleinen, hellbraunen Schnurrbart. Er trug eine Badehose, und seine breite Brust war eindrucksvoll gebräunt. »Was führt dich hierher?« sagte er zu Gwen, während er gleichzeitig Trudy ansah.

Er wohnte in einem Hotel auf der anderen Seite des Sees. Für den Rest der zwei Wochen kam er jeden Morgen um zehn herübergerudert, um sich mit ihnen zu treffen, und mitunter verbrachte er den ganzen Tag mit ihnen. Trudy war hingerissen, konnte Gwens freundliche Gleichgültigkeit ihm gegenüber nicht verstehen, dabei war er doch Lehrer am selben Gymnasium wie Gwen, die ihn folglich jeden Tag sah.

Jedesmal, wenn er kam, küßte er Gwen auf die Wange.

»Du scheinst dich ja gut mit ihm zu verstehen«, sagte Trudy.

»Oh, Richard ist ein alter Freund. Ich kenne ihn schon seit Jahren.«

In der zweiten Woche unternahm Gwen verschiedene Ausflüge und ließ die beiden allein.

»Dieser Ort hier ist was für Kenner«, sagte Richard zu Trudy und erklärte ihr auch, warum und inwiefern, und sie, fasziniert, erblickte in dem abblätternden pastellfarbigen Putz des kleinen Ortes, dem unnötigen Blumenschmuck der Balkone, den slowenischen Zwiebeltürmen schließlich doch etwas Besonderes. Ihr war, als sähe sie durch seine Augen die Frauen, die in grauen Röcken und mit prall gefüllten Blusen neben ihren Gatten und herausgeputzten Kindern einher-schritten, und sie paßten hierher, waren goldrichtig.

»Sind das alles Österreicher?« fragte Trudy.

»Nein, ein paar sind Deutsche und Franzosen. Aber es ist der gleiche Typ, der sich von diesem Ort angezogen fühlt.«

Richards Augen ruhten wohlgefällig auf den lärmenden Jugendlichen, die ihre Zelte auf dem Platz am See aufgebaut hatten, sie waren langgliedrig und animalisch, bunt und knapp bekleidet. Sie tollten herum wie elektrisierte Ziegen, sahen aber erstaunlich sittsam aus.

»Worüber sprechen sie?« fragte sie Richard, als eine Grup-pe von ihnen vorüberging. Ihre Lippen waren glänzend rot, die Zähne sehr weiß. Sie unterhielten sich lautstark und lachten einander zu.

»Sie sprechen über ihre schnellen Rennwagen.«

»Ach, sie haben Rennwagen?«

»Nein, die Rennwagen, über die sie reden, gibt es nicht. Manchmal sprechen sie über Filmverträge, die es auch nicht gibt. Deswegen lachen sie.«

»Ist nicht sehr witzig, oder?«

»Sie kommen aus verschiedenen Ländern, deshalb müssen sie sich auf solche Witze beschränken, die jeder versteht, und so sprechen sie über Rennwagen, die es nicht gibt.«

Gefälligkeitshalber kicherte Trudy ein wenig. Richard

121

sagte ihr, er sei fünfunddreißig, was sie plausibel fand. Sie gab ihr Alter, ungefragt, mit knapp zweiundzwanzig an, woraufhin Richard sie ansah und wegsah und wieder hinsah und ihre Hand ergriff. Diese ungewöhnliche Erklärung war nämlich, wie er Gwen später erzählte, fast so etwas wie eine Einladung zu einer Affäre.

Ihre Affäre begann an diesem Nachmittag, sie saßen in einem Boot auf dem See und legten die nackten Füße gegeneinander, Sohle an Sohle, Ferse an Ferse. Trudy kreischte vor Vergnügen, lehnte sich mit aller Kraft zurück und stemmte sich mit den Füßen gegen Richard.

Sie lachte Gwen zu, als sie sich später in ihrem Zimmer trafen. »Es ist phantastisch mit Richard! Mit einem älteren Mann ist es wirklich toll!«

Gwen saß auf ihrem Bett und schaute Trudy verwundert an. Dann sagte sie: »Er ist nicht viel älter als du!«

»Ich habe mich für jünger ausgegeben«, erklärte Trudy. »Bitte, sag es nicht weiter.«

»Wieviel Jahre hast du denn unterschlagen?«

»Sieben.«

»Sehr mutig«, meinte Gwen.

»Was willst du damit sagen?«

»Daß du tapfer bist.«

»Du bist jetzt ein bißchen gemein, findest du nicht?«

»Nein. Man braucht Mut, um immer wieder von vorne anzufangen. Mehr hab' ich nicht sagen wollen. Es gibt Frauen, die das langweilig finden.«

»Ich habe überhaupt keine Erfahrung«, sagte Trudy. »Wie bist du denn auf die Idee gekommen, ich sei eine erfahrene Frau?«

»Stimmt schon«, sagte Gwen, »du machst nicht den Eindruck, als hättest du Lehren aus deinen Erfahrungen gezogen. Bist du mit der Taktik, ewig zweiundzwanzig zu bleiben, schon mal angekommen?«

»Ich glaube, du bist eifersüchtig«, sagte Trudy. »Dergleichen erwartet man bei den meisten älteren Frauen, aber von dir habe ich es irgendwie nicht erwartet.«

»Man lernt nie aus«, erwiderte Gwen.

Trudy nestelte an ihren Locken herum. »Jawohl, ich habe vom Leben noch eine Menge zu lernen«, sagte sie und blickte zum Fenster hinaus.

»Du liebes bißchen«, sagte Gwen, »du glaubst doch nicht, daß du noch zweiundzwanzig bist, oder?«

»Knapp zweiundzwanzig, so habe ich es Richard gegenüber formuliert«, sagte Trudy, »und genauso fühle ich mich. Darauf will ich ja hinaus. Ich fühle mich nicht einen Tag älter.«

Am letzten Tag ihrer Ferien machte Richard mit Trudy eine Bootsfahrt auf dem See, auf dem sich ein tiefhängender, grauer Himmel spiegelte.

»Heute sieht es wie in Windermere aus, nicht?« sagte er.

Trudy war noch nie in Windermere gewesen, sagte aber ja und schaute ihn mit glänzenden, zweiundzwanzigjährigen Augen an.

»Manchmal sieht es hier wie in Yorkshire aus«, sagte er, »aber nur, wenn schlechtes Wetter ist. Und da drüben, im Gebirge, wie in Wales.«

»Genau das habe ich Gwen auch gesagt«, rief Trudy. »Ich habe gesagt Wales. Es sieht genau wie in Wales aus.«

»Natürlich gibt es einen ziemlichen Unterschied. Es...«

»Gwen fand diese Idee aber völlig abwegig. Sie ist eine ältere Frau, und als Lehrerin – bei einem Lehrer ist das ja etwas ganz anderes – als Lehrerin also glaubt sie, mich wie ein Kind behandeln zu können. Etwas anderes kann ich wohl nicht erwarten.«

»Tjaa...«

»Wie lange kennst du Gwen schon?«

»Einige Jahre«, sagte er. »Gwen ist in Ordnung, Darling.

Sie ist eng mit Mutter befreundet, gehört irgendwie zur Familie.«

Trudy wollte sich in London eigentlich eine andere Wohnung suchen, doch stärker als dieser Wunsch war ihr Bedürfnis, in Gwens Nähe zu sein, die Richard täglich in der Schule sah und mit seiner Mutter gut befreundet war. So konnte sie sich den unbekannten Seiten Richards, die sie so sehr faszinierten, über Gwens Erlebnisse mit ihm nähern.

Oft kam sie in Gwens Zimmer gestürzt. »Gwen, was sagst du dazu? Er hat draußen vor dem Büro gewartet und mich nach Hause gebracht, und er holt mich um sieben Uhr ab, und nächstes Wochenende...«

Gwen erwiderte nicht selten: »Du bist ja außer Atem! Hast du's mit dem Herzen?« – denn Gwens Zimmer lag bloß im ersten Stock. Trudy war in diesen Momenten immer wütend auf Gwen, weil sie anscheinend nicht verstand, daß die Atemlosigkeit einzig von ihren zweiundzwanzig Jahren herrührte und von ihrer Begeisterung über den Freund.

»Ich finde, Richard ist so aufregend«, sagte Trudy. »Kaum zu glauben, daß ich ihn erst seit einem Monat kenne.«

»Hat er dich schon eingeladen, damit du seine Mutter mal kennenlernst?« fragte Gwen.

»Nein, noch nicht. Meinst du, er wird mich einladen?«

»Ja, irgendwann bestimmt.«

»Wirklich?« Trudy schlang ihre Arme in kindlicher Begeisterung um eine teilnahmslose Gwen.

»Wann kommt dein Vater mal her?« fragte Gwen.

»Nicht so bald, wenn überhaupt. Er kann momentan nicht aus Leicester weg, und London findet er furchtbar.«

»Du solltest ihn bitten, herzukommen und sich mit Richard über seine Absichten zu unterhalten. Ein junges Mädchen wie du braucht Schutz.«

»Gwen, sei nicht albern.«

Oft erkundigte Trudy sich bei Gwen nach Richard und

seiner Mutter. »Sind sie wohlhabend? Kommt sie aus einer guten Familie? Wie sieht das Haus aus? Seit wann kennst du Richard? Warum ist er noch immer Junggeselle? Die Mutter, ist sie...«

»Lucy ist phantastisch, auf ihre Art«, sagte Gwen.

»Ach, du sagst Lucy zu ihr? Du mußt sie ja furchtbar gut kennen!«

»Auf meine Art gehöre ich richtig zur Familie«, sagte Gwen.

»Richard hat mir oft davon erzählt. Bist du *jeden* Sonntag dort?«

»Meistens«, sagte Gwen. »Es ist oft sehr amüsant, und zuweilen sieht man ein neues Gesicht.«

»Warum stellt er mich nicht mal seiner Mutter vor?« fragte Trudy, als der Sommer zu Ende ging und sie schon an mehreren Wochenenden mit Richard hinaus aufs Land gefahren war. »Wenn meine Mutter noch lebte und hier in London wohnte, dann hätte ich ihn bestimmt schon mitgenommen und zu Hause vorgestellt!«

Trudy erging sich Richard gegenüber in Andeutungen. »Wenn du bloß meinen Vater kennenlernen könntest! Du mußt unbedingt über Weihnachten mal nach Leicester fahren und ein paar Tage bei ihm verbringen. Er hat ziemlich viele Verpflichtungen in Leicester und fährt nie weg. Er ist Versicherungsvertreter. Von der erfolgreichen Sorte.«

»Ich kann Mutter an Weihnachten nicht gut allein lassen«, sagte Richard. »Deinen Vater würde ich aber gerne ein andermal kennenlernen.« Seine Bräune war verschwunden; Trudy freilich fand ihn noch distinguierter und zugleich unerreichbarer als je zuvor.

»Ich finde es richtig«, sagte Trudy in ihrer jungmädchenhaften Art, »den Mann, den man liebt, seinen Eltern vorzustellen« – denn sie waren sich einig, daß sie ineinander verliebt waren.

Ende Oktober indes hatte Richard sie noch immer nicht zu seiner Mutter eingeladen.

»Ist es denn so wichtig?« fragte Gwen.

»Na ja, es wäre ein deutlicher Schritt nach vorn«, sagte Trudy. »Wir können nicht ewig bloß so befreundet sein. Ich möchte wissen, woran ich mit ihm bin. Schließlich lieben wir einander und sind beide frei. Weißt du, allmählich habe ich den Verdacht, daß er es gar nicht ernst meint. Aber wenn er mich seiner Mutter vorstellen würde, dann wäre das doch eine Art Zeichen, nicht?«

»Richtig«, sagte Gwen.

»Ich habe den Eindruck, daß ich ihn nicht einmal zu Hause anrufen kann, solange ich seine Mutter nicht kennengelernt habe. Ich hätte Hemmungen, mit ihr am Telefon zu sprechen. Ich muß sie sehen. Es wird langsam eine Art Zwangsvorstellung.«

»Richtig«, sagte Gwen. »Warum sagst du nicht einfach zu ihm: ›Ich möchte gerne deine Mutter kennenlernen‹?«

»Es gibt ein paar Dinge, Gwen, die man als Mädchen einfach nicht sagen kann.«

»Als Frau aber schon.«

»Fängst du wieder mit meinem Alter an? Ich sage dir, Gwen, ich fühle mich wie eine Zweiundzwanzigjährige. Ich denke wie eine Zweiundzwanzigjährige. Ich bin, was Richard angeht, zweiundzwanzig. Ich glaube, du kannst mir eigentlich nicht groß helfen. Schließlich hast du selber ja nicht allzuviel Erfolg mit Männern gehabt, stimmt's?«

»Ja«, sagte Gwen, »du hast recht. Ich habe immer zu den Älteren gehört.«

»Das ist es ja. Es bringt dir nichts, wenn du dich alt fühlst. Wenn du Erfolg bei Männern haben willst, dann mußt du an deiner Jugendlichkeit festhalten.«

»Nach der Verfassung zu urteilen, in der du dich befindest«, erwiderte Gwen, »würde ich sagen, der Aufwand lohnt sich nicht.«

Trudy brach in Tränen aus und lief in ihr Zimmer, kam aber wenig später wieder zurück, um Gwen über Richards

Mutter auszufragen. Wenn sie nicht mit Richard aus war, konnte sie es selten ohne Gwen aushalten.

»Wie ist seine Mutter eigentlich? Glaubst du, wir kämen miteinander klar?«

»Wenn du willst, mache ich dich an einem der nächsten Sonntage mit ihr bekannt.«

»Nein«, sagte Trudy, »es muß von ihm kommen, wenn es etwas bedeuten soll. Die Einladung muß von Richard kommen.«

Trudy hatte fast schon ihre Zuversicht verloren und fragte sich mittlerweile, ob Richard, da er immer weniger Zeit für sie hatte, ihrer überdrüssig sei, als er im November so überraschend und doch so unvermeidlicherweise sagte: »Du mußt meine Mutter kennenlernen.«

»Oh!« rief Trudy.

»Ich möchte gerne, daß du meine Mutter kennenlernst. Sie freut sich schon darauf.«

»Ach, weiß sie denn von mir?«

»Ja, sicher.«

»Oh!«

»Es ist passiert! Alles ist in Ordnung!« rief Trudy atemlos.

»Er will dich seiner Mutter vorstellen«, sagte Gwen, ohne von dem Heft aufzusehen, das sie gerade korrigierte.

»Es ist wichtig für mich, Gwen!«

»Ja, ja«, sagte Gwen.

»Ich werde Sonntag nachmittag hinfahren«, sagte Trudy. »Wirst du auch dort sein?«

»Erst gegen Abend«, sagte Gwen. »Mach dir keine Sorgen.«

»Er hat gesagt: ›Ich möchte, daß du meine Mutter kennenlernst. Ich habe ihr alles über dich erzählt.‹«

»Alles über dich?«

»Das hat er gesagt, und es bedeutet mir so viel, Gwen, so viel!«

Gwen meinte: »Das ist ein Anfang.«

»Ach, es ist der Anfang von allem! Bestimmt!«

Richard holte sie am Sonntagnachmittag um vier in seinem Singer ab. Er wirkte geistesabwesend. Statt ihr, wie üblich, die Wagentür zu öffnen, glitt er bloß auf den Fahrersitz und wartete darauf, daß sie sich neben ihn setzte. Sie vermutete, daß er wegen ihres ersten Besuchs bei seiner Mutter nervös war.

Das Haus am Campion Hill war prächtig. Sie leben bestimmt in *sehr* guten Verhältnissen, dachte Trudy. Mrs. Seeton war eine hochgewachsene, sich etwas gebeugt haltende Frau, elegant angezogen, gut erhalten, mit stahlgrauem, kräftigem Haar und großen, hellen Augen. »Ich hoffe, Sie sagen Lucy zu mir«, meinte sie. »Rauchen Sie?«

»Nein«, antwortete Trudy.

»Es beruhigt«, sagte Mrs. Seeton, »wenn man älter ist. Sie brauchen ja noch eine ganze Weile nicht zu rauchen.«

»Nein«, sagte Trudy. »Was für ein herrliches Zimmer, Mrs. Seeton!«

»*Lucy*«, sagte Mrs. Seeton.

»Lucy«, sagte Trudy sehr unsicher und blickte sich hilfesuchend nach Richard um, der aber gerade den letzten Schluck Tee trank und aus dem Fenster schaute, wie um zu prüfen, ob es aufgeklart hatte.

»Richard kann zum Abendessen nicht hierbleiben«, sagte Mrs. Seeton mit einer eleganten Bewegung ihrer Zigarettenspitze. »Sieh zu, daß du nicht zu spät kommst, Richard! Trudy wird ja hoffentlich zum Abendessen bei mir bleiben. Trudy und ich haben uns bestimmt eine Menge zu erzählen.« Sie sah Trudy an und zwinkerte ihr andeutungsweise zu, mit einem Wimpernschlag nur.

Trudy nahm die Einladung mit einem verschwörerischen Kopfnicken und einer leichten Körperwendung an. Sie blickte zu Richard hinüber, vielleicht würde er sagen, wohin er ginge, doch er betrachtete nur die oberste Fensterscheibe und trommelte mit den Fingern nervös auf der Lehne des glänzenden Windsorstuhles, auf dem er saß.

Richard ging um halb sieben, viel vergnügter, als er gekommen war.

»Richard wird sonntags immer ganz unruhig«, sagte seine Mutter.

»Ja, das ist mir auch schon aufgefallen«, sagte Trudy, um keinen Zweifel darüber aufkommen zu lassen, wem er seine letzten Sonntage gewidmet hatte.

»Vermutlich wollen Sie jetzt alles über Richard hören«, flüsterte seine Mutter geheimnisvoll, obgleich niemand in Hörweite war. Mrs. Seeton kicherte durch die Nase und zog die Schultern so weit in die Höhe, daß sie fast ihre Ohrringe berührten. Trudy machte ihre Bewegung vage nach. »O ja, Mrs. Seeton«, sagte sie.

»Lucy. Sie müssen jetzt Lucy zu mir sagen, ja? Ich möchte, daß wir beide Freundinnen sind. Ich möchte, daß Sie sich wie ein Mitglied der Familie fühlen. Haben Sie Lust, sich mal das Haus anzusehen?«

Sie geleitete sie hinauf und führte ihr luxuriös ausgestattetes Schlafzimmer vor, dessen eine Wand vollständig von einem Spiegel bedeckt war, so daß alle Fotografien von Richard und Richards verstorbenem Vater, die auf ihrem Toilettentisch standen, in dem Zimmer praktisch doppelt vorhanden waren.

»Das hier ist Richard auf seinem Pony, Lob. Wir waren alle vernarrt in Lob. Damals wohnten wir ja auf dem Land. Dies hier ist Richard mit Nana. Und dies ist Richards Vater bei Ausbruch des Krieges. Was haben Sie denn im Krieg gemacht?«

»Ich bin zur Schule gegangen«, antwortete Trudy wahrheitsgemäß.

»Ach so, dann sind Sie auch Lehrerin?«

»Nein, ich bin Sekretärin. Ich war erst nach dem Krieg mit der Schule fertig.«

Mrs. Seeton sagte, Trudy von links und rechts ansehend:

»Du meine Güte! Hab' ich mich aber täuschen lassen! Ich dachte, Sie sind etwa in Richards Alter, wie Gwen. Gwen ist ein so lieber Mensch. Dies hier ist Richard als Student. Keine Ahnung, was ihn dazu gebracht hat, Pauker zu werden. Er ist aber ein sehr guter Lehrer. Gwen sagt das immer wieder, ganz klar. Finden Sie nicht auch, daß Gwen ein prächtiger Mensch ist?«

»Gwen ist ein gutes Stück älter als ich«, sagte Trudy, wegen des Themas Alter noch immer verstimmt.

»Sie muß jeden Augenblick hier sein. Sie kommt gewöhnlich zum Abendessen. Jetzt zeige ich Ihnen die anderen Räume und auch Richards Zimmer.«

Als sie zu Richards Zimmer kamen, blieb seine Mutter auf der Schwelle stehen, legte aus unerfindlichen Gründen den Finger auf die Lippen und stieß die Tür auf. Verglichen mit dem übrigen Haus war dies hier ein kaltes, unaufgeräumtes Zimmer, eine Internatsbude geradezu. Richards grüne Pyjamahose lag auf dem Boden, wo er sie ausgezogen hatte. Dieser Anblick war Trudy schon von den Wochenendausflügen der letzten Monate her bekannt, von den Landgasthäusern im Themsetal her, in denen sie mit Richard übernachtet hatte.

»Was für eine Unordnung!« rief Richards Mutter, den Kopf bekümmert schüttelnd, »was für eine Unordnung! Irgendwann, liebe Trudy, müssen wir uns mal richtig zusammensetzen und plaudern!«

Dann kam Gwen und demonstrierte, daß sie hier zu Hause war, indem sie sofort in die Küche ging und einen Salat zubereitete. Mrs. Seeton schnitt ein paar Scheiben kaltes Fleisch ab, während Trudy dabeistand und beide beobachtete und einem Gespräch folgte, das auf lange Vertrautheit schließen ließ. Richards Mutter schien Gwen alles recht machen zu wollen.

»Grace eingeladen heute abend?« fragte Gwen.

»Nein, meine Liebe, ich dachte, vielleicht nicht ausgerechnet heute abend. Richtig?«

»Ja, natürlich. Und Joanna?«

»Ich dachte, wo es doch Trudys erster Besuch ist, vielleicht nicht...«

»Würdest du bitte«, sagte Gwen zu Trudy, »den Tisch decken? Messer und Gabeln sind hier.«

Trudy brachte diese Messer und Gabeln in das Eßzimmer, und ihr war, als habe man sich ihrer entledigt, um über sie reden zu können.

Beim Abendessen sagte Mrs. Seeton: »Es ist schon etwas ungewöhnlich, daß wir nur zu dritt sind. Sonntagabend trifft sich ja sonst immer eine so muntere Runde. Nächste Woche mußt du unbedingt kommen, Trudy, und die ganze Truppe kennenlernen, nicht wahr, Gwen?«

»O ja«, sagte Gwen, »unbedingt.«

Gegen halb elf sagte Richards Mutter: »Ich bezweifle, daß Richard rechtzeitig wieder da ist, um euch heimzubringen. So ein Schlingel, ich wage nicht, mir auszumalen, was er gerade anstellt!«

Auf dem Weg zur Bushaltestelle sagte Gwen: »Bist du jetzt zufrieden, wo du Lucy kennengelernt hast?«

»Ja. Aber ich finde, Richard hätte bleiben können. Es wäre schön gewesen. Ich nehme an, er wollte, daß ich seine Mutter ganz allein kennenlerne. Aber in Wahrheit hätte ich seine Unterstützung gebraucht.«

»Hast du dich mit Lucy denn nicht unterhalten?«

»Na ja, nicht so viel. Richard war wohl nicht klar, daß du zum Abendessen kommen würdest. Wahrscheinlich dachte er, seine Mutter und ich würden ein offenes Gespräch...«

»Ich bin sonntags meistens bei Lucy«, sagte Gwen.

»Warum?«

»Ich bin halt mit ihr befreundet. Ich kenne ihre Art. Ich finde sie amüsant.«

In der folgenden Woche sah Trudy Richard nur einmal auf einen raschen Drink.

»Prüfungen«, sagte er. »Ich habe ziemlich viel zu tun, Darling.«

»Prüfungen im November? Ich dachte, es geht erst im Dezember los.«

»Vorbereitungen«, sagte er. »Prüfungsvorbereitungen. Jede Menge Arbeit.« Er brachte sie nach Hause, küßte sie auf die Wange und fuhr davon.

Sie sah dem Auto nach, und für einen Moment fand sie seinen Schnurrbart unausstehlich. Sie riß sich jedoch zusammen und fand, ihre Jugendlichkeit bedenkend, daß sie wirklich zu jung sei, um die feinen Nuancen und Stimmungen eines Mannes wie Richard beurteilen zu können.

Am Sonntagnachmittag um vier Uhr holte er sie ab.

»Mutter freut sich schon darauf, dich zu sehen«, sagte er. »Sie hofft, daß du zum Essen bleiben kannst.«

»Richard, du mußt heute nirgendwohin, oder?«

»Nein, heute abend nicht.«

Er mußte dann aber doch weg, um eine Verabredung einzuhalten, an die seine Mutter ihn gleich nach dem Tee erinnert hatte. Er hatte seiner Mutter zugelächelt und »Danke« gesagt.

Trudy sah sich das Fotoalbum an und erfuhr dann, wie Mrs. Seeton Richards Vater in der Schweiz kennengelernt und was sie an jenem Tag getragen hatte.

Um halb sieben kamen die Abendbrotgäste. Es waren drei Frauen, darunter auch Gwen. Die eine, Grace mit Namen, war sehr schön, wirkte etwas konfus. Die Frau, die Iris hieß, war weit über vierzig und hatte eine ziemlich laute Art.

»Wo ist Richard denn heute abend, der alte Schlawiner«, rief Iris.

»Woher soll ich das wissen«, sagte seine Mutter. »Wer bin ich schon, ihm solche Fragen zu stellen!«

»Na ja, zumindest werktags arbeitet er ja viel. Ein brillanter Lehrer!« meinte die rehäugige Iris.

»Als Lehrer mittelprächtig«, sagte Gwen.

»Aber Gwen, überleg doch mal, wie lange er diesen Job jetzt schon macht!« sagte seine Mutter.

»Ich glaube«, sagte Grace, »er kann prima mit den Jungens umgehen.«

»Diese Shakespeare-Aufführungen am Ende des Sommerhalbjahres sind wirklich toll«, brüllte Iris. »Das muß man ihm lassen, dem alten Halunken!«

»Großartig«, sagte seine Mutter. »Du mußt zugeben, Gwen...«

»Sehr mittelprächtige Aufführungen«, sagte Gwen.

»Wahrscheinlich hast du recht, aber schließlich sind es ja bloß Schüler. Mit Laienschauspielern kann man nicht viel anfangen«, stellte Mrs. Seeton betrübt fest.

»Ich finde, Richard ist wunderbar«, sagte Iris, »wenn er viel um die Ohren hat. Er ist so...«

»O ja«, sagte Grace. »Richard ist wunderbar, wenn er sich um viele Dinge kümmern muß.«

»Ich weiß«, sagte seine Mutter. »Es gab einmal eine Zeit, als Richard gerade als Lehrer angefangen hatte – ich muß euch diese Geschichte erzählen – er...«

Ehe sie aufbrachen, sagte Mrs. Seeton zu Trudy: »Nächste Woche kommst du doch mit Gwen, ja? Ich möchte, daß du dich als eine von uns betrachtest. Und ich möchte dich mit zwei weiteren Freundinnen bekannt machen, alten Freundinnen.«

Auf dem Weg zum Bus sagte Trudy zu Gwen: »Findest du es nicht langweilig, Mrs. Seeton jeden Sonntag zu besuchen?«

»Ja und nein, mein liebes junges Ding. Von Zeit zu Zeit sieht man ein neues Gesicht, und das macht doch viel Spaß.«

»Bleibt Richard Sonntag abends eigentlich mal zu Hause?«

»Nein, das kann ich nicht direkt sagen. In Wahrheit ist er oft das ganze Wochenende weg, wie du weißt.«

Trudy blieb plötzlich stehen: »Und wer sind diese Frauen?«

»Ooch, bloß alte Freundinnen von Richard.«
»Treffen sie sich oft mit ihm?«
»Nicht mehr. Sie gehören jetzt zur Familie.«

Das Haus des berühmten Dichters

Im Sommer 1944, als es nicht der Rede wert war, wenn Züge aus der Provinz mit fünf oder sechs Stunden Verspätung ankamen, fuhr ich von Edinburgh nach London mit dem Nachtzug, der schon in York drei Stunden Verspätung hatte. Im Abteil saßen zehn Leute, von denen mir nur noch zwei in Erinnerung sind, und zwar aus gutem Grund.

Wenn ich mir die Szene wieder ins Gedächtnis rufe, dann sehe ich mir gegenüber eine Reihe Menschen, die nachlässig, den Kopf schiefgehalten, vor sich hindösen. Ihre Gesichtszüge waren, was ja ein häufiger Eindruck ist, wenn man schlafende Fremde beobachtet, schärfer und individueller geworden – ein zuweilen beunruhigender Anblick. Es war, als hätten sie ihre Fähigkeit, die äußerlichen Züge ihrer Persönlichkeit tagsüber unkenntlich zu machen, aufgegeben, als hätten sie im Austausch dafür ihr Bewußtsein ausgelöscht. Das machte, daß sie einem Fresko aus dem zwölften Jahrhundert ähnelten. Von einer Ausnahme abgesehen, lag auf all diesen Leuten der Ausdruck mittelalterlicher Unbewußtheit.

Bei dieser Ausnahme handelte es sich um einen einfachen Soldaten, der wacher war, als es die meisten Menschen sind, wenn sie nicht gerade schlafen. Er rauchte, mit langen, ruhigen Zügen, eine Zigarette nach der anderen. Für meine Begriffe sah er extrem bösartig aus – ein atavistischer Typ. Seine Stirn stand bestimmt weniger als fünf Zentimeter über dunklen, buschigen, ineinander übergehenden Augenbrauen. Der Kiefer war nicht groß, aber affenartig, ebenso die kleine Nase und die tiefliegenden, engstehenden Augen. Bei seinen Eltern muß es wohl eine gewisse Blutsverwandtschaft gegeben haben. Ein richtiger Kretin.

Wie sich herausstellte, war er außerordentlich freundlich und liebenswürdig. Als ich keine Zigaretten mehr hatte, fingerte er in seiner Proviantasche herum und zog ein Päckchen für mich und eines für das neben mir sitzende Mädchen hervor. Wir versuchten, ihm ein paar klimpernde Münzen dafür zu geben. Er beharrte jedoch darauf, daß wir die Zigaretten als Geschenk annähmen, und wandte sich wieder seinem schweigenden, nachdenklichen Rauchen zu.

Ich empfand eine Art Mitleid mit ihm, wie wir es Tieren gegenüber verspüren, von denen wir wissen, daß sie ungefährlich sind, Affen etwa. Mir wurde allerdings klar, daß dieses Mitleid, gleich jenem, das wir Affen entgegenbringen, bloß weil sie keine Menschen sind, nicht nötig war.

Die geschenkten Zigaretten stellten eine Verbindung her zwischen dem Mädchen und mir, und für den Rest der Bahnfahrt unterhielten wir uns leise. Sie erzählte mir, daß sie in London als Hausangestellte und Kindermädchen arbeitete. Sie sah aus, als käme sie vom Land – ihr strohblondes Haar, das rote Gesicht und die starken Knochen gaben ihr etwas Kräftiges, als sei sie gewohnt, schwere Lasten zu tragen, große Kohlekästen vielleicht oder auch zwei Kinder auf einmal. Was mich an ihr aber neugierig machte, war ihre Stimme, die kultiviert, melodisch und verhalten war.

Gegen Ende der Reise, als die Leute anfingen, sich ruckartig aufzurichten, und im Gang ein ständiges Hin und Her eingesetzt hatte, lud Elise, so hieß das Mädchen, mich ein, mit ihr zu dem Haus zu fahren, wo sie arbeitete. Ihr Chef, der irgendeine Stelle an einer Universität bekleidete, war mit Frau und Kindern verreist.

Ich willigte ein, weil ich damals der Ansicht war, einem gebildeten Dienstmädchen zu begegnen, sei etwas Kostbares und Vertiefenswertes. Es versprach ein gewisses Maß an Erfahrung – womöglich auch an Wahrheit –, und in jenen Tagen glaubte ich, die Wahrheit sei wunderlicher als die Phantasie. Abgesehen davon wollte ich diesen Sonntag in

London verbringen. Am darauffolgenden Tag sollte ich meinen Dienst wieder antreten, in einer aufs Land evakuierten Abteilung einer Behörde, und aus einem Grund, der nicht hierher gehört, wollte ich nicht zu früh zurück sein. Ich mußte ein paar Telefongespräche führen, ich wollte mich waschen und umziehen und wollte mehr über das Mädchen in Erfahrung bringen. Also nahm ich Elises Einladung dankend an.

Ich bedauerte es schon, als wir kurz nach zehn im Bahnhof King's Cross aus dem Zug stiegen. Elise, diese hochgewachsene Gestalt, die da auf dem Bahnsteig stand, sah unendlich müde aus, als lastete plötzlich nicht nur die nächtliche Reise auf ihren Schultern, sondern auch noch jedes Fragment ihres unbekannten Lebens. Die Kraft, die ich im Zug an ihr bemerkt hatte, war nicht länger da. Als sie mit ihrer schönen Stimme nach einem Gepäckträger rief, sah ich, daß auf der Seite ihres Kopfes, die mir während der Fahrt abgewandt gewesen war, das Haar einen dunklen Scheitel aufwies, der im Kontrast zu dem Gelb marineblau wirkte. Zuerst hatte ich vermutet, daß ihr Haar vielleicht gebleicht war, doch jetzt, als ich sah, daß es so schlecht gemacht war, daß dieser marineblaue Scheitel wie ein Pfeil auf die gedrückte Müdigkeit in ihrem Gesicht zeigte, empfand auch ich eine große Müdigkeit. Es war indes nicht nur die Strapaze der Fahrt, die ich spürte, sondern die Ahnung jener Langeweile, die uns zu Beginn einer Suche unerklärlicherweise überkommt und, vielleicht sogar Gott sei Dank, unsere Neugier zügelt.

Und wie sich dann zeigte, gab es über Elise nicht viel herauszufinden. Die Erklärung, die zu suchen ich mir vorgenommen hatte, erhielt ich im Taxi, zwischen King's Cross und dem Haus in Swiss Cottage. Sie kam aus einer guten Familie, die sie für einen traurigen Fall hielt und umgekehrt. Nachdem sie von zu Hause weggegangen war, hatte sie in Ermangelung anderer beruflicher Kenntnisse als Dienstmädchen angefangen. Sie war verlobt mit einem australischen

Soldaten, dessen Unterkunft sich ebenfalls in Swiss Cottage befand.

Vielleicht war es das Vorgefühl eines langweiligen Tages oder das Resultat einer schlaflos verbrachten Nacht oder auch der Umstand, daß die Alarmsirenen heulten, jedenfalls verspürte ich eine gewisse Unlust, als ich das Haus erblickte. Der Garten machte einen verwilderten Eindruck. Elise öffnete die Haustür, und wir betraten ein dunkles Zimmer, das fast vollständig eingenommen wurde von einem langen, einfachen Arbeitstisch, auf dem ein halbleeres Marmeladeglas, ein Stapel Zeitungen und ein ausgetrocknetes Tintenfaß zu sehen waren. In einer Ecke befand sich ein Bett mit Stahldach, bekannt unter dem Namen ›Morrison-Luftschutzraum‹, und auf dem Kaminsims standen einige Fotografien, darunter eine von einem Jungen mit Brille. Alles war angesteckt von Elises Müdigkeit und meinem Widerwillen. Elise schien die Erschöpfung, die so deutlich auf ihrem Gesicht stand, jedoch nicht zu bemerken. Sie machte nicht einmal Anstalten, den Mantel abzulegen, und da er ihr zu eng war, fragte ich mich, wie sie es mit diesem Korsett, das zu dem Gewicht ihrer Müdigkeit noch hinzukam, wohl schaffte, sich so schnell zu bewegen. Elise, den Mantel noch immer zugeknöpft, telefonierte aber mit ihrem Freund und bereitete das Frühstück, während ich mich in der oberen Etage, in einem düsteren, blauen, ramponierten Badezimmer wusch.

Als ich feststellte, daß sie, ohne mich zu fragen, meine Reisetasche geöffnet und meine Lebensmittelmarken herausgenommen hatte, war ich ein wenig erleichtert. Es erschien mir als freundschaftliche Maßnahme, die ein gewisses Maß an Realitätssinn offenbarte, und es ging mir besser. Trotzdem war ich von dem Haus noch immer irritiert. Ich fand, daß es keine Rechtfertigung gab für die Unordnung, der man hier und da begegnete. Ich stellte keinerlei Fragen nach dem Besitzer, der irgend etwas an einer Universität war, aus

Angst, die Antwort zu bekommen, die ich erwartete –, daß er zu einem Familientreffen in der Nähe Londons gefahren sei, um seine Enkel zu sehen. Die Besitzer des Hauses hatten nichts Reales für mich, ich betrachtete das Haus als Elise gehörig und von ihr durchdrungen.

Ich ging mit ihr zu einer nahegelegenen Kneipe, wo sie sich mit ihrem Freund und ein oder zwei anderen australischen Soldaten traf, in deren Begleitung sich ein mageres Cockney-Mädchen mit schlechten Zähnen befand. Elise war glücklich, und mit ihrer schönen Stimme bestand sie darauf, daß man sich am Abend zu einer Party im Haus treffen sollte. In feinem, aristokratischem Ton bat sie darum, daß jeder eine Flasche Bier mitbringen solle.

Am Nachmittag sagte Elise, sie wolle ein Bad nehmen, und zeigte mir ein Zimmer, wo ich telefonieren und, wenn ich wollte, schlafen konnte. Es war ein großer, heller Raum mit mehreren Fenstern, der sehr viel ordentlicher war als der Rest des Hauses und dessen Wände mit Büchern bedeckt waren. Etwas Ungewöhnliches allerdings gab es: neben einem Fenster befand sich ein Bett, genauer gesagt, eine ziemlich dicke Matratze, die auf dem Boden lag und hergerichtet war. Offensichtlich erfüllte das Bett dort einen Zweck, und abermals ärgerte ich mich bei dem Gedanken an die nutzlose Verschrobenheit des ältlichen Professors, der sich dies ausgedacht hatte.

Ich erledigte meine Anrufe und beschloß, mich ein wenig auszuruhen. Zuerst wollte ich mir aber noch etwas zu lesen nehmen. Die Bücher stellten mich vor ein Rätsel. Keines schien zum typischen Bestand einer Gelehrtenbibliothek zu gehören. In einem Buch fand ich eine Widmung, die vom Autor, einem bekannten Romancier, unterschrieben war. Die Widmung in einem anderen Exemplar war mit dem Namen des Empfängers versehen. Einer plötzlichen Eingebung folgend, ging ich zum Schreibtisch, auf dem mir, während ich dort telefoniert hatte, ein Stapel ungeöffneter

Briefumschläge aufgefallen war. Zum ersten Mal sah ich den Namen des Hausbesitzers.

Ich lief zum Badezimmer und rief Elise durch die Tür zu: »Ist dies das Haus des berühmten Dichters?«

»Ja«, antwortete sie, »ich hab's dir doch gesagt!«

Sie hatte mir nichts dergleichen gesagt. Ich fand, ich habe überhaupt kein Recht, dort zu sein, denn es war inzwischen nicht mehr das Haus von Elise, die als Stellvertreterin irgendeines unbekannten Ehepaares fungierte. Es war das Haus eines berühmten modernen Dichters. Der Gedanke, er und seine Familie könnten jeden Moment eintreten und mich dort vorfinden, erschreckte mich. Ich bestand darauf, Elise solle die Badezimmertür öffnen und mir ins Gesicht sagen, daß ihre Rückkehr innerhalb der nächsten Tage völlig ausgeschlossen sei.

Dann begann ich, über das Haus selbst nachzudenken, für das Elise nun nicht länger verantwortlich war. Seine neue Definition, als das Haus eines Dichters, dessen Werk mir bekannt war und dessen Gedichte ich zu einem großen Teil auswendig kannte, verlieh ihm ein völlig neues Aussehen.

Zur Bestätigung dessen ging ich nach draußen, dorthin, wo ich, aus dem Taxi steigend, zuerst gestanden und den Garten erblickt hatte. Ich wollte meinen ersten Eindruck ein zweites Mal erleben.

Und dieses Mal sah ich in dem Wildwuchs des Gartens eine bestimmte Absicht, die, wie ich inzwischen glaube, in den Augen des Betrachters existierte. Das Zimmer, das wir zuerst betreten hatten und über das ich mich so geärgert hatte, begann jetzt, eine Bedeutung zu gewinnen, und alles stimmte. Das verkrustete Tintenfaß, das Elise auf den Kaminsims gestellt hatte, stellte ich sicherheitshalber auf den Tisch zurück. Ich sah eine Fotografie, die mir vorher nicht aufgefallen war, und erkannte den berühmten Dichter.

Das gleiche galt für das Zimmer in der oberen Etage, in das Elise mich einquartiert hatte, und ich nahm die Bücher wieder in die Hand, weniger mit dem Gefühl, daß sie dem berühmten Dichter gehörten, sondern eher neugierig, wie sie wohl entstanden seien. Was mir durch den Kopf ging, war die Frage, woher das Papier kam und aus welchen Pflanzen die schwarze Druckerfarbe hergestellt war. Derartige Dinge haben mich seither aber nicht mehr beschäftigt.

Die Australier und das Cockney-Mädchen kamen gegen sieben. Ich hatte eigentlich vor, den Zug um halb neun zu nehmen, doch als ich anrief, um mir die Abfahrtszeit bestätigen zu lassen, stellte sich heraus, daß dieser Zug sonntags nicht verkehrte. Elise, in ihrer freundlichen und atemlosen Art, lud mich ein, zu bleiben, ohne dabei den Versuch zu machen, allzu ernst zu wirken. Die Sirenen heulten wieder auf. Ich bat Elise, mir noch einmal zu versichern, daß der Dichter und seine Familie keinesfalls an diesem Abend zurückkehren könnten. Diese Bitte äußerte ich jedoch geistesabwesender als zuvor, da ich an die Sirenen dachte und daran, welchen Lärmpegel sie wohl erreichen mochten. Ich fragte mich auch, welcher unselige Geist im Innenministerium sich ein so unheilvolles Heulen ausgedacht haben mochte und warum. Und ich dachte an das Wort »Sirene«. Das Geräusch bekam dann etwas Komisches, denn ich stellte mir eine verrückte Meeresnymphe vergangener Jahrhunderte vor, die in das Jahr 1944 hineinrülpste. In Wahrheit machten die Sirenen mir Angst.

Am meisten dachte ich über Elises Party nach. Jedermann streifte durch das Haus, als gehörte es eigentlich niemandem, wobei Elise sich am besten von allen benahm. Das Cockney-Mädchen saß an dem langen Tisch und schrie jedesmal, wenn eine Bombe explodierte. Ich hatte den Eindruck, die Armee habe das Haus für einen Abend requiriert. Es war so riesig und in allen Ecken belebt, daß es nicht mehr das Haus war, welches ich zuerst betreten hatte, noch das Haus des berühmten Dichters, sondern ein drittes Haus – jenes, das ich mir vage vorgestellt hatte, als ich gelangweilt auf dem Bahnsteig von King's Cross stand. Ich sah viel Müdigkeit unter den Anwesenden und schloß aus dem Lärm, den sie machten, daß sie allesamt nicht viel geschlafen hatten. Als das Bier ausgetrunken war und sie gegangen waren, die einen zu ihrer Unterkunft, die anderen in eine Kneipe und das Cockney-Mädchen zu ihrem Luftschutzraum, einem U-Bahnhof, wo sie in den letzten Wochen geschlafen hatte, fragte ich Elise: »Bist du nicht müde?«

»Nein«, sagte sie, mit aufreibender Mattigkeit, »ich bin nie müde.«

Ich selbst legte mich in das Bett im oberen Zimmer, schlief sofort ein und verschlief. Elise weckte mich um acht. Eigentlich hatte ich schon früh aufstehen wollen, um den Neunuhrzug zu erwischen, hatte also nicht viel Zeit, um mit ihr zu sprechen. Mir fiel aber auf, daß sie nicht mehr so müde aussah.

Ich war gerade dabei, meine Sachen in meine Reisetasche zu packen – Elise war auf die Straße gegangen, um ein Taxi zu finden –, als ich jemand die Treppe hochkommen hörte. Ich glaubte, Elise sei wieder zurück, und guckte zur geöffneten Tür hinaus. Ich sah einen Mann in Uniform, der mit beiden Händen ein riesiges Paket trug. Er hielt während des Heraufsteigens den Blick gesenkt und hatte eine Zigarette im Mund.

»Wollen Sie zu Elise?« rief ich, ihn für einen ihrer Freunde haltend.

Er sah auf, und ich erkannte den Soldaten, den Kretin, der uns im Zug Zigaretten geschenkt hatte.

»Ach, mir ist jeder recht«, sagte er. »Die Sache ist bloß, ich muß zum Camp zurück und habe kein Fahrgeld mehr – achteinhalb Schilling.«

Ich sagte, er könne sie von mir bekommen, und suchte nach Geld, als er das Paket auf dem Fußboden abstellte und sagte: »Ich möchte nichts borgen. Ich hab' was gegen Borgen. Ich könnte Ihnen ja was verkaufen.«

»Was denn?« fragte ich.

»Ein Begräbnis«, sagte der Soldat. »Ich hab's hier dabei.«
Ich war alarmiert und trat ans Fenster. Kein Pferd, kein
Sarg war da unten zu sehen, nur die baumgesäumte Straße.

Der Soldat lächelte. »Es ist ein abstraktes Begräbnis«,
erklärte er und öffnete das Paket.

Er nahm das Begräbnis heraus, und ich untersuchte es
sorgfältig und sehr erleichtert. So etwas hatte ich mir schon
immer gewünscht. Für meinen Geschmack war es teilweise
zwar zu lila – diese Trauerfarbe gefiel mir nicht –, aber ich
sagte mir, daß ich es ein wenig würde abtönen können.

Erfreut über diesen Handel, gab ich ihm die achteinhalb
Schilling. Von diesem abstrakten Begräbnis besaß ich ja
reichlich. Hastig packte ich etwas davon in meine Reisetasche, etwas stopfte ich mir in die Taschen, und noch immer
blieb etwas übrig. Elise war mit einem Taxi zurückgekommen, und ich hatte nicht viel Zeit. Also beeilte ich mich, lief
zur Tür hinaus, quer durch den Garten des berühmten
Dichters zur Straße hin, den Rest meines Begräbnisses hinter
mir herziehend.

Sie werden einwenden, daß ich die Beweise schuldig bleibe.
Ja, Sie werden sich sogar fragen, ob es überhaupt Beweise
gibt. »Abstrakte Begräbnisse«, werden Sie sagen, »gibt es
weder hier noch dort. Es handelt sich lediglich um eine
Vorstellung. Eine Vorstellung kann man nicht in seine Tasche
packen, und die Farbe einer Vorstellung kann man nicht
sehen.«

Sie werden unterstellen, mein Bericht sei die reinste Fik-
tion.

Lassen Sie mich zu Ende erzählen.

Ich erwischte den Zug. Stellen Sie sich meine Überraschung vor, als ich merkte, daß mir gegenüber mein Freund,
der Soldat, saß, von dessen Existenz Sie so wenig überzeugt
sind.

»Rein interessehalber«, sagte ich, »wie würden Sie das
Begräbnis, das Sie mir verkauft haben, beschreiben?«

»Beschreiben?« rief er. »Niemand beschreibt ein abstraktes Begräbnis. Man stellt es sich bloß vor.«

»An dem, was Sie sagen, ist was dran«, sagte ich. »Trotzdem, ich muß es beschreiben, weil man nicht jeden Tag ein abstraktes Begräbnis angeboten bekommt.«

»Ich freue mich, daß Sie das zu würdigen wissen«, sagte der Soldat.

»Und nach dem Krieg«, fuhr ich fort, »wenn ich nicht mehr im Staatsdienst stehe, hoffe ich, in ein paar gekonnt formulierten Sätzen meine Erlebnisse im Haus des berühmten Dichters zu beschreiben, die einen solchen Höhepunkt gefunden haben.« Ich fügte hinzu: »Aber natürlich werde ich beschreiben müssen, wie es aussieht.«

Der Soldat gab keine Antwort.

»Wenn es sich um ein Okapi oder um eine Seekuh handelte«, sagte ich, »würde ich erklären müssen, wie es aussieht. Sonst würde mir ja niemand glauben!«

»Wollen Sie Ihr Geld zurückhaben?« fragte der Soldat. »Nämlich, selbst wenn Sie es wollten, ich könnte es Ihnen nicht geben. Ich habe es für meine Fahrkarte ausgegeben.«

»Verstehen Sie mich nicht falsch«, sagte ich schnell. »Das Begräbnis ist eine wunderbare Abstraktion. Ich möchte es allerdings beschreiben.«

Ich empfand großes Mitleid für den Soldaten, als ich seinen bekümmerten Ausdruck sah. Das affenähnliche Gesicht schien das traurigste Ding der Welt zu sein.

»Diese abstrakten Begräbnisse«, sagte er, »ich stelle sie von Hand her.«

Irgendwo, weit weg, heulte eine Sirene auf.

»Elise hat letzten Monat eines gekauft. Sie hat sich nicht beklagt. Beim nächsten Halt muß ich umsteigen«, sagte er und holte seine Sachen aus dem Gepäcknetz. »Und Ihr berühmter Dichter hat übrigens auch eins gekauft«, sagte er.

»Ach, tatsächlich?« sagte ich.

»Ja«, sagte er. »Keine Klagen. Es war genau das, was er haben wollte, die Idee eines Begräbnisses.«

Der Zug hielt an. Der Soldat sprang hinaus und winkte. Als der Zug sich wieder in Bewegung setzte, packte ich mein abstraktes Begräbnis aus und betrachtete es eine Weile.

»Zum Teufel mit der Idee«, sagte ich. »Ich will ein wirkliches Begräbnis haben.«

»Alles zu seiner Zeit«, rief eine Stimme vom Gang her.

»Sie schon wieder!« sagte ich. Es war der Soldat.

»Nein«, sagte er. »Ich bin am letzten Bahnhof ausgestiegen. Ich bin bloß eine Idee meiner selbst.«

»Hören Sie mal«, sagte ich. »Wären Sie beleidigt, wenn ich all dies hier wegwerfe?«

»Natürlich nicht«, sagte der Soldat. »Eine Idee können Sie doch nicht beleidigen!«

»Ich will ein wirkliches Begräbnis haben«, erklärte ich, »eines, das mir gehört.«

»Klar«, sagte der Soldat.

»Dann werde ich imstande sein, es zu beschreiben, in allen Einzelheiten.«

»Ihr eigenes Begräbnis?« fragte er. »Sie wollen es beschreiben?«

»Ja«, sagte ich.

»Aber Sie sind doch nur ein Mensch«, sagte er. »Niemand beschreibt sein eigenes Begräbnis. Es muß abstrakt sein.«

»Sie verstehen also, in welch mißlicher Lage ich bin?« sagte ich.

»Ja«, meinte er. »Ich steige hier aus.«

Diese Idee eines Soldaten stieg aus, und abermals gewann der Zug an Tempo. Ich warf mein achteinhalb Schilling teures abstraktes Begräbnis aus dem Fenster. Ich beobachtete, wie es über die Felder flatterte und über die Fabrikdächer mit

Tarnanstrich und wie es in der Sonne glitzerte, bis es meinen Blicken entschwunden war.

Im Sommer 1944 erlitten sehr viele Menschen einen grausamen und plötzlichen Tod. Die Zeitungen berichteten von denjenigen, deren Namen der Öffentlichkeit bekannt waren. Einer darunter, der berühmte Dichter, war unerwartet nach Swiss Cottage in sein Haus zurückgekehrt, nur wenige Augenblicke, ehe es von einer Raketenbombe voll getroffen wurde. Glücklicherweise hatte er Frau und Kinder auf dem Land gelassen.

Als ich an meiner Arbeitsstelle eintraf, blieb mir noch etwas Zeit vor Dienstbeginn. Ich beschloß, Elise anzurufen und ihr richtig zu danken, da ich so überstürzt abgereist war. Die Telefonverbindungen waren jedoch gestört, und das Fräulein vom Amt konnte nicht genug Worte finden, um ihren Ärger über mich auszudrücken. Hinter dieser überarbeiteten, streitsüchtigen Stimme von der Vermittlung hörte ich den hohen, langgezogenen Signalton, der anzeigte, daß das Telefon am anderen Ende nicht funktionierte. Dieser Klang machte mich unendlich niedergeschlagen und müde. Ich fand ihn unerträglicher als die Sirenen und legte den Hörer auf. Tatsächlich hatte Elise unter dem Haus des berühmten Dichters den Tod gefunden.

Das blaue, ramponierte Badezimmer, das Bett auf dem Fußboden, das ausgetrocknete Tintenfaß, der verwilderte Garten und die ordentliche Bücherwand –, ich versuche, sie in meiner Phantasie zusammenzubringen, sooft der Gedanke, daß Elise und der berühmte Dichter sofort tot waren, Wut in mir auslöst. Die Engel der Auferstehung werden den toten Mann und die tote Frau zu sich rufen, aber wer, wenn nicht ich, wird sich die Mühe machen, das eingestürzte Haus des berühmten Dichters wieder aufzubauen? Wer sonst wird seine Geschichte erzählen?

Wenn ich bedenke, wie Elise und der Dichter sich haben hereinlegen lassen, wie sie einem wohlmeinenden Soldaten ruhig erlaubt haben, ihnen den Begriff eines Begräbnisses zu verkaufen, dann rufe ich mir in Erinnerung, daß ich, ebenso wie Sie, eines Tages ein abstraktes Begräbnis akzeptieren werde, und daß wir uns nicht beklagen werden.

Die Töchter der Väter

Sie verließ den alten Mann, der in einem Liegestuhl am
Strand saß, nachdem sie erst noch den Sonnenschirm gerichtet und ihm den Strohhut in der gewünschten Neigung
aufgesetzt hatte. Der Stranddiener hatte zwar den Mund
verzogen, aber sie sah nicht ein, warum man nur für das
Richten eines Sonnenschirms und eines Strohhutes Trinkgeld
geben sollte. Seit der Einführung des Neuen Francs waren
Trinkgelder unter einem Franc unmöglich. Überall an der
Küste schien eine geheime Absprache zu bestehen, den
Touristen die kleineren Münzen vorzuenthalten, und man
fand also in seinem Portemonnaie immer nur Francstücke,
und man durfte Vater nicht in Verlegenheit bringen, und
man...

Sie ging die Rue Paradis entlang, hielt sich im heißen
Schatten, um sich herum all die alten, uralten Gerüche
Nizzas, nicht nur die Knoblauchschwaden, die aus den Cafés
zogen, und die heiße, unsichtbare Luft selbst, sondern auch
die Gerüche in ihrer Erinnerung, von fünfunddreißig Som-
mern in Nizza, altehrwürdige Wohnungen, Vaters Sommer-
salon, die Kinder von Vaters Bekannten, Vaters Freunde,
Schriftsteller, junge Künstler, das war Nizza vor fünf, sechs,
neun Jahren, und vor dem Krieg, vor zwanzig Jahren, als wir
in Nizza waren, weißt du noch, Vater? Erinnerst du dich an
die Pension auf dem Boulevard Victor Hugo, wir hatten nicht
viel Geld. Erinnerst du dich an die Amerikaner im Negresco,
1937 – wie verändert, wie sittsam sie heute doch sind! Weißt
du noch, Vater, wie wir früher die dicken Teppiche verab-
scheut haben – du zumindest, und was dir mißfällt, das
mißfällt auch mir, nicht wahr, Vater?

Ja, Dora, auf Luxus legen wir keinen Wert. Komfort, ja, aber Luxus, nein.

Ich bin nicht sicher, Vater, ob wir es uns in diesem Jahr leisten können, vorn an der Promenade zu wohnen.

Wie bitte? Was sagst du?

Ich habe gesagt, ich bezweifle, ob wir dieses Jahr unbedingt vorn am Strand wohnen sollten, Vater. Die Promenade des Anglais wird immer touristischer. Denk bloß an die dicken Teppiche, die du immer so scheußlich fandest...

Ja, ja. Natürlich.

Natürlich. Ich schlage also vor, daß wir in ein kleines Hotel ziehen, das ich auf dem Boulevard Gambetta gefunden habe, und wenn es uns dort nicht gefällt, am Boulevard Victor Hugo gibt es ein wirklich gutes, Vater. Erschwinglich für uns, bescheiden und...

Was sagst du?

Ich habe gesagt, es ist keines der üblichen Hotels, Vater.

Ach so. Ja.

Ich werde also dorthin schreiben und ein paar Schlafzimmer reservieren lassen. Sie sind vielleicht klein, aber das Essen...

Mit Blick aufs Meer, Dora!

Blick aufs Meer hast du nur in gewöhnlichen Hotels, Vater. Lenkt einen nur ab, stört sehr. Die Zeiten haben sich geändert, weißt du.

Aha. Na schön, ich überlasse es dir. Schreib ihnen, ich will ein großes Zimmer haben, eines, in dem man Besuch empfangen kann. Es darf ruhig was kosten, Dora.

Ja, Vater, sicher.

Und hoffentlich, hoffentlich haben wir im Lotto gewonnen, dachte sie, während sie das Sträßchen zum Kiosk hochlief. Einer muß ja schließlich hier gewinnen. Die dunkelhäutige Blondine im Lottokiosk interessierte sich langsam für Dora, die regelmäßig jeden Morgen vorbeikam, weniger um eine Zeitung zu kaufen, als um sich nach den Ergebnissen zu erkundigen. Sie beugte sich über den Spielschein, hielt die Karte mit den Zahlen daneben und verglich sie, mit einem Ausdruck aufrichtiger Anteilnahme, mit Doras Los.

»Kein Glück«, sagte Dora.

»Versuchen Sie's morgen wieder«, meinte die Frau. »Man kann nie wissen. Das Leben ist ein Glücksspiel...«

Dora lächelte wie jemand, der entweder lächeln oder weinen muß. Auf ihrem Rückweg zum Strand dachte sie, morgen werde ich ein Los für fünfhundert Francs kaufen. Dann dachte sie, nein, nein, lieber nicht, sonst reicht das Geld vielleicht nicht mehr, und ich muß mit Vater schon vorzeitig abreisen. Dora, das Essen hier ist drittklassig. – Ich weiß, Vater, aber heutzutage ist es überall in Frankreich so, die Zeiten haben sich geändert. – Ich finde, wir sollten in ein anderes Hotel ziehen, Dora. – Die anderen sind alle sehr teuer, Vater. – Wie bitte? Was hast du gesagt? – Zur Zeit gibt es keine anderen Zimmer, Vater, wegen der Touristen.

Während sie sich dem Strand näherte, liefen die braungebrannten Beine gutaussehender junger Männer und Frauen an ihr vorbei. Ich sollte jede Minute davon auskosten, dachte sie, es könnte das letzte Mal sein. Dieses tiefblaue Meer, diese braunen Glieder, diese weißen Zähne und das unschuldige, leere Gerede, diese Palmen – genau das ist es doch, wofür wir unser Geld ausgeben.

»Alles in Ordnung, Vater?«

»Wo bist du gewesen?«

»Bin bloß durch die Seitenstraßen gelaufen, um die Wohlgerüche zu genießen.«

»Dora, du bist genau wie dein Vater. Was gab's denn zu sehen?«

»Braune Glieder, weiße Zähne, in den Cafés hemdsärmelige Männer beim Kartenspielen, vor sich grüne Flaschen.«

»Gut – du siehst alles mit meinen Augen, Dora.«

»Hitze, Gerüche, braune Beine – dafür geben wir ja unser Geld aus, Vater!«

»Nimm's mir nicht übel, Dora, das ist vulgär. Das Auge des wahren Künstlers sieht das Leben nicht als eine Ware an, für die man bezahlen muß. Die Welt gehört uns, sie ist unser angestammter Besitz. Wir nehmen sie uns, ohne dafür zu bezahlen.«

»Ich bin kein Künstler wie du, Vater. Laß mich den Schirm richten – du mußt aufpassen, daß du nicht zuviel Sonne abbekommst!«

»Die Zeiten haben sich geändert«, sagte er und schaute den Kiesstrand entlang, »die jungen Männer heutzutage interessieren sich nicht mehr für das Leben.«

Sie wußte, was ihr Vater meinte. Überall am Strand spielten die jungen Männer, mit der Luft, den Mädchen, der Sonne. Sie stiegen aus dem Meer, schüttelten sich das Wasser aus dem Haar, schlenderten über den Kies, warfen sich mit einem Platsch ins Wasser; sie interessierten sich mit allen Poren ihrer Haut für ihre Umgebung, wie Vater es früher ausgedrückt hätte, als er Bücher schrieb. Wenn er sagte: »Die jungen Männer heutzutage interessieren sich nicht für das Leben«, dann meinte er jetzt damit, daß all seine jungen Schüler, seine Bewunderer verschwunden waren, älter geworden, anderweitig in Anspruch genommen waren und keine Nachfolger hatten. Der letzte, der sich auf Vater gestürzt hatte, war ein anämisch aussehender junger Mann gewesen – nicht, daß man nach der äußeren Erscheinung urteilte –, der sie, etwa sieben Jahre zuvor, in ihrem Haus in Essex besucht hatte. Vater hatte das Beste aus seiner Anwesenheit gemacht, viele seiner Vormittage geopfert, mit ihm in der Bibliothek gesessen und über Bücher gesprochen, über das Leben und die alten Zeiten. Dieser junge Mann, der letzte von Vaters Schülern, war aber nach zwei Wochen abgereist, mit dem Versprechen, ihnen den Artikel zu schicken, den er über Vater und sein Œuvre zu schreiben gedachte. Er hatte tatsächlich einen Brief geschickt: »Lieber Henry Castlemaine – Worte vermögen nicht meine Bewunderung auszudrücken...« Danach wurde nie mehr von ihm gehört. Dora fand das eigentlich nicht schade. Verglichen mit den Männern, die Vater sonst immer besucht hatten, war er ein kümmerliches Exemplar. Dora, knapp zwanzig, hätte einen von drei, vier dieser energischen Castlemaine-Schülern durchaus heiraten können, aber sie hatte es nicht getan, aus Rücksicht auf ihren verwitweten Vater und seine Interessen als Figur der Öffentlichkeit, und jetzt dachte sie zuweilen, daß ihr Vater mehr davon gehabt hätte, wenn sie – wegen Vater – doch geheiratet hätte – mit dem Geld eines Schwiegersohns hätte man ihn in seinen letzten Jahren, in denen die Kraft nachließ, unterstützen können.

Dora sagte: »Wir müssen zurück ins Hotel zum Lunch.«
»Laß uns woanders hingehen. Das Essen dort ist...«
Sie half ihrem Vater aus dem Liegestuhl, wandte sich dem Meer zu und atmete die warme, blaue Luft in wohltuenden Zügen ein. Ein junger Mann, der gerade aus dem Wasser gekommen war, schüttelte achtlos den Kopf, bespritzte sie. Als er merkte, was er angerichtet hatte, sah er sie an und ergriff ihren Arm. »Tut mir furchtbar leid«, sagte er. Er sprach Englisch, war Engländer, und sie wußte ja schon, daß sie als Engländerin nicht zu verkennen war. »Schon gut«, sagte sie, mit einem schnellen, kurzen Lachen. Vater tastete mit seinem Stock herum, der Zwischenfall war vorbei, von Dora sofort wieder vergessen, als sie Vater am Arm nahm und ihn über den breiten, heißen Boulevard steuerte, dessen brandender Verkehr von weißuniformierten Polizisten angehalten wurde. »Na, Dora, hättest du nicht Lust, von einem dieser Jungs festgenommen zu werden?« Er lachte sein tiefes, kurzes Lachen und sah zu ihr hinunter. »Schrecklich gern, Vater.« Vielleicht würde er ja nicht darauf bestehen, woanders zu essen. Es wäre schon gut, wenn sie es nur bis zum Hotel schaffen könnten. Vater wäre dann zu erschöpft, um auf einem anderen Restaurant zu bestehen. Aber da sagte er schon: »Komm, wir suchen uns was anderes!«

»Aber Vater, den Lunch haben wir hier doch schon bezahlt!«

»Sei nicht vulgär, meine Liebe!«

Im darauffolgenden März, als Dora Ben Donadieu kennenlernte, hatte sie das Gefühl, ihn schon einmal gesehen zu haben, wußte nicht wo. Später erzählte sie ihm davon, doch er konnte sich nicht entsinnen, sie gesehen zu haben. Dieses Gefühl, ihn schon vorher irgendwo gesehen zu haben, blieb Dora jedoch zeit ihres Lebens. Sie kam zu der Überzeugung, ihn in einem früheren Leben kennengelernt zu haben. In Wahrheit hatte sie ihn am Strand von Nizza gesehen, als er aus dem Wasser stieg, seine Haare schüttelte, sie naßspritzte und ihren Arm ergriff, sich entschuldigte.

»Sei nicht vulgär, meine Liebe. Das Essen im Hotel ist entsetzlich. Kein bißchen französisch.«

»Heutzutage ist es überall so, in ganz Frankreich, Vater.«

»Es gab doch mal ein Restaurant – wie hieß es gleich? – in einer der Seitenstraßen hinter dem Casino. Laß uns dorthin gehen. Alle Schriftsteller gehen dorthin.«

»Nicht mehr, Vater.«

»Na gut, um so besser. Laß uns in jedem Fall hingehen. Wie heißt es gleich? Egal, komm schon, ich würde es mit verbundenen Augen finden. Alle Schriftsteller sind dorthin gegangen...«

Sie lachte, denn im Grunde war er ja lieb. Während sie in Richtung Casino gingen, sagte sie nicht: Heute geht da kein Schriftsteller mehr hin, Vater. Kein Schriftsteller kommt heute mehr nach Nizza, jedenfalls nicht, wenn er nur ein bescheidenes Einkommen hat. Aber dieses Jahr ist ein Schriftsteller hier, von dem du noch nicht gehört hast, Kenneth Hope mit Namen. Er benutzt unseren Strandabschnitt, ich habe ihn einmal gesehen – ein schüchterner, dünner Mann mittleren Alters. Er spricht aber mit niemandem. Er schreibt wunderbar, Vater. Ich habe seine Romane gelesen, die öffnen dem Leser Ausblicke, die seit hundert

Jahren zugemauert sind. Ich habe *Die Erfinder* gelesen, mit denen er zu Ruhm und Wohlstand gekommen ist. Er beschreibt darin, wie Erfinder leben, wie ihre Gedanken um Erfindungen und um die Liebe kreisen, und der Leser könnte annehmen, daß die Welt, in der sie leben, von Erfindern dominiert wird. Er hat dieses Magische, Vater, er kann einen dazu bringen, alles mögliche zu glauben. Gesagt hat Dora das nicht, denn auch ihr Vater hatte Großes geleistet und verdiente es, wiederentdeckt zu werden. Sein Name wurde verehrt, aber von seinen Büchern wurde nicht viel geredet, sie wurden nicht gelesen. Kenneth Hopes Ruhm wäre ihm unbegreiflich. Vaters Romane handelten vom Gewissen des Einzelnen, niemand konnte so gut über das Gewissen des Einzelnen schreiben wie Vater. »Wir sind da, Vater – ist doch richtig hier, oder?«

»Nein, Dora, noch ein Stückchen weiter.«

»Aber das ist das Tumbril. Es ist wahnsinnig teuer!«

»Ich bitte dich!«

Sie beschloß, unter Hinweis auf die Hitze lediglich eine Scheibe Melone zum Lunch zu bestellen und ein Glas vom Wein ihres Vaters zu trinken. Sie betraten, beide hochgewachsen und schlank, das Restaurant. Ihr Haar war zurückgekämmt, das Gesicht gut geschnitten, ihre Augen waren klein und auf witzige Bemerkungen eingestellt, denn sie hatte beschlossen, altjüngferlich aufzutreten, und zwar richtig. Sie sah wie sechsundvierzig aus und auch wieder nicht. Ihre Haut war trocken. Ihr Mund war dünn und wurde über den finanziellen Sorgen immer dünner. Der Vater sah wie achtzig aus, was er ja tatsächlich war. Dreißig Jahre zuvor pflegten die Leute sich umzudrehen, wenn er vorüberging, und zu sagen: »Das ist Henry Castlemaine.«

Ben lag bäuchlings auf der Matratze am Strand. Carmelita lag auf ihrer Matratze neben ihm. Sie aßen Käsebrötchen und tranken Weißwein, den ihnen der Stranddiener aus dem Café gebracht hatte. Carmelitas Bräune war wie ein makelloses Kleid, das hauteng an ihrem Körper lag. Seit sie von der Schule abgegangen war, hatte sie zahlreiche Jobs in Film- und Fernsehstudios gehabt. Jetzt war sie wieder ohne Arbeit. Sie dachte daran, Ben zu heiraten, er war so ganz anders als die anderen Männer aus ihrem Bekanntenkreis, er war fröhlich und ernst. Er sah überdies gut aus. Er war Halbfranzose, aufgewachsen in England. Und er hatte ein interessantes Alter, einunddreißig. Er war Lehrer, aber Vater könnte ihm wahrscheinlich einen Job in der Werbung oder in einem Verlag besorgen. Vater könnte viel für sie beide tun, wenn er sich nur anstrengte. Vielleicht würde er sich ja anstrengen, wenn sie heiratete.

»Hast du deinen Vater gestern gesehen, Carmelita?«

»Nein. Er ist die Küste hochgefahren, ich glaube, zu einer Villa an der italienischen Grenze.«

»Ich würde gern mehr von ihm sehen«, sagte Ben. »Und mich mit ihm unterhalten. Eigentlich habe ich nie eine Chance gehabt, mit ihm zu reden.«

»Meinen Freunden gegenüber ist er furchtbar schüchtern«, sagte Carmelita.

Zuweilen empfand sie eine jähe Unzufriedenheit, wenn Ben über ihren Vater sprach. Ben hatte alle seine Bücher gelesen, und zwar mehrmals – Carmelita kam das recht zwanghaft vor, Bücher ein zweites und drittes Mal zu lesen, als habe man ein unzulängliches Gedächtnis. Es schien ihr, als liebe Ben sie nur deswegen, weil sie die Tochter von Kenneth Hope war, doch dann schien es ihr wieder, als könne das nicht stimmen, denn Geld und Erfolg interessierten Ben nicht. Carmelita kannte viele Töchter berühmter Männer, und sie wurden umschwärmt von Verehrern, die es auf das Geld und den Ruhm ihrer Väter abgesehen hatten. Ben dagegen mochte ihren Vater um seiner Bücher willen.

»Er mischt sich nie in mein Leben ein«, sagte sie. »Das habe ich gern an ihm.«

»Ich würde mich gern mal ausführlich mit ihm unterhalten«, sagte Ben.

»Worüber denn? Über seine Bücher redet er nicht gern.«

»Nein. Aber ein Mann wie er – ich möchte wissen, wie er denkt.«

»Und ich? Was denke ich?«

»Deine Gedanken sind wunderbar, voll wohltuender Trägheit, nichts Falsches.« Er fuhr mit dem Zeigefinger von ihrem Knie zum Fußknöchel. Sie trug einen rosafarbenen Bikini. Sie war sehr hübsch und hatte gehofft, noch vor ihrem achtzehnten Geburtstag ein Filmsternchen zu sein. Inzwischen war sie knapp einundzwanzig und dachte daran, statt dessen Ben zu heiraten, und war erleichtert, daß sie nicht mehr Schauspielerin werden wollte. Mit ihm hatte es länger gedauert als mit jedem anderen. Oft hatte sie junge Männer anfangs interessant gefunden, doch schon bald das Interesse verloren. Ben war ein Intellektueller, und man sage, was man wolle, bei Intellektuellen hielt es anscheinend länger als bei anderen. An ihnen ist mehr herauszufinden. Man entdeckte immer wieder Neues – sie vermutete, daß sie sich durch das väterliche Blut zu einem kultivierten Typ wie Ben hingezogen fühlte.

Er wohnte in einem winzigen Hotel in einer Seitenstraße in der Nähe des alten Hafens. Die Eingangshalle war dunkel, aber das Zimmer selbst lag ganz oben, unterm Dach, hatte einen kleinen Balkon. Carmelita wohnte bei Freunden in einer Villa. Sie verbrachte viel Zeit in Bens Zimmer und schlief dort auch manchmal. Es wurde ein erstaunlich glücklicher Sommer.

»Von Vater wirst du nicht viel sehen«, sagte sie, »wenn wir heiraten. Er arbeitet und empfängt niemand. Wenn er nicht gerade schreibt, geht er auf Reisen. Vielleicht wird er sich wieder verheiraten und...«

»Schon gut«, sagte er, »ich will ja nicht deinen Vater heiraten.«

Dora Castlemaine besaß mehrere Diplome in Sprechtechnik, von denen sie noch nie Gebrauch gemacht hatte. Nach den Weihnachtsferien jenes Jahres bekam sie eine Teilzeitstelle in einem Londoner Gymnasium, und ihre Aufgabe bestand darin, bei den begabtesten Schülern für eine etwas akzentfreiere Aussprache zu sorgen. Ihr Vater war erstaunt.

»Geld, Geld. Du sprichst immer nur über Geld. Laß uns doch Schulden machen! Ohne Schulden ist man niemand!«

»Das Ansehen, das man genießt, hält sich in Grenzen, Vater. Sei kein Dummkopf!«

»Hast du dich bei Waite erkundigt?« Waite war der Verlagsmensch, der für die alljährlich geringer werdenden Tantiemen Castlemaines zuständig war.

»Das Konto ist zur Zeit überzogen.«

»Also, ich finde es blöd, daß du als Lehrerin arbeiten willst.«

»Blöd vielleicht für dich«, erwiderte sie schließlich, »aber nicht für mich.«

»Dora, du willst diesen Job in London also wirklich annehmen?«

»Ja, und ich freue mich schon darauf.«

Er glaubte ihr nicht, sagte aber statt dessen: »Ich glaube, ich bin dir in der letzten Zeit eine ziemliche Last, Dora. Ich sollte vielleicht abtreten und sterben.«

»Wie Oates am Südpol«, lautete Doras Kommentar.

Er sah sie an und sie ihn. In ihrer Liebe konnten sie boshaft zueinander sein.

Sie war die einzige Lehrerin an der Schule, allerdings ohne den entsprechenden Status. Sie hatte im Lehrerzimmer ihre eigene Ecke, und weil es ihr wichtig war, den männlichen Kollegen klarzumachen, daß sie sich nicht in ihre Angelegenheiten einzumischen gedachte, breitete sie in den Freistunden eine Zeitung vor sich aus und sah nur hoch, um den Lehrern, die mit Heftstapeln unter dem Arm hereinkamen, guten Morgen oder guten Tag zu wünschen. Dora brauchte keine

Hefte zu korrigieren, sie war etwas Besonderes, zuständig für die bessere Aussprache von Vokalen. Wenn sie während der Vormittagspause den Zucker für den Kaffee weiterreichte, machte einer der Lehrer, und dann ein zweiter, mit ihr Konversation. Einige waren Anfang Dreißig. Der Physiklehrer mit dem rötlichbraunen Schnurrbart hatte gerade erst in Cambridge sein Examen gemacht. Niemand sagte zu ihr, wie noch fünfzehn Jahre zuvor intelligente junge Männer zu ihr gesagt hatten: »Miss Castlemaine, sind Sie verwandt mit Henry Castlemaine, dem Schriftsteller?«

Im Frühling dieses Jahres ging Ben nach Schulabschluß mit Carmelita unter den Bäumen von Lincoln's Inn Field spazieren und sah den Kindern dort bei ihren Spielen zu. Sie waren ein schönes Paar. Carmelita arbeitete als Sekretärin in der City. Ihr Vater war in Marokko, nachdem er sie vorher noch, zur Feier ihrer Verlobung, zum Dinner ausgeführt hatte.

Ben sagte: »An unserer Schule haben wir eine Frau, die Unterricht in Spracherziehung gibt.«

»Ach ja?« sagte Carmelita. Sie war nervös, weil Ben seit der Abreise ihres Vaters nach Marokko ihrer Beziehung eine neue Wendung gegeben hatte. Er weigerte sich, sie in seiner Wohnung in Bayswater übernachten zu lassen, nicht mal an den Wochenenden. Er meinte, vielleicht wäre es gut, bis zu ihrer Hochzeit im Sommer Enthaltsamkeit zu üben, das gäbe ihnen doch etwas, worauf sie sich freuen könnten. »Und«, sagte Ben, »ich will wissen, was wir einander ohne Sex bedeuten.«

Das machte ihr deutlich, wie abhängig sie schon von ihm war. Vielleicht, dachte sie, will er ja eine Form von Folter praktizieren, um meine Abhängigkeit zu verstärken. Er wollte aber tatsächlich herausfinden, was sie einander ohne Sex bedeuteten.

Sie klingelte unangemeldet an seiner Wohnungstür, überraschte ihn beim Lesen, auf dem Tisch lagen stapelweise Bücher, als warteten sie darauf, gelesen zu werden.

Sie warf ihm vor: »Du willst mich bloß loswerden, damit du deine Bücher lesen kannst.«

»In der vierten Klasse wird gerade Trollope behandelt«, erklärte er und wies auf ein Buch in dem Stapel.

»Aber was du da gerade liest, ist doch was anderes!«

Er war in eine Joyce-Biographie vertieft gewesen. Er warf das Buch hin und rief: »Ich habe mein Leben lang gelesen, und du wirst mich nicht davon abhalten, Carmelita!«

Sie setzte sich. »Das will ich auch gar nicht«, meinte sie.

»Ich weiß«, sagte er.

»Wenn wir nicht miteinander schlafen, ist es schwierig zwischen uns«, sagte sie und blieb bei dieser Gelegenheit über Nacht.

Er schrieb gerade einen Artikel über ihren Vater. Sie wünschte, ihr Vater hätte sich mehr dafür interessiert. Vater hatte sie zum Dinner eingeladen, mit seinem Partygesicht, lächelnd und jungenhaft. Carmelita kannte ihn auch anders – in seinen schlimmen Depressionen, kaum noch imstande, das Tageslicht zu ertragen.

»Was ist los, Vater?«

»In meinem Innern findet eine Komödie der Irrungen statt, Carmelita.« Wenn er in dieser Stimmung war, verbrachte er die meiste Zeit des Tages untätig an seinem Schreibtisch. In der Nacht fing er vielleicht an zu schreiben, schlief dann den ganzen Vormittag, und an den folgenden Tagen pflegte die Last allmählich nachzulassen.

»Da ist jemand am Telefon für dich, Vater, es geht um ein Interview.«

»Sag, daß ich im Nahen Osten bin.«

»Wie hast du Ben eigentlich gefunden, Vater?«

»Ein furchtbar netter Mann, Carmelita. Ich finde, du hast die richtige Wahl getroffen.«

»Ein Intellektueller – die sind mir am liebsten!«

»Ich würde sagen, er hat eher wie ein Student gewirkt. Wird immer so wirken.«

»Er will einen Artikel über dich schreiben, Vater. Er ist richtig versessen auf deine Bücher.«

»Ja.«

»Ich meine, könntest du ihm nicht helfen, Vater? Könntest du nicht mit ihm über dein Werk sprechen?«

»Ach du liebes bißchen! Es wäre einfacher, Carmelita, wenn ich diesen blöden Artikel selbst schriebe.«

»Schon gut, schon gut! Ich hab' nur mal gefragt.«

»Ich will keine Schüler haben, Carmelita. Schon bei dem Gedanken daran bekomme ich Zustände.«

»Ja, ja. Schon gut. Ich weiß, du bist ein Künstler, Vater, du brauchst mit deinem Temperament nicht herumzuprotzen. Ich wollte nur, daß du Ben ein wenig hilfst. Ich wollte nur...«

Ich wollte nur, dachte sie, während sie mit Ben in Lincoln's Inn Field spazierenging, daß er mir hilft. Ich hätte sagen sollen: »Ich möchte, daß du mehr mit Ben sprichst, es würde mir helfen.« Und Vater hätte gesagt: »Wie meinst du denn das?« Und ich hätte erwidert: »Weiß nicht genau.« Und er hätte gesagt: »Tja, wenn du es selbst nicht weißt, wie soll ich es erst wissen, verdammt noch mal?«

Ben sagte: »An unserer Schule haben wir eine Frau, die Unterricht in Sprecherziehung gibt.«

»Ach ja?« sagte Carmelita nervös.

»Eine Miss Castlemaine. Sie ist schon vier Monate da, und ich habe erst heute herausgefunden, daß sie die Tochter von Henry Castlemaine ist.«

»Der ist doch tot!« rief Carmelita.

»Tja, das habe ich auch gedacht. Aber offenbar ist er nicht tot, er wohnt in einem Haus in Essex.«

»Wie alt ist Miss Castlemaine denn?« fragte Carmelita.

»Schon etwas älter. Mitte Vierzig, Ende Vierzig vielleicht. Sie ist eine nette Frau, der klassische Typ unverheiratete

Engländerin. Sie bringt den Jungs bei, wie man *HOW NOW BROWN COW* ausspricht. Man kann sie sich gut in den Cotswolds bei Holzschnittarbeiten vorstellen. Erst heute habe ich herausgefunden...«

»Mit ein bißchen Glück schaffst du es vielleicht, zu ihm nach Hause eingeladen zu werden«, meinte Carmelita.

»Ja, sie sagte, ich solle ihn mal besuchen kommen, vielleicht an einem Wochenende. Miss Castlemaine wird es arrangieren. Sie war furchtbar liebenswürdig, als sie feststellte, daß ich ein Bewunderer von Castlemaine bin. Viele Menschen denken bestimmt, er ist tot. Sein Werk gehört ja in eine vergangene Welt, aber es ist großartig. Kennst du *The Pebbled Shore?* Das ist eines seiner frühen Werke.«

»Nein, aber ich habe *Sin of Substance* gelesen, so hieß es wohl. Es...«

»Du meinst *The Sinner and the Substance*! Wunderbare Gedanken stecken darin. Castlemaine hat eine Renaissance verdient.«

Carmelita empfand plötzlich Zorn auf ihren Vater und dann eine Art Verzweiflung, die ihr noch nicht völlig vertraut war, wenngleich sie schon überlegte, ob dies das Gefühl war, das ihr Vater in seinen schweren Depressionen hatte, wenn er tagsüber bloß dasaß, geduldig vor sich hinstarrte und nachts sich wunderbarerweise, in schroff-heiterer Prosa, den Schmerz vom Leib schrieb.

Hilflos sagte sie: »Castlemaines Romane sind nicht so gut wie die von Vater, hab ich recht?«

»Sie lassen sich nicht vergleichen. Castlemaine ist etwas ganz anderes. Man kann nicht sagen, der eine ist *besser* als der andere – du meine Güte!« Mit dem Ausdruck eines Gelehrten blickte er hinüber zu den Kaminen von Lincoln's Inn. Das war der Ausdruck, den sie am liebsten an ihm hatte. Sie dachte schließlich, vielleicht wird ja durch die Castlemaines alles leichter für uns.

»Vater, das ist wirklich lächerlich! Ein Unterschied von sechzehn Jahren! Die Leute werden sagen...«

»Sei nicht vulgär, Dora! Wen interessiert schon, was die Leute sagen. Das Alter an sich spielt keine Rolle, wenn es eine echte Wesensverwandtschaft gibt, eine tiefe Seelenverbindung.«

»Ben und ich haben vieles gemeinsam.«

»Ich weiß«, sagte er und setzte sich etwas aufrechter hin.

»Ich werde meinen Job aufgeben und wieder bei dir sein können, Vater. Ich habe diesen Job nie wirklich gewollt. Und dir geht es jetzt gesundheitlich so viel besser...«

»Ich weiß.«

»Und Ben wird abends und an den Wochenenden hier sein. Du verstehst dich gut mit Ben, nicht wahr?«

»Ein erstaunlich guter Mann, Dora! Er wird es noch weit bringen. Er ist scharfsinnig.«

»Er ist entschlossen, dein Werk wieder bekanntzumachen.«

»Ich weiß. Er sollte diesen Job aufgeben, wie gesagt, und sich ausschließlich seinen literarischen Studien widmen. Der geborene Essayist.«

»Ach Vater, er wird seinen Job noch eine Weile behalten müssen. Wir brauchen das Geld. Es wird uns allen helfen, wir...«

»Wie bitte? Was sagst du?«

»Ich habe gesagt, er findet die Arbeit am Gymnasium interessant, Vater.«

»Liebst du ihn?«

»Schwer zu sagen, Vater, in meinem Alter.«

»Auf mich wirkt ihr beiden wie Kinder. Liebst du ihn denn?«

»Mir ist«, sagte sie, »als kenne ich ihn schon viel länger. Manchmal glaube ich, daß ich ihn schon mein ganzes Leben lang kenne. Ich bin sicher, daß wir uns vorher schon einmal begegnet sind, vielleicht sogar in einem früheren Leben. Das ist das Entscheidende. Daß ich Ben heirate, hat etwas *Schick-salhaftes*. Verstehst du mich?«

»Ja, ich glaube schon.«

»Er war letztes Jahr für kurze Zeit verlobt, mit einem ziemlich jungen Mädchen«, sagte sie, »mit der Tochter eines Schriftstellers namens Kenneth Hope. Hast du von ihm gehört, Vater?«

»Vage«, sagte er. »Ben ist der geborene Schüler«, sagte er. Sie sah ihn an und er sie, in ihrer Liebe konnten sie boshaft zueinander sein.

Alice Longs Dackel

Vor der Jagd gehen die Männer noch zur Messe, die Gewehre klirren auf dem Stein, eines nach dem anderen, und von der Mauer vor der Kapelle hallt das Echo wider. Mamie, die acht Jahre und zwei Monate alt ist, kniet in der vorletzten Reihe rechts, in der Nähe der Jungfrau, vor der eine warme Kerze flackert. Eine andere Wärmequelle gibt es nicht. Alice Long kniet vorne auf einem der Betkissen. Ihre beiden Brüder aus London sind hergekommen, hochgewachsene Männer in Knickerbockern und grünen Wollstrümpfen, die sich an Mamies Augen vorbeibewegen, während sie an ihrem Platz kniet.

Andere große Männer haben ihre Gewehre gegen die Mauer draußen vor der Kapellentür gelehnt. Die Katholiken von den umliegenden Bauernhöfen sind gekommen. Jeder, ausgenommen die Ortsfremden, betet jetzt um mehr Schnee und darum, daß die Straße zur Stadt unpassierbar wird, damit die arme Alice Long zu den Mahlzeiten, die den Londonern serviert werden, anstandslos Wildbraten, Wildbraten, Wildbraten auftischen kann. Im Wald wimmelt es von Rotwild, während Fleisch aus der Stadt mit Geld bezahlt werden muß.

Alice Long hat hängende Schultern und Sorgen. Sie ist die einzige Tochter des alten Sir Martin, und überall heißt sie, in Anlehnung an ihre Gesichtsform, Miss Long. Das Geld gehört ihr, aber es geht alles in den Erhalt des Hauses.

Inzwischen haben die beiden Schwägerinnen von Alice Long die Kapelle betreten. Sie kommen zuletzt, weil sie sich nach dem Aufstehen noch um ihre kleinen Kinder kümmern müssen. Bevor Mamie zur Welt kam, gab es Kindermädchen für alle Babys im Haus. Die beiden Frauen waren von Anfang an unterschiedlich, noch ehe sie Alices Brüder heirateten, und sie sehen noch immer unterschiedlich aus, wenngleich ihre Tweedmäntel schon ähnlich geschnitten sind. Die eine heißt Lady Caroline und die andere, Mrs. Martin Long, wird Lady Long sein, wenn der alte Sir Martin stirbt und Martin Long seinen Titel übernimmt.

Mamie beobachtet Lady Caroline durch ihre Finger. Lady Caroline ist groß und breit gebaut, hat kurzes schwarzes Haar und trägt einen schwarzen Spitzenschleier. Sie kann Alices Hunde nicht leiden, Hunde sind aber das einzige, das Alice Long für sich allein hat. Alice Long ist wie geschaffen dafür, sich von der Sorge um das Haus verzehren zu lassen.

Die große Uhr schlägt sieben. Der Pfarrer kommt herein, alle Füße rühren sich. Wenn jeder steht, kann Mamie den Altar nicht sehen. Sie guckt die Kerze an. Der Gottesdienst beginnt. Werden die Freunde, die aus dem warmen London hergekommen sind, sich hier furchtbar erkälten?

Mamie bleibt im Schnee stehen. Um ihre Hände, die in Wollhandschuhen stecken, sind die Enden der Hundeleinen gewickelt, drei rechts, zwei links. Sie macht die Leinen ein wenig lockerer, um den Arm leichter bewegen zu können, und das bißchen mehr an Freiheit nutzen die Hunde sofort aus. Sie schnüffeln und entwinden sich Mamies Griff, bis sich die Leinen wieder straff spannen. Mamie zieht sie aber wieder zu sich heran, hebt die Ellbogen hoch, um die Hände an den Mund zu legen, und ruft: »Kommt raus! Ich kann euch sehen!«

Keine Antwort.

Sie wiederholt den Ruf und läßt, da der Zug an den Leinen ihr weh tut, die Arme wieder sinken.

Von der Baumgruppe fällt mit einem dumpfen Geräusch Schnee zur Erde. Es hätte sich nur wie ein leises Plumps angehört, wenn es außer dem Schnuppern der Hunde noch andere Geräusche gegeben hätte.

Sie führte Alice Longs Hunde aus.

»*Sie wird es gerne tun, Miss Long*«, sagte ihre Mutter. »*Morgen nach der Schule. Sie hat nur morgens Unterricht.*«

Heute morgen sagte ihre Mutter: »*Komm um zwei gleich nach Hause, wegen Alice Longs Hunden.*«

Dafür hat Mamie auf ihren Tanzunterricht verzichten müssen. Sie lernt in der Klosterschule gerade den Schwertertanz. Alice Long hat sie in die Schule gesteckt, teilweisen Schulgelderlaß für sie erreicht, und für den Rest kommt Alice Long persönlich auf. Sie will, daß die katholischen Pächter Katholiken bleiben.

Mamie geht weiter, froh, daß keine Jungen sich hinter den Bäumen versteckt haben. Sie fürchtet sich davor, daß die Jungen sie finden und die Hunde triezen, sie und die kleinen, vorsichtig daherwatschelnden Hunde auslachen, ihnen etwas antun, bevor sie sie wieder im Haus abliefern kann.

Der Schnee im Wald ist zu tief für kurzbeinige Hunde. Mamie bewegt sich am Waldesrand entlang, auf dem knirschenden Schnee, und hin und wieder verfällt sie in kurze Laufschritte, wenn die Hunde stärker sind.

»*Meine Dackel!*« sagt Alice Long liebevoll.

Wenn sie außer Sichtweite war, sagten die Dörfler zueinander: »*Alice Long hat nur ihre Hunde. Und all die Arbeit mit dem Haus.*«

»*Lady Caroline kann Hunde nicht leiden.*«

»*Nein, bloß Dackel kann sie nicht leiden. Deutsche Dackel. Sie mag fürs Land große Hunde.*«

Alice Long sitzt mit ihrer Teetasse in Mamies Haus, das über fünf Zimmer plus KSB verfügt – KSB steht für Küche, Speisekammer und Bad – und die eine Hälfte eines Doppelhauses ist. Nebenan wohnt ›Das Paar‹. Mamies Vater arbeitet nicht mehr auf dem Gut, sondern in der Stadt, als Vorarbeiter in der Linoleumfabrik von Heppleford & Styles.

»*Lady Caroline kann sie nicht leiden. Sie sind schon seit Freitag im Nordflügel eingeschlossen. Ich muß dafür sorgen, daß es dort warm ist …*«

»*Dieser Flügel ist ja nicht beheizt.*«

»*Nein. Sie frieren und sind einsam. Ständig lege ich Holz nach. Mitten in der Nacht stehe ich auf, um nach dem Kamin zu sehen.*«

»*Es wird ihnen an nichts fehlen, Miss Long!*«

»*Sie müssen mal richtig ausgeführt werden. Heute habe ich keine Zeit für sie. Aber morgen oder am Mittwoch reist die Familie wieder ab...*«

Mamie führt die Hunde nicht zum ersten Mal aus. Sie darf nicht zu nahe an den Wald kommen, sondern muß sich an die Wege halten, die an den Gutshäusern vorbei zum Kaufmannsladen führen. In der Nähe des Ladens halten sich meistens die Kinder aus der Dorfschule auf, im Winter werfen sie Schneebälle, im Sommer fahren sie Fahrrad. Mamie hat Geld für einen Sahnebonbon und eine Limonade dabei. Sie geht am Wald entlang.

Ihr Vater ist jetzt schon drei Arbeitstage zu Hause. Es wird gestreikt. Alice Long sitzt im Wohnzimmer. Vater ist nach oben gegangen und wartet, bis sie gegangen ist. Dann öffnet er die Schranktür. Im Schrank steht in einer Nische, entstanden durch die Herausnahme eines Regalbretts, der Fernsehapparat. Alice Long hat dieses Gerät noch nie gesehen. Die Nachbarn, ›Das Paar‹, haben sich schon vor Jahren einen Fernseher gekauft und ihn im Wohnzimmer aufgestellt.

Mitzi, Fritzi, Blitzi, Ritzi und Kitzi.

»*Die Hunde, das ist alles, was Alice Long hat.*«

Die Hunde sind immer beieinander und kommen mitunter alle zusammen angelaufen, wenn Alice Long einen ihrer Namen ruft. Mamie kann sie nicht auseinanderhalten. Sie unterscheiden sich geringfügig in Länge und Dicke und hinsichtlich der schwarzen Flecken auf dem braunen Fell.

Dort, wo der Acker bis dicht an den Waldrand gepflügt worden ist, hat sich der Pfad in einen Grat aus gefrorener Erde verwandelt. Das Tageslicht wird eisblau, und Mamie kämpft mit den Hundeleinen. Der eine Gummistiefel versinkt tief in einer Furche, während der andere sich auf dem Grat zu halten versucht. Die Hunde schnuppern einander an, dampfschnaubend. Sie drängen in Richtung Wald, und plötzlich steht Hamilton, Alice Longs Wildhüter, hochgewachsen und breitschultrig da, mit grauem Schnurrbart und tiefrotem Gesicht. Er sieht Mamie an, als wollte er sagen: »Komm her.« Die Hunde tollen um ihn herum, die Leinen schneiden in Mamies Handschuhe.

Mamie sagt: »Ich muß dort lang« und zeigt auf ihr Haus jenseits des Ackers.

»Wir sehen uns ja auf dem Gut«, sagt er und geht gebückt in den Wald zurück, prüft das Unterholz.

Hamilton kümmert sich um den alten Sir Martin, wenn ihn zu pflegen über die Kräfte einer Frau geht.

»Ich fürchte, meinem Vater geht es nicht mehr gut.«

»Ich weiß gar nicht, wie Sie es schaffen, Miss Long!«

Mamies Mutter sagt, jede andere Familie hätte den alten Mann schon längst weggegeben, nur Alice Long nicht.

Hamilton kümmert sich um die Heizkessel, die den beheizten Flügel mit Wärme versorgen. Er hat zu viel zu tun, um die Hunde regelmäßig auszuführen.

»Ich weiß gar nicht, was wir ohne Hamilton tun sollten. Bevor Ihr Mann uns verlassen hat, war es einfacher für uns.«

Mamie hat dem Wald den Rücken gekehrt. Sie geht jetzt wieder auf dem Weg zu den Häusern, schaut immerfort über die Schultern, ob Hamilton ihr nachsieht, mit jenen Augen, die wie zwei mittlerweile alt gewordene pochierte Eier aussehen, die sie jedesmal angucken, wenn er sie sieht.

Sie geht auf dem Pfad neben der Landstraße. Die Hunde trotten jetzt neben ihr her. Ein Personenauto fährt vorbei und ein Lieferwagen des Gemüsehändlers in der Stadt. Sie hält die Leinen krampfhaft fest.

»Paß auf, daß keiner von ihnen überfahren wird! Alice Long würde sich furchtbar aufregen!«

In der engen Kurve drückt sie sich gegen die hohe weiße

Böschung, die wieder an den Wald grenzt, während ein sehr großer Lastwagen mit einer Ladung Kohlensäcke zaghaft vorbeischleicht, als hätte er Angst vor den Hunden.

Da kommen Schneebälle geflogen, bums auf die Schulter, bums auf ihre Mütze. Oben auf der Böschung stehen die Jungen. Sie dreht sich schnell um und sieht gerade noch etwas von den Kindern, die sich kichernd verstecken. Zwei Mädchen sind bei den Jungen, sie hat ihre Haare gesehen, eines trägt die dunkelblaue Mütze der Klosterschule.

»Connie, komm runter!«

»Bin nicht Connie«, antwortet die Stimme von Gwen.

Gwen müßte im Tanzunterricht sein. Zusammen mit Mamie lernt sie den Schwertertanz.

Ein Schneeball landet auf der Straße, fällt auseinander. Es ist kein Stein darin. Die Hunde jaulen jetzt unter dem Bombardement von Schneebällen. Sie sind es nicht gewohnt, sind außer Rand und Band.

Mamie zieht sie um die Wegbiegung und beginnt zu laufen. Die Kinder klettern herunter, ihr hinterher, und holen sie ein. Sie erkennt sie alle. Sie versucht, ein wenig Schnee aufzusammeln, aber es ist unmöglich, mit den Hundeleinen um ihre Handschuhe einen Schneeball zu formen und zu werfen.

»Wo gehst du denn mit den Hunden hin?« fragt ein Junge.

»Zum Laden, dann zurück zum Gut.«

»Sehen die aber dreckig aus!«

Gwen sagt: »Magst du diese Hunde?«

»Nicht, wenn sie alle zusammen sind.«

»Dann laß sie doch los«, sagt das andere Mädchen. »Es tut ihnen gut.«

»Nein.«

»Komm, spiel mit uns!«

Sie kriecht die Böschung hoch, während die anderen versuchen, die Hunde an den Leinen hochzuziehen oder sie am Hinterteil hochzuschieben.

»Heb sie hoch! Sonst schnürst du ihnen die Luft ab!«

»Laß die Leinen doch los. Jeder von uns nimmt einen.«

»Nein.«

Oben auf der Böschung sagt Mamie: »Ich werde sie an diesen Baum dort anbinden.« Sie weigert sich, die Leinen aus der Hand zu geben, erlaubt zwei Jungen aber, feste Knoten zu binden, so wie sie es bei den Pfadfindern gelernt haben.

Dann gibt es eine Schneeballschlacht, Mädchen gegen Jungen. So stürmisch wird geworfen und so laut aus nassen Gesichtern gezischt und gebrüllt, daß das Kläffen und Jaulen der Hunde kaum zu hören ist. Als es Zeit ist, sich wieder auf den Weg zu machen, zählt Mamie die Hunde. Dann fängt sie an, sie loszubinden. Die Knoten sind kompliziert. Sie ruft einem der Jungen nach, er solle ihr beim Lösen der Knoten behilflich sein, aber er reagiert nicht. Gwen kommt, steht da und sieht zu. Mamie kniet im Matsch, probiert.

»Wie kriegt man diese Knoten denn wieder auf?« Die Leinen sind ein wirres Knäuel.

»Weiß nicht. Wie heißen sie?«

»Mitzi, Fritzi, Blitzi, Ritzi und Kitzi.«

»Kannst du sie auseinanderhalten?«

»Nein.«

Mamie beugt sich herunter, das Leder zwischen ihren kräftigen Zähnen. Sie hat den ersten Knoten geschafft. Allmählich lösen sich auch alle anderen Knoten. Sie zieht die Wollhandschuhe wieder an und beginnt, sich die Leinen um die Hand zu schlingen. Eine entzieht sich ihrem Griff, der kleine Hund rennt auf dem nassen Laub sofort los, auf den Wald zu, es sieht aus, als gleite eine Schlange entlang, und die Leine fliegt hinter ihm her.

»Mitzi! Kitzi! Blitzi!«

Der Hund verschwindet, die übrigen vier sind aufgeregt, wollen sich losmachen und auch mal richtig losrennen.

»Fang ihn, Gwen! Kannst du ihn sehen? Wo ist er? Mitzi-Mitzi-Mitzi! Blitzi-Blitzi!«

»Ich muß nach Hause«, sagt Gwen. »Du hättest weiter-gehen und nicht mit uns spielen sollen!«

Gwen ist Schwester Monicas Musterschülerin in puncto Betragen, Pünktlichkeit und Ehrlichkeit. Mamie hat keine Veranlassung, auf diesen Vorwurf von Gwen, die jetzt die Böschung herunterstolpert, zu reagieren.

Der Wald steht dunkel, und von dem Hund ist nichts zu hören. Mamie drückt sich mit den vier Hunden durchs Unterholz, durch den Schnee. »Fritzi-Fritzi-Fritzi-Mitzi!« Hinter ihr bellt und kläfft es. Wieder ein kläff-kläff. Sie dreht sich um, sieht den Hund wieder an einen Baum gebunden. Hamilton? Sie schaut sich um, entdeckt aber niemand.

Sie sollte sich eigentlich beeilen, um nach Hause zu kom-men, doch sie ist zu müde. Die Parktore am Forsthaus stehen noch offen, obwohl es, dem Himmel nach zu urteilen, bestimmt schon spät ist. Im Forsthaus ist Licht, es ist an neue Leute aus Liverpool vermietet worden, die dort ihre Wo-chenenden verbringen wollen. Diesmal ist es ein verlängertes Wochenende. Als Mamie mit den fünf Hunden in den Park einbiegt, tritt eine junge Frau aus dem Haus, geht zu ihrem Auto.

»Mein Gott, du bist ja pitschnaß!«

»Ich bin in eine Schneewehe gefallen.«

»Dann lauf schnell nach Hause und zieh dir was anderes an!«

Mamie kann nicht mehr laufen. Ihr geht es nicht mehr so gut, ganz wie Sir Martin. Sie fühlt sich etwas unwirklich. Die Farbe des Nachmittags ist seltsam, und der Himmel ist von Schneewehen eingerahmt. Die kurzen Laufschritte machte sie nur, weil die Hunde so sehr an der Leine ziehen. Sie hält sie aber so kurz, wie es nur geht, und stapft in Richtung Gutshaus. Vor der breiten Treppe und der hohen Tür biegt sie nach rechts in den Hof ein, wo Hamiltons Tür ist. Sie versucht, sie zu öffnen. Sie ist verschlossen. Um an der Klingel zu ziehen, müßte sie den Arm heben, und dafür ist sie zu erschöpft. Sie versucht, anzuklopfen. Die Hunde kratzen laut und erregt an der Tür, wollen hinein. Sie sieht sie an und schafft mit knapper Not, die Leinen, die sie in der rechten Hand hält, um das linke Handgelenk zu wickeln, denn in der Hand ist kein Platz mehr. Sie klopft mit der freien Hand an die Tür, und plötzlich fällt ihr etwas auf. Es sind ja nur noch vier Hunde jetzt. Sie zählt – eins, zwei drei, vier. Sie zählt die Leinen – eins, zwei, drei, vier. Sie sieht wieder weg und klopft. Nichts ist passiert. Alles ist irreal. Sie klopft wieder. Hamilton kommt.

»Die Futternäpfe stehen da drin«, sagt Hamilton und sieht dabei nicht die Hunde an, sondern öffnet die Tür, die von einem Zimmer in ein anderes, unordentliches Zimmer führt. Er läßt die Hunde zu ihren Näpfen rennen, ohne sie zu zählen. Er nimmt ihnen die Leine nicht ab, sondern läßt sie auf den Boden fallen, so daß die Hunde sie hinter sich herziehen. Endlich schließt er die Tür, läßt die Hunde allein. Er setzt sich in seinen Sessel und guckt Mamie an, als wollte er sagen: »Komm her!«

»Ich muß nach Hause.«

»Du bist ja ganz naß. Stell dich an den Kamin und wärm dich kurz auf. Ich fahr' dich nach Hause.«

»Nein, ich bin schon spät dran.«

Er tätschelt sein Knie. »Komm her, setz dich, Kleines!« Er hat ein Glas und eine Flasche neben sich. »Du sollst 'n Schluck abbekommen! Na los, komm schon! Ich will keinen Sex.«

Sie klettert auf seinen Schoß. Er hat die Hunde nicht gezählt. Alice Long wird außer sich sein, doch von jetzt an liegt die Schuld bei Hamilton. Hamilton hat die Hunde an sich genommen.

»Trink jetzt!«

Sie riecht den Whisky.

»Nimm einen ordentlichen Schluck!«

Er gibt ihr einen sauren Drops, damit ihr Atem nicht riecht, küßt sie dann auf den Mund, während sie noch lutscht.

»Ich gehe jetzt. Hoffentlich ist mit den Hunden alles in Ordnung.«

»Ach, die Hunde. Alles in Ordnung.«

Er nimmt sie bei der Hand und ruft einen der Arbeiter, die gerade Reparaturen am Haus vornehmen. Alice Long ist von ihrer Versammlung noch nicht zurück, wird den Arbeiter also für ein paar Minuten entbehren können.

Mamie klettert in das Auto des Vorarbeiters, neben den Arbeiter. Der Sitz ist mit weißem Staub bedeckt, aber sie setzt sich, ohne den Sitz vorher abzuwischen. Ihre Sachen werden ganz verdreckt sein. Sie fühlt sich sicher neben dem Fahrer. Der Whisky hat ihr einen wirklichen Nachmittag zurückgegeben.

»Wieviel Uhr ist es bitte?« fragt sie.

»Zwanzig nach vier, etwa.«

Der Mann setzt zurück und wendet. Hamilton ist in seine Wohnung zurückgegangen. Das Auto fährt um das Gutshaus herum und biegt an der neuen, breiten Lichtung ab, wo im Sommer die Reisebusse parken.

»Hier herauf nach Northumberland kommen nicht so viele. Alle stürzen sich auf die alten Güter im Süden. Es ist so abgelegen hier...«

»Für diejenigen, die hierherkommen, Miss Long, ist es ein Erlebnis. Besonders für die Katholiken!«

Nach der Schlacht von Flodden, aus der die Engländer als Sieger hervorgingen, wurde aus dem Gutshaus ein Hospital für verwundete englische Soldaten gemacht.

Zur Zeit der Katholikenverfolgung war das Haus ein Betzentrum für die Gläubigen. Vor dem Magazin hängt in einem Glaskasten ein Abendmahlskelch aus elisabethanischen Tagen. Er ist zwar an ein Museum verkauft worden, doch das Museum hat sich bereit erklärt, ihn der Familie zu lassen, solange Sir Martin lebt. Mamie ist im Priesterverschlag gewesen, in dem sich die Priester versteckten, wenn das Haus nach ihnen durchsucht wurde. Manchmal hielten sie sich tagelang dort verborgen. Der Verschlag ist ein geräumiges Versteck hinter einer Wandvertäfelung, ganz oben im Dachgeschoß. Man kann im Priesterverschlag stehen und zum Gebälk hochsehen, in dem damals immer Lebensmittel hingen, für Notzeiten.

Die Arbeiter bessern das Dach aus.

»Haben Sie den Priesterverschlag gesehen?« fragt Mamie, redselig.

»Was ist denn das?«

»Ein Ort, wo sich die Priester immer versteckt haben, oben unterm Dach. Er ist berühmt. Haben Sie ihn nicht gesehen?«

»Nein. Ich habe allerdings jede Menge Holzwürmer da oben gesehen.«

Das Parktor ist verschlossen. Der Mann steigt aus, um es zu öffnen. Dann fährt er weiter.

Ist es möglich, daß einer der Hunde verlorengegangen ist? Mamie ist verwirrt. Es müssen fünf gewesen sein. Ich habe den verlorenen gefunden, er war am Baum angebunden. Aber dann sieht sie sich wieder, vor Hamiltons Tür, die Hunde zählend. Eins, zwei, drei vier. Nur vier. Nein, nein, es ist alles unwirklich. Hamilton hat die Hunde an sich genommen. Zählen muß er sie.

Der Arbeiter sagt: »Magst du die Beatles?«

»O ja. Sie sind toll. Finden Sie sie auch gut?«

»Es geht. Ich möchte bloß mal haben, was die Beatles an einem einzigen Tag verdienen. Ein Tag reicht. Dann bräuchte ich für den Rest meines Lebens nicht mehr zu arbeiten.«

Schwester Monica hat gesagt, daß die Beatles nicht schlimm sind, was Mamie empörte, denn offensichtlich hat Schwester Monica sie nicht richtig verstanden. Sie sollte die Beatles in einen Topf werfen mit Trinken, Rauchen und Sex und dergleichen Dingen. Die Beatles sind gut genug, um verboten zu werden.

»Ich tanze gern«, sagt Mamie.

»Rock'n'Roll und so?«

»Ja, aber in der Schule lernen wir nur Volkstänze. Ich lerne gerade den Schwertertanz, der früher in den Grenzprovinzen getanzt wurde.«

An den folgenden Tagen läuft sie nach Schulschluß rasch nach Hause, neugierig, ob Alice Long wegen des fehlenden Hundes schon bei ihrer Mutter vorgesprochen hat.

Ich habe sie gezählt. Eins, zwei, drei, vier. Es waren aber fünf, als ich aus dem Wald kam. Ich habe fünf aus dem Wald auf den Hügel gebracht. Ich hatte fünf im Forsthaus. Ich muß...

Alice Long wird außer sich sein. Sie wird in Mamies Haus auftauchen, um sich zu erkundigen.

»Hamilton sagt, sie hat nur vier gebracht...«

»Hamilton sagt, er hat sie nicht gezählt, er hat ihr bloß die Leinen aus der Hand genommen...«

»Hamilton war wohl betrunken und hat einen der Hunde entwischen lassen...«

»Ich habe sie jetzt erst gezählt. Einer muß schon seit Montag fehlen. Als Mamie...«

Es ist Freitag, und Alice Long ist noch immer nicht dagewesen. Mamies Mutter sagt: »Alice Long hat sich nicht blicken lassen. Ich werde ihr am Montag eine Pastete vorbeibringen und sehen, was los ist.«

Am Sonntagnachmittag hält Alice Longs Auto vor der Tür.

»Kommen Sie rein, Miss Long! Kommen Sie rein! Haben Sie dieses Wochenende keine Gäste?«

Mamies Vater schließt den Fernseher weg, zieht den Mantel über, sagt guten Tag und verzieht sich nach oben.

Alice Long sitzt zitternd auf dem Sofa, neben Mamie, während ihre Mutter das Teewasser aufsetzt.

Sie sagt: »Es ist Hamilton.«

»Schon wieder dieselbe Geschichte?«

»Nein. Schlimmer. Es ist eine Tragödie.« Alice Long preßt die Lippen zusammen und fährt Mamie übers Haar. Ihre Hand zittert.

»Mamie, geh hinaus spielen!« ruft ihre Mutter.

Als Alice Longs Auto wieder abgefahren ist, kommt Mamie herein, die Enden ihres Springseils um die Hände gewickelt. Ihr Vater kommt herunter, zieht den Mantel aus und öffnet die Tür vor dem Fernsehapparat. »Stell ihn nicht an«, sagt ihre Mutter gequält.

Mamie ißt von den übriggebliebenen Kuchenstücken und Schnitten, während sie zuhört.

»Hängen im Priesterverschlag – alle miteinander. Sie hat die ganze Nacht nach ihnen gesucht. Hamilton ist weg, abgehauen. Der Alkohol. Er wird steckbrieflich gesucht. Heute morgen nach der Messe wurden sie gefunden, sie hingen im Dachstuhl. Hab' ich nicht gesagt, die arme Alice Long hat in der Kirche schlecht ausgesehen? Ich dachte, es war wieder ihr Vater. Aber sie war die ganze Nacht aufgewesen, um nach den Hunden zu suchen, und als Messe war, wußte sie noch immer nicht, wo sie waren. Erst nach der Messe haben sie sie gefunden, sie und Mrs. Huddlestone. Stell dir nur den Anblick vor! Fünfe in einer Reihe. Die armen kleinen Dinger. Hamilton ist seit gestern verschwunden. Aber warte nur, sie werden ihn schon noch erwischen!«

»Ein bißchen plemplem ist er ja«, sagt Mamies Vater.

»Plemplem? Er ist gemeingefährlich. Er sollte selbst aufgehängt werden. Die Hunde waren Alice Longs ein und alles. Aber sie werden ihn erwischen.«

Ihr Vater sagt: »Da bin ich nicht so sicher. Nicht bei Hamilton. Selbst der Rehbock hat seine leisen Sohlen gelobt!« Er lacht über seinen Witz. Die Mutter wendet sich ab.

Mamie sagt: »Wie viele haben im Priesterverschlag gehangen?«

»Alle nebeneinander.«

»Wie viele?«

»Fünf. Du weißt doch, daß sie fünf hatte. Du hast sie doch ausgeführt, oder?«

Mamie sagt: »Ich habe mich bloß gefragt, ob im Priesterverschlag Platz für fünf ist. Hat sie wirklich fünf gesagt? Nicht vier?«

»Sie hat gesagt, alle fünf. Was redest du da, kein Platz im Priesterverschlag? Jede Menge Platz. Er hätte sechs getötet, wenn sie sechs gehabt hätte. Sie war so gut zu ihm.«

»Eine entsetzliche Geschichte«, sagt ihr Vater.

Mamie fühlt sich schwerelos wie Tageslicht. Sie schwingt die Arme, als wäre sie von einer ungeheuren Fessel befreit worden.

»Fünf.« Ich habe mich verzählt. Ich habe keinen verloren. Es waren fünf.

Sie springt hinüber und schnappt sich die polierten Messingschürhaken vom Kamin und legt sie kreuzweise auf den Linoleumfußboden, um ihren Schwertertanz zu üben. Dann fängt sie an zu tanzen. Ferse-Zeh, Ferse-Zeh, hin-und-her, eins-zwei-drei, eins-zwei-drei. Ihre Mutter steht verwundert da und will rufen: Hör sofort auf, jetzt ist nicht die Zeit, um zu üben, Kinder sind erbarmungslos, Alice Long bezahlt dein Schulgeld, und ich dachte, du hast ein Herz für Tiere. Ihr Vater aber klatscht im Takt ihrer Schritte – eins-zwei-drei, Ferse-Zeh, Hand-zur-Hüfte, rechte-Hand, linke-Hand, kehrt-und-zurück. Dann fängt ihr Vater an, auch zu singen, laut, dadarum-dum-dum, dadarum-dum-dum, er klatscht zu ihrem Tanz, und nichts und niemand kann daran etwas ändern.

Mein erstes Lebensjahr

Ich wurde geboren am ersten Tag des zweiten Monats im letzten Jahr des Ersten Weltkrieges, an einem Freitag. Es ist vielfach belegt, daß ich in meinem ersten Lebensjahr kein einziges Mal gelacht habe. Ich war bekannt als ein Baby, das nichts und niemand zum Lachen bringen konnte. Wer immer mich damals erlebte, hat mir davon erzählt. Nichts wurde unversucht gelassen – man sang Lieder und warf mich hoch, sprang herum, schnitt Grimassen. Später bekam ich das von meiner Familie und meinen Freunden immer wieder zu hören, obwohl ich es sowieso längst wußte.

Sie werden in Kürze von dieser neuen psychologischen Schule hören, haben womöglich schon von ihr gehört, die nach langen und kühnen Untersuchungen und Experimenten den Beweis dafür erbracht hat, daß die Nachkommenschaft der Gattung Mensch stets allwissend zur Welt kommt. Babys wissen, in der Zeit, in der sie wach sind, über alles Bescheid, was auf der Welt passiert. Sie können sich in jede beliebige Unterhaltung, in jedes Ereignis einblenden. Wir alle haben diese Fähigkeit besessen, sie wird uns jedoch nach Ablauf des ersten Lebensjahres vermittels Gehirnwäsche genommen, denn unsere unmittelbare Umgebung verlangt ja von uns, ihr in irgendeiner praktischen Weise nützlich zu sein. Unsere allwissenden Gehirnzellen werden allmählich ausgeschaltet, wenngleich Spuren davon bei einzelnen Menschen in Form von übersinnlicher Wahrnehmung übrigbleiben, aber auch bei den Erwachsenen gewisser primitiver Stämme.

Diese Theorie ist nicht neu. Wie üblich, haben Dichter und Denker sie als erste formuliert, doch inzwischen liegt der wissenschaftliche Beweis vor. Vielleicht wird dem Manifest in irgendeiner Zelle der Harvard-Universität gerade der letzte Schliff gegeben. Jeden Tag ist mit einer Veröffentlichung zu rechnen, und die Welt wird überzeugt sein.

Erlauben Sie mir daher, daß ich mich vorher noch zu Wort melde, denn ich bin mir der Authentizität meiner Erinnerungen an die Vergangenheit inzwischen ziemlich sicher.

Meine Autobiographie begann, wie mir seinerzeit durchaus klar war, im schlimmsten Jahr, das die Welt bislang erlebt hatte. Abgesehen von der Tatsache, daß ich als bettlägeriges und zahnloses Wesen geboren wurde, unfähig, mich aufzurichten und mich irgendwie anders zu äußern als durch tierisches Brüllen oder durch sirenenähnliches Heulen, unfähig, Blase und Darm zu beherrschen, bedrückte mich auch das seltsame Betragen der zweibeinigen Säugetiere um mich herum. Jene schwarzgekleideten Wesen, die Weibchen der Gattung, der ich offenbar angehörte, klagten, daß sie ihre Söhne verloren hätten. Ich schlief viel. Sollen sie doch losgehen und nach ihren Söhnen suchen! Es war wie mit der Spezialnadel für meine Windeln, die meine Mutter oder irgendein anderes herumschleichendes Wesen, das auf mich aufpassen sollte, ständig verlor. Diese unordentlichen Frauen in Schwarz verloren eben ihre Männer und Brüder. Dann besuchten sie meine Mutter und beugten sich über mein Bettchen. Ich fand das alles nicht komisch.

»Babys lachen eigentlich erst mit drei Monaten«, sagte meine Mutter, »sie *sollen* erst mit drei Monaten lachen.«

Mein sechsjähriger Bruder marschierte, ein Spielzeuggewehr über der Schulter, auf und ab:

> *Der alte Herzog von York*
> *Der hatte zehntausend Soldaten.*
> *Er befahl ihnen, auf den Berg zu marschieren,*
> *Und er befahl ihnen: Jetzt wieder 'runter!*
> *Und als sie oben waren, da waren sie oben.*
> *Und als sie unten waren, da waren sie unten.*

Und als sie weder unten noch oben waren,
Da waren sie weder oben noch unten.

»Hör ihn dir bloß an!«
»Guck ihn dir an mit seinem Gewehr!«

Ich war etwa zehn Tage alt, als Rußland die Waffen niederleg-
te. Ich schaltete auf den Zaren um, der mitsamt Familie
gefangengenommen war, da das Land ihn offensichtlich vom
Thron gestoßen hatte, und kurz vor meiner Geburt war ja
eine Revolution gewesen. Alle Welt sprach darüber. Ich
blendete mich ein. »Nichts wird mich je dazu bringen
können, den Vertrag von Brest-Litowsk zu unterschreiben«,
sagte der Zar zu seiner Frau. Ohnehin hatte ihn niemand
darum gebeten.

Zu dieser Zeit schlief ich zwanzig Stunden täglich, um zu
Kräften zu kommen. Was ich während der übrigen vier
Stunden des Tages wahrnahm, ließ mich erkennen, daß ich
diese Kraft benötigen würde. Auf meiner Frequenz bestand
die Westfront nur noch aus Blut, Morast, verstümmelten
Leibern, mörderischen Attacken, zuckenden Lichtern am
Nachthimmel, Explosionen, aus totalem Grauen. Da ich
offenkundig in einem ungünstigen Moment der Weltge-
schichte geboren worden war, dachte ich, unfähig, den Kopf
aus den Kissen zu erheben, und noch immer nicht länger als
einen halben Meter, mit Sorgen an die Zukunft. »Ich wünsche
mir wirklich, ein Fuchs oder ein Vogel zu sein«, schrieb
D. H. Lawrence an irgend jemand. Ach du lieber Himmel!
Ich schlief ein.

Ein rotes Flammenmeer breitete sich am Himmel aus. Es
war der 21. März, der fünfzigste Tag meines Lebens, und die
deutsche Frühjahrsoffensive hatte noch vor meiner Morgen-
mahlzeit begonnen. Ein ungeheures Gemetzel. Ich sah mir
den Schauplatz mit finsterem Blick an und wollte um mich
treten. Doch ich war zu schwach. Aus Wut, und weil ich

unbedingt stärker sein wollte, schrie ich nach Nahrung. Nachdem man mich gefüttert hatte, hörte ich zwar auf zu schreien, trat aber weiterhin um mich.

Der alte Herzog von York
Der hatte zehntausend Soldaten...

Sie schaukelten die Wiege. Ein dümmeres Lied habe ich nie gehört. In Berlin und Wien hungerten die Menschen, froren, streikten, randalierten und brüllten auf der Straße. In London hastete jeder zur Arbeit und murmelte, es sei Zeit, daß diese verfluchte Geschichte endlich aufhöre.

Die großen Menschen um mich herum bleckten die Zähne. Das hieß: lachen. Das hieß: sie freuten sich. Sie sprachen von Lebensmittelkarten für Fleisch und Zucker und Butter.

»Wo soll das alles enden?«

Ich schlief wieder ein. Ich wachte auf und schaltete mich in Bernard Shaw ein, der jemand zurief, er solle den Mund halten. Ich schaltete auf Joseph Conrad um, der merkwürdigerweise genau dasselbe sagte. Ich war noch immer der Ansicht, daß es sich nicht lohnte, deswegen zu lachen, wenngleich es mittlerweile täglich von mir erwartet wurde. Ich schaltete auf die Türkei ein. Schwarzgekleidete Frauen hockten in Harems und plauderten, gack-gack-gack. Ich langweilte mich und kehrte zu meiner Ausgangsbasis zurück.

Es war ein ständiges Kommen und Gehen schwarzgekleideter Frauen. Der Bruder meiner Mutter kam, hustend, in Uniform. Er war in einen Giftgasangriff geraten. *»Tout le monde à la bataille!«* rief Marschall Foch, das alte Schwein. Er war jetzt Oberkommandierender der Alliierten Streitkräfte. Mein Onkel hustete sich die Lunge aus dem Leib, konnte sich nicht erholen, sondern mußte wieder zurück an die Front. Seine Messingknöpfe glänzten im Feuerschein. Inzwischen wog ich zwölf Pfund. In Anbetracht dessen, daß ich ein Leben vor mir hatte, in dem ich mit solchen Leuten würde fertig werden müssen, streckte ich mich und strampelte schon mal zur Übung. An dem Tag, als die *Vindictive* im Hafen von Ostende versenkt wurde (ich bekam inzwischen sechs Mahlzeiten pro Tag und behielt das meiste davon auch bei mir), strampelte ich in meiner Badewanne besonders kräftig.

In Frankreich sprangen die Rekruten über die Toten, die beim Vormarsch gefallen waren, und verschandelten die Felder mit Gliedern und Händen oder ertranken im Schlamm. Noch ehe ich geboren wurde, waren die stärksten Männer schon an allen Fronten tot. Inzwischen wurden die Leichen von den Wachtposten als Barrikaden verwendet, und die Soldaten waren von vornherein krank. Ich überprüfte meine Zehen und Finger, wissend, daß ich sie brauchen würde. Im Londoner Court Theatre wurde *The Playboy of the Western World* aufgeführt, aber gelegentlich peilte ich das Unterhaus an, dessen Debatten mich immer sanft einschlummern ließen. Im allgemeinen war mir die Westfront lieber, weil man dort erfuhr, wie die Dinge wirklich lagen. Es war unerläßlich, das Schlimmste, Blut und Explosionen und so, zu kennen, denn es galt, wie die Pfadfinder sagten, allzeit bereit zu sein. Virginia Woolf gähnte und langte nach ihrem Tagebuch. Wirklich, mir war die Westfront lieber!

Im fünften Monat meines Lebens konnte ich den Kopf aus dem Kissen heben und hochhalten. Ich konnte die Gegenstände, die man mir entgegenstreckte, greifen. Diese Dinge rasselten teilweise und quietschten. Ich kaute auf ihnen herum, um endlich Zähne zu bekommen. »Sie hat noch immer nicht gelacht?« fragten die langweiligen alten Tanten. Meine Mutter, in die Defensive gedrängt, erwiderte, ich gehöre wohl zu denjenigen, die sich mit dem Lachen Zeit lassen. Pablo Picasso heiratete auf meiner Wellenlänge, und Anfang Juli wurde in der St.-Pauls-Kathedrale mit festlichem Prunk die Silberhochheit von König George V. und Königin Mary gefeiert. Sie fuhren mit ihren Kindern durch die Straßen Londons. Fünfundzwanzig Jahre häuslichen Glücks. Mit viel zeremoniellem Tamtam überreichte man dem Königspaar in der Guildhall Schwerter sowie einen Scheck über 53 000 Pfund Sterling, der für geeignet erscheinende wohltätige Zwecke bestimmt war. *Tout le monde à la bataille!* In England war die Einkommenssteuer inzwischen auf sechs Schilling pro Pfund angestiegen. Alle sprachen von der Silberhochzeit, blah-blah-blah, und zehn Tage später wurde die Zarenfamilie, sie hielt sich nunmehr in Sibirien auf, gebeten, in einen kleinen Kellerraum hinunterzusteigen. Bumm-bumm, machten die Gewehre; überall Schreie und Blut, und das war das Ende der Romanows. Ich spannte meine Muskeln an. »Ein prächtiges, gesundes Kind!« sagte der Doktor, was mich sehr befriedigte.

Tout le monde à la bataille! Das galt auch meinem giftgasgeschädigten Onkel. Ich war soweit, daß ich in meinem Ställchen herumkrabbeln konnte. Bertrand Russell saß noch immer gutgelaunt im Gefängnis, weil er irgend etwas Aufrührerisches über den Pazifismus geschrieben hatte. Als ich mich, wie gewöhnlich, in die Frontgeschehnisse einblendete, sah es so aus, als würden die Deutschen jede Schlacht gewinnen und den Krieg dennoch verlieren. Und so war es ja auch. Die Besserverdienenden regten sich auf, weil die Einkommensteuer bei sechs Schilling pro Pfund lag. Aber alle Frauen über Dreißig erhielten das Stimmrecht. »Da muß man ja noch ewig warten«, sagte eine meiner langweiligen alten Tanten, zweiundzwanzig Jahre alt. Bei den Reden im Unterhaus schlief ich immer ein, was auch erklärt, warum ich eine bestimmte Rede verpaßte, die Mr. Asquith nach dem Waffenstillstand vom 11. November hielt. Mr. Asquith war ein sehr geachteter Mann, ehemaliger Premierminister, der von Mr. Lloyd George aus dem Amt gedrängt worden war und später zum Earl ernannt wurde. Ich hörte ganz deutlich, wie Asquith privat von Lloyd George als »diesem blöden walisischen Bock« sprach.

Der Waffenstillstand wurde unterzeichnet, und ich war wach, um das zu erleben. An den Gitterstäben meines Ställchens zog ich mich hoch. Ich fand, daß meine Zähne sehr schön herauskamen und all die Scherereien, die ich ihretwegen hatte, durchaus lohnten. Ich wog zwanzig Pfund. Die Zahl der Kriegsgefallenen betrug weltweit 8 538 315, die der Verwundeten 21 219 452. Mit diesen Zahlen im Kopf saß ich auf meinem hohen Kinderstuhl und klapperte mit meinem Löffel auf dem Tisch. Eine der schwarzgekleideten Freundinnen meiner Mutter rezitierte:

> Ich habe ein Rendezvous mit dem Tod
> An einer umkämpften Barrikade.
> Wenn mit rauschenden Farben der Frühling wieder-
> kehrt
> Und die Luft erfüllt ist von Apfelblüten,
> Dann habe ich ein Rendezvous mit dem Tod.

Die meisten Dichter, hieß es, waren gefallen. Die Gedichte machten, daß sich die Frauen mit frischen, weißen Taschentüchern die Augen trockneten.

An meinem Geburtstag im darauffolgenden Februar gab es einen Geburtstagskuchen mit Kerze. Viele Kinder mit ihren Eltern. Der Krieg war schon seit mehr als zwei Monaten und einundzwanzig Tagen vorbei. »Warum lacht sie denn gar nicht?« Mein Bruder sollte die Kerze auspusten. Die Älteren sprachen über den Krieg und die politische Lage. Lloyd George und Asquith, Asquith und Lloyd George. Mir fiel ein, daß ich mich kürzlich in Mr. Asquith eingeblendet hatte, der auf einer privaten Gesellschaft ziemlich heftig getrunken hatte. Er war gerade beim Kartenspielen, und als er abheben mußte, wollte er aus Versehen eine große Streichholzschachtel abheben. Ein andermal hatte ich gesehen, wie er in einer Daimler-Limousine den Arm um die Schulter einer Frau legte und ihr gegenüber sich überhaupt sehr liebenswürdig benahm. Komischerweise sagte sie jedoch: »Wenn Sie mit diesem Unsinn nicht sofort aufhören, werde ich den Chauffeur anhalten lassen und aussteigen!« Mr. Asquith entgegnete: »Und wie, bitte, wollen Sie das begründen?« Na ja, egal, es war Essenszeit für mich.

Meine Geburtstagsgäste trafen ein. Wie traurig, sagte eine der schwarzgekleideten Witwen, daß Wilfred Owen so kurz vor Kriegsende noch getötet werden mußte. Und sie zitierte aus einem seiner Gedichte:

> *Welche Totenglocken jenen, die wie Vieh sterben?*
> *Nur der schreckliche Zorn der Kanonen.*

Die Kinder lärmten und liefen auf unsicheren Beinen herum. Das eine übergab sich, ein anderes machte auf den Fußboden und stand mit gespreizten Beinen da, die Pfütze angaffend. Alles wurde aufgewischt. Ich klapperte mit meinem Löffel auf meinen Kinderstuhl.

> *Doch ich habe ein Rendezvous mit dem Tod,*
> *Um Mitternacht, in einer brennenden Stadt.*
> *Wenn in diesem Jahr der Frühling wieder nord-*
> *wärts*
> *Zieht, und ich treu bin dem gegeb'nen Wort,*
> *Versäum' ich nicht mein Rendezvous.*

Noch mehr Eltern und Kinder kamen. Ein stämmiger Mann, der sich am Kamin den Hintern wärmte, sagte: »Ich finde, daß Asquith nach dem Waffenstillstand doch genau die richtigen Worte gefunden hat...«

Der Kuchen wurde dicht an meinen hohen Stuhl gestellt, damit ich ihn sehen konnte – die Kerze brannte flackernd über dem rosa Zuckerguß. »Schade, daß sie nie lacht!«

»Mit der Zeit wird sie schon lachen«, sagte meine Mutter, offensichtlich verärgert.

»Was Asquith unmittelbar nach dem Krieg im Unterhaus erklärt hat«, sagte der korpulente Herr, der mit dem Rücken zum Kamin stand, »– hat ja so recht gehabt, Asquith. Er sagte, der Krieg hat die Welt gereinigt und geläutert, bei Gott! Ich erinnere mich an die genaue Formulierung: ›Alles ist anders geworden. Es ist das Vorrecht unserer Nation, an diesem großartigen Reinigungs- und Läuterungsprozeß mitzuwirken ...‹«

Das war es. Ich brach in ein entschiedenes Lachen aus, und alle sahen es und führten es darauf zurück, daß mein Bruder die Kerze auf dem Kuchen ausgeblasen hatte. »Sie hat gelacht!« rief meine Mutter. Und alle gackerten herum und lobten mein Lachen. Um das Maß voll zu machen, krähte ich wie ein verrückter Rabe. »Mein Kind lacht!« rief meine Mutter.

»Es war die Kerze auf ihrem Kuchen«, hieß es.

Von wegen Kuchen! Inzwischen lache ich ganz natürlich wie jeder andere gesunde und stubenreine Mensch, aber wenn ich richtig lachen will, ein Lachen, das von innen heraus kommt, dann ist es im Grunde eine Reaktion auf die Worte, die nach dem Ersten Weltkrieg von dem distinguierten, makellos gekleideten, inzwischen verstorbenen Mr. Asquith im Unterhaus vorgebracht wurden.

Die christlichen Jüdinnen

Eines Tages betrat ein Verrückter den Laden meiner kleinen Großmutter in Watford. Ich habe »meine kleine Großmutter« gesagt, doch »klein« bezieht sich nur auf ihre Körpergröße und auf die in Quadratmetern auszudrückenden Dimensionen ihrer Welt – der winzige Laden voll der verschiedensten Dinge, ihr Wohnzimmer dahinter und wieder dahinter die Küche mit dem Steinfußboden und darüber die beiden Schlafzimmer.

»Ich werde Sie umbringen«, rief der Verrückte, breitbeinig in der Tür stehend, die großen, dunklen Hände erhoben, als wolle er über sie herfallen und sie erwürgen. Seine Augen starrten aus einem Gesicht, das hinter buschigen Augenbrauen und einem Bart versteckt war.

Die Straße war leer. Großmutter war allein im Haus. Ich habe die Geschichte so oft gehört, daß ich jahrelang glaubte, seinerzeit neben Großmutter gestanden zu haben, aber sie sagte, nein, es sei lange vor meiner Geburt passiert. Von dem Geschehen habe ich ein so klares Bild, als hätte ich es selbst miterlebt. Der Verrückte – er war tatsächlich aus dem Irrenhaus entkommen, das in dem nahegelegenen, großen Park stand – hob seine behaarten, wie zum Würgen aneinandergelegten Hände. Die Straße hinter ihm lag im Sonnenschein, völlig leer.

Er rief: »Ich werde Sie umbringen!«

Großmutter faltete die Hände über der weißen Schürze, die über der schwarzen Schürze lag, und sah ihm direkt ins Gesicht.

»Dann werden Sie gehangen!« sagte sie.

Er drehte sich um und schlurfte wieder hinaus.

Sie hätte »gehängt« sagen sollen, und ich erinnere mich, daß ich sie darauf aufmerksam machte, als sie die Geschichte einmal erzählte. Sie erwiderte, »gehangen« sei für den Verrückten gut genug gewesen. Worte konnten sie nicht beeindrucken, doch ich war so fasziniert von der Geschichte, daß ich selbst später sehr oft »gehangen« statt »gehängt« sagte.

Der Vorfall scheint so deutlich in meiner Erinnerung zu sein, daß ich kaum glauben kann, ihn allein vom Hörensagen zu kennen. Er ist aber tatsächlich vor meiner Geburt passiert. Mein Großvater war damals ein junger Mann, fünfzehn Jahre jünger als seine Frau, und weil er sie geheiratet hatte, war er enterbt worden. Als der Verrückte auftauchte, war er gerade fortgegangen, um ein paar Stecklinge zu besorgen.

Großmutter hatte ihn aus purer Liebe geheiratet, sie war ihm nachgelaufen, hatte ihm nachgestellt und ihn geheiratet, er war so schön und ein solcher Taugenichts. Es war ihr immer egal gewesen, daß sie arbeiten und ihn zeitlebens versorgen mußte. Sie war erstaunlich häßlich, man war richtig gezwungen, sie anzusehen. In meiner tatsächlichen Erinnerung brachte er ihr, in späteren Jahren, manchmal eine Rose aus dem Garten mit und schob ihr, wenn sie zwischen zwei und drei Uhr nachmittags im Wohnzimmer auf dem Sofa lag und sich ausruhte, ein Kissen unter den Kopf und die Füße. Er war nicht imstande, den Ladentisch zu scheuern, weil er nicht wußte, wie, doch er kannte sich aus mit Hunden und Vögeln und mit Gärten und war ein begeisterter Fotograf.

Er sagte zu meiner Großmutter: »Stell dich mal neben die Dahlien, ich möchte eine Aufnahme von dir machen.«

Ich wünschte, sie hätte ihn fotografieren können, denn noch zu meiner Zeit hatte er goldene Haare, feine Gesichtszüge und einen glitzernden Schnurrbart. Großmutter hatte eine breite Stupsnase, blasse Haut, lebhafte, schwarze Augen, die offen in die Welt blickten, und ihr stumpfes, schwarzes Haar war zu einem strengen Knoten zurückgekämmt. Sie sah aus wie eine weiße Negerin; das einzige, was sie für ihr Aussehen getan hat, war, das Gesicht mit Regenwasser zu waschen.

Sie kam aus Stepney. Ihre Mutter war Christin, ihr Vater war Jude. Sie sagte, ihr Vater sei von Beruf Quacksalber gewesen, und darauf war sie stolz, weil sie die Ansicht vertrat, daß es nicht die eigentliche Arznei sei, die heilend wirkte, sondern die freundliche Art dessen, der einem die Arzneiflaschen in die Hand drücke. Ich zwang die Älteren immer, mir ihre Geschichten vorzuspielen. Ich sagte also: »Zeig mir, wie er es gemacht hat!«

Bereitwillig beugte sie sich aus ihrem Sessel nach vorn und reichte mir eine unsichtbare Arzneiflasche. Sie sagte: »Hier, meine Liebe, nehmen Sie! Das wird Ihnen guttun, und vergessen Sie nicht, auf regelmäßigen Stuhlgang zu achten!« Sie sagte: »Die Medizin meines Vaters war bloß Rote-Bete-Saft, aber er achtete genau auf sein Benehmen, und er gab sich große Mühe mit den Etiketten, und die Flaschen kosteten drei Pence das Gros. Mein Vater hat viel Schmerz und Leid geheilt, es war seine liebenswürdige Art.«

Auch dies ging in meine Erinnerung ein, und mir war, als hätte ich den bezaubernden Quacksalber, der schon gestorben war, als ich zur Welt kam, mit eigenen Augen gesehen. Ich dachte an ihn, wenn ich sah, wie mein Großvater in seiner liebenswürdigen Art einem seiner bunten Vögelchen eine winzige Dosis Medizin aus einer blauen Flasche verabreichte. Er öffnete den Schnabel mit dem Finger und ließ einen Tropfen hineingleiten. Überall in dem kleinen Garten standen Hundehütten, Glasflaschen und Verschläge, die Vögel und Blumentöpfe enthielten. Seine Fotografien sahen ein wenig unwirklich aus. Eines Tages sagte er »Kanarienvogel« zu mir und wollte mich vor der Mauer porträtieren. Auf der Fotografie sah der Garten riesengroß aus. Vielleicht sollten seine Fotografien den großen Garten seiner Kindheit wiederbringen, aus dem er, lange vor meiner Geburt, vertrieben worden war, aus Rache, weil er meine Großmutter geheiratet hatte.

Nach seinem Tod, als Großmutter zu uns zog, fragte ich sie eines Tages: »Bist du Christin, Großmutter, oder bist du Jüdin?« Ich überlegte, wie man sie, wenn ihre Zeit gekommen sei, begraben würde, nach welchem Ritus.

»Ich bin eine christliche Jüdin«, antwortete sie.

All die Zeit, in der sie den Kramladen in Watford geführt hatte, war ihr daran gelegen, daß der jüdische Teil ihrer Herkunft nicht bekannt würde, weil das schlecht für das Geschäft gewesen wäre. Mit Erstaunen hätte sie reagiert, wenn man diese Einstellung als schwach oder falsch bezeichnet hätte. Sie fand, daß alles, was vernünftig und gut fürs Geschäft war, auch in Gottes Augen gut war. Sie glaubte aufrichtig an den Allmächtigen. Den Namen Gottes habe ich sie nur aussprechen hören, wenn sie *»Gott beschütze dich!«* sagte. Sie war Mitglied des Müttervereins der Kirche von England. Sie nahm an sämtlichen Veranstaltungen der Methodisten, Baptisten und Quäker teil. Das war klug und machte sie sympathisch, war aber auch gut fürs Geschäft. Sonntags ging sie nie zur Kirche, außer bei besonderen Gottesdiensten, etwa am Volkstrauertag. Nur ein einziges Mal handelte sie gegen ihr Gewissen, und das war, als sie an einer spiritistischen Sitzung teilnahm, und zwar aus purer Neugier, nicht aus geschäftlichen Gründen. Dabei fiel ihr eine Bank auf die Füße, und einen Monat lang humpelte sie. Es war ein Gottesurteil.

Ich wollte ganz genau wissen, was Spiritismus ist. »Sie rufen die Toten im Jenseits«, sagte sie. »Es erzürnt den Allmächtigen, wenn die Toten vor ihrer Zeit erweckt werden.«

Dann erzählte sie mir, was mit Spiritisten passiert, wenn ein paar Jahre vergangen sind. »Sie laufen im Garten entlang, sehen sich um, erschaudern und laufen wieder zurück. Sie sehen bestimmt Geister.«

Ich nahm Großmutter bei der Hand und führte sie hinaus in den Garten, damit sie mir zeigte, was Spiritisten machen. Sie lief, ihre Röcke raffend, den Weg entlang, sah sich plötzlich mit glänzenden Augen um, erschauderte furchtbar und kam dann, die Röcke noch höher haltend, so daß der Saum ihres Unterrocks um ihre schwarzen Strümpfe flatterte, keuchend zu mir zurückgelaufen.

Großvater trat heraus, um zu sehen, worüber wir uns amüsierten, und zog die hellbraunen Augenbrauen steil in die Höhe. »Laß den Blödsinn, Adelaide!« sagte er zu meiner Großmutter.

Daraufhin wiederholte Großmutter die Szene, in ein mark-erschüttertes »Aaaahhhh« ausbrechend.

Als ich in ihrem Laden einmal herumstöberte, zwei leere Limonadeflaschenkisten als Leiter benutzend, fand ich auf einem der oberen Regale einige Kerzenpakete, die in interessant aussehendes Papier gewickelt waren. Ich strich das Papier glatt und las: »Stimmrecht für Frauen! Warum unter-drückt ihr die Frauen?« Ein anderes Kerzenpaket war in ein größeres Plakat eingewickelt, auf dem eine altmodische, aber militärisch wirkende junge Frau abgebildet war, die den Union Jack schwenkte und »Ich werde bei den Suffragetten mitmachen« rief. Ich fragte Großmutter, woher die Papiere stammten, denn sie warf nie etwas weg und muß sie für einen anderen Zweck im Haus gehabt haben, bevor darin, ehe ich zur Welt kam, die Kerzen eingewickelt wurden. Großvater antwortete, all seine vornehme Art vergessend, für Großmut-ter: »Diesen Blödsinn hat sich Mrs. Spank-arse ausgedacht.«*

»Er meint Mrs. Pankhurst. Du überraschst mich, Tom, in Gegenwart des Kindes!«

Großvater lachte über seinen Witz. Und so lernte ich an diesem einen Nachmittag einen neuen Ausdruck und hörte

---

* unübersetzbares Wortspiel. Spank-arse ist eine Verballhornung von Pankhurst, hier derb gemeint, wörtlich »Versohl-Arsch«, etwa wie »Arschgeige«. A.d.Ü.

die Geschichte, wie meine Großmutter, angetan mit ihrem Sonntagskleid, an den Frauendemonstrationen auf der High Street in Watford teilgenommen hatte, und ich erfuhr überdies, wie mein Großvater über diese Veranstaltungen dachte. Mit meinen eigenen Augen sah ich, wie Großmutter mit ihrer Fahne und ihren Freundinnen auf der sonnenbeschienenen Straße entlangmarschierte und der weiße Unterrock beim Gehen an ihren Fesseln aufblitzte. Ein paar Jahre später konnte ich kaum glauben, daß der Marsch der Watforder Suffragetten, bei dem Großmutter in einem Wagen vorüberfuhr, vor meiner Geburt stattgefunden haben sollte. Ich erinnerte mich, wie ihr schwarzer Strohhut in der Sonne geglänzt hatte.

Eines Tages kam eine jüdische Familie nach Watford und machte, nicht weit entfernt vom großmütterlichen Geschäft, einen Fahrradladen auf. Großmutter wollte mit ihnen nichts zu tun haben. Es waren polnische Einwanderer. Sie bezeichnete sie als »Polacken«. Auf meine Frage, was das bedeute, antwortete sie »Ausländer«. Einmal trat die Ausländer-Mutter an die Tür ihres Geschäfts, als ich gerade vorbeiging, und hielt mir ein paar Weintrauben hin. Sie sagte: »Iß!« Ich erschrak und rannte zu Großmutter. Sie rief: »Ich habe dir doch gesagt, daß Ausländer komisch sind!«

In der eigenen Familie brüstete sie sich ihres jüdischen Blutes, weil es ihr Klugheit verliehen hatte. Ich wußte, sie war so klug, daß sie es nicht nötig hatte, auch noch schön zu sein. Sie gab damit an, daß ihre Vorfahren väterlicherseits das Rote Meer durchquert hätten. Der Allmächtige streckte die Hand aus und teilte das Meer, und sie gingen von Ägypten hinüber auf trockenes Land. Miriam, die Schwester Moses', schlug ihr Tamburin und führte alle Frauen durch das Rote Meer, dem Allmächtigen ein Lied singend. Ich mußte an die Heilsarmee-frauen denken, die kürzlich, Tamburine schlagend, durch die sonnenbeschienene High Street von Watford marschiert waren. Großmutter hatte mich zur Ladentür gerufen, um zuzusehen, und als die Frauen mitsamt dem Lärm verschwunden waren, drehte sie sich um und hob die Hände über den Kopf und klatschte, halb angesteckt von der Sache, halb schauspielernd. Sie klatschte in die Hände und rief »Hallelujah, Hallelujah!«

»Hör mit dem Blödsinn auf, Adelaide, meine Liebe!«

Habe ich den Zug durchs Rote Meer miterlebt? Nein, er hatte vor meiner Geburt stattgefunden. Mein Kopf war voller Geschichten, von Griechen und Trojanern, Kelten und Römern, Jakobinern und Rotröcken, doch die spielten sich eindeutig vor meiner Zeit ab. Bei Großmutter war das etwas anderes. Ich sehe sie in der vordersten Reihe, den Triumphtanz der Frauen anführend, freudig erregt das Tamburin schlagend und, gemeinsam mit Mrs. Pankhurst und Miriam, der Schwester Moses, viele Hallelujahs singend. Die Hände des Allmächtigen halten die Wand des Meeres zurück. Großmutters weißer, spitzenbesetzter Unterrock blitzt unter ihrem schwarzen Rock hervor, einen Daumenbreit über ihren Stiefeln, wie damals, als sie mir auf dem Gartenweg vorführte, was mit Spiritisten passiert. Welchen Teil der Szene ich gesehen habe und welcher sich vor meiner Geburt ereignet hat, kann mein Verstand auseinanderhalten, aber mein Verstand kann die Szene nicht ungeschehen oder unbedeutend machen.

Die Großtanten Sally und Nancy, die Schwestern meines Großvaters, hatten sich irgendwann vor meiner Geburt förmlich mit ihm versöhnt. Ich fuhr sie jeden Sommer besuchen. Sie führten ein ruhiges Leben, alte Jungfern in bescheidenen Verhältnissen. Sie beschäftigten sich mit den Altarblumensträußen und dem Pfarrer. Ich war eine christliche Jüdin wie meine Großmutter, denn mein Vater war Jude, doch diese Großtanten konnten nicht begreifen, daß ich nicht jüdisch aussah, so wie Großmutter. Sie sprachen darüber in meiner Gegenwart, als verstünde ich nicht, daß über mein Aussehen diskutiert wurde. Ich sagte, daß ich aber doch jüdisch aussähe, und zeigte verzweifelt auf meine kleinen

Füße. »Alle Juden haben kleine Füße«, behauptete ich. Das nahmen sie, unerfahren im Umgang mit Juden, als Tatsache hin und gestanden einander zu, daß ich dieses jüdische Merkmal besäße.

Nancys Gesicht war lang und dünn, Sallys war rund. Auf winzigen Tischen schienen jede Menge Nadelkissen herumzuliegen. Jeden Sommer bekam ich Aniskuchen und Tee vorgesetzt, während sie schweigend dabeisaßen und die Uhr laut tickte. Ich betrachtete den gelb-grünen Plüschbezug, auf dem sich einzelne Strahlen der Nachmittagssonne abzeichneten. Ich sah so lange hin, bis ich, im Beisein der noch immer schweigenden Großtanten, Farbe und Struktur des Stoffes in völliger Trance aufgesogen hatte. Als ich wieder bei Großmutter war und in den Spiegel blickte, schien mir, als hätte sich das Blau meiner Augen in ein gelb-grünes Plüsch verwandelt.

An einem dieser Nachmittage erwähnten sie, daß mein Vater Ingenieur sei. Ich erwiderte, alle Juden seien Ingenieure. Sie waren fasziniert von dieser Tatsache, die, wie ich damals glaubte, möglicherweise sogar stimmte, von einem gelegentlichen Quacksalber einmal abgesehen. Dann blickte Sally hoch und sagte: »Aber die Langfords sind keine Ingenieure!«

Die Langfords waren auch keine Juden, sondern deutschstämmige Christen, was in dieser Gegend freilich auf dasselbe hinauslief. Die Langfords wurden von meiner Großmutter nicht als Ausländer klassifiziert, weil sie, allesamt in London geboren, nicht bloß gebrochen Englisch sprachen.

Die Töchter der Langfords waren die besten Jugendfreundinnen meiner Mutter. Da war Lottie, die gut sang, und Flora, die Klavier spielte, und Susanna, die eigenartig war. Ich erinnere mich an einen langen Abend in ihrem Haus, als Lottie und meine Mutter, am Klavier begleitet von Flora, ein Duett sangen, während Susanna dunkel dreinblickend an der Tür des Salons stand, mit einem Lächeln, das ich noch nie gesehen hatte, bei keinem Menschen. Ich konnte meine Augen nicht von Susanna abwenden und bekam wegen meines Hinstarrens Ärger.

Als meine Mutter und Lottie siebzehn waren, mieteten sie sich eines Tages eine Pferdedroschke und ließen sich ein paar Meilen hinaus aufs Land fahren, zu einer Wirtschaft, in der sie Gin tranken. Dem Kutscher spendierten sie auch Gin, und weil sie vergessen hatten, daß ihre Spritztour geheim bleiben sollte, legten sie zwei Stunden später den Rückweg in der Droschke stehend und singend zurück: »Entsetzliches kleines Watford! Schmutziges kleines Watford! Wir werden dir bald Lebewohl sagen, blödes kleines Watford!« Sie betrachteten sich nicht als Dorfmädchen und wollten unbedingt zu Verwandten geschickt werden, was dann auch bald passierte. Lottie verbrachte einige Zeit in London, und meine Mutter fuhr nach Edinburgh. Meine Mutter erzählte mir die Geschichte der wilden Fahrt von Droschke und Pferden durch die High Street, und Großmutter bestätigte sie, fügte aber noch hinzu, daß dieser Vorfall schlecht fürs Geschäft gewesen sei. Ich höre das Klipp-Klapp der Hufe und sehe die Mädchen in ihren gepunkteten Musselinkleidern etwas unsicher in der Droschke stehen, obwohl ich eigentlich nie etwas anderes gesehen habe auf der High Street als Milchwagen, Autos und Omnibusse und Mädchen mit kurzen Röcken, abgesehen von so antiken Relikten wie dem fetten alten Benskin von der Brauerei Benskin beim Morgenspaziergang auf dem sonnenbeschienenen Trottoir, wie er eine Verbeugung macht, während er an Großmutter vorübergeht.

»Ich bin eine christliche Jüdin.«

Sie wurde als Jüdin beerdigt, da sie im Hause meines Vaters gestorben war, und Todesanzeigen wurden in die jüdischen Zeitungen gesetzt. Zur gleichen Zeit gaben meine Großtanten in den Watforder Lokalblättern bekannt, daß sie im Herrn entschlafen sei.

Meine Mutter versäumt nie, sich bei Neumond dreimal zu verbeugen, wenn sie ihn zum ersten Mal sieht, wo immer sie gerade sein mag. Ich habe sie einmal auf einem belebten Bürgersteig stehenbleiben sehen; zahlreiche kalte, rationale Presbyterianeraugen richteten sich auf sie, wie sie ihr Geld umdrehte, sich unbekümmert verbeugte und »Neumond, Neumond, sei mir gut!« sang. In meiner Erinnerung verschmilzt diese Szene mit dem Bild, wie sie Freitag abends die Sabbatkerzen anzündet und ein hebräisches Gebet spricht, das, wie ich später erfahren habe, in einem sehr seltsamen Hebräisch herauskam. Trotzdem, es war ihre Art, ernst den Sabbat zu feiern. Sie sagte, die Israeliten der Bibel und sie seien ein und dasselbe, wegen des jüdischen Anteils in ihrem Blut, und ich habe diese aufregende Tatsache nie in Zweifel gezogen. Ich betrachtete sie als die zweite christliche Jüdin, nach meiner Großmutter, und mich selbst als die dritte.

Meine Mutter hat in ihrer Handtasche immer ein kleines Medaillon bei sich, in dem ein Bild des Christus mit der Dornenkrone enthalten ist. Auf einem ihrer Tische befindet sich ein recht schöner Buddha auf einem Lotusblatt und auf einem anderen Tisch eine schauderhafte Kopie der Venus von Milo. Im Haus meiner Mutter werden irgendwie alle Götter verehrt, obschon sie nur einen Glauben hat, und das ist der Glaube an den Allmächtigen. Wenn man meinen Vater fragt, woran er glaubt, dann sagt er: »Ich glaube an den Herrgott, der Himmel und Erde gemacht hat«, kein Wort mehr, und wendet sich dann wieder seinen Sportzeitungen zu, die sich mit dem beschäftigen, was naive Männer interessiert. Meine Eltern waren nicht sonderlich schockiert, als ich zum Katholizismus übertrat, denn auch bei den Katholiken läuft letzten Endes alles auf den Herrgott hinaus.

Die Nachlaßverwalterin

Nach dem Tod meines Onkels gingen alle literarischen Manuskripte, mit einer einzigen Ausnahme, an eine Universitätsstiftung, auch die Korrespondenz und seine gesamte Bibliothek. Sie (ein weißhaariger Mann und eine junge Frau) kamen und sahen sich in seinem Arbeitszimmer um. Alles, meinten sie, sei willkommen, und man könne eine gute Kaufsumme vereinbaren, wenn ich das ganze Zimmer hergäbe – seinen Stuhl, seinen Schreibtisch, den Teppich, ja sogar seine Aschenbecher. Ich erklärte mich einverstanden. In den Schubfächern seines Schreibtisches ließ ich alles genau so, wie es beim Tode meines Onkels gewesen war, einschließlich der Schachtel Librium und einer rostigen Rasierklinge.

Mein Onkel starb folgendermaßen: Er saß am Fluß und drillte einen Fisch. Im Laufe des Nachmittags kam ein Mann vorbei und dann ein junges Paar, das eine Töpferwerkstatt betrieb. Wie die beiden später sagten, habe er ganz friedlich dagesessen und auf seinen Fang gewartet, und natürlich hätten sie ihn nicht gestört. Bei Anbruch der Nacht kamen der Oberst und seine Frau vorbei, sie kehrten von ihrem täglichen Spaziergang nach Hause zurück. Sie wußten, daß es zu spät war, als daß mein Onkel einfach so dasitzen würde, also gingen sie hin und sahen nach. Er sei, erklärte der Arzt, schon zwei bis zweieinhalb Stunden tot gewesen. Der Fisch kämpfte noch immer mit dem Köder. Es war ein leichter Herzinfarkt. Alles, was mein Onkel tat, war leicht, so grundverschieden von dem, was er schrieb. Oder vielleicht auch nicht. Da man ihn für einen Sonderling hielt, wußte man nie, was in ihm vorging. Außerdem

war er ja erst kürzlich von einer Reise nach London zurückgekehrt. Stille Wasser sind tief, heißt es.

Ein Außenseiter, das war das Bild, das er von sich hatte. Er
sagte einmal, wenn man sich die moderne Literatur als ein
Gemälde vorstellen könnte, etwa von dem älteren Brueghel,
dann wären im Vordergrund die Menschen, voller Leben,
essend, stehend, kopulierend, lachend, einander umwer-
bend, ihre Notdurft verrichtend, einander niederstechend,
irgendwelche Dinge verkaufend, auf die Bäume kletternd.
Und im Hintergrund, am Rand einer unendlich weiten
Ebene, da wäre er, ein Punkt am Horizont, immer ent-
schwindend und doch immer da und immer ein unerläßlicher
Bestandteil des Bildes, immer da und nicht wegzudenken,
wesentlich für das Bild – ein Punkt in der Entfernung, der bei
einer Ausschnittvergrößerung nur eine undeutliche Figur
wäre, die in der anderen Richtung dahinstapft.

Ich bin nicht dumm, und er wußte es. Er wußte es nicht
gleich, aber er hatte sieben Monate Zeit, sich mit dieser
Tatsache vertraut zu machen. Ich gab meinen Edinburgher
Behördenjob auf, einen Job mit Pensionsberechtigung, um in
das einsame Haus in den Pentland Hills zu ziehen und bei ihm
zu wohnen und nach dem Rechten zu sehen. Als er dieses
Arrangement vorschlug, dachte er vermutlich, ich könnte
eine zweite Elaine sein. Er wußte nicht, daß ich viel besser für
ihn war als Elaine. Elaine war seine Geliebte, das ist die
nackte Wahrheit. »Meine Lebensgefährtin« nannte er sie und
erklärte dann, daß nach schottischer Tradition die Frau, mit
der man zusammenlebt, als Ehefrau gilt. Als hätte ich nicht
von diesem alten Brauch gewußt. Er ist schon längst ausge-
storben. Heutzutage muß man, um eine Frau zu seiner
Ehefrau zu machen, mehr tun als bloß »Ich nehme dich zur
Frau, ich nehme dich zur Frau, ich nehme dich zur Frau«
sagen. Mein Onkel war natürlich ein Genie und ein Original.
Das hielt ich ihm zugute. Jedenfalls, Elaine starb, und einen
Monat später zog ich hierher. Binnen eines Monats hatte ich

Ordnung in den größten Teil des Durcheinanders gebracht. Er nannte mich ein puritanisches Schottenmädchen, doch mit einundvierzig ließ ich mich gern als Mädchen bezeichnen, und gegen das schottisch und puritanisch hatte ich auch nichts, da ich stolz darauf bin, Schottin zu sein. Ich bin da nationalistisch eingestellt. Wenn er mich so nannte, lag immer dieses Lächeln um seinen Mund, also weiß ich nicht, wie er es gemeint hat. Dieses Lächeln soll auch auf seinem Gesicht gewesen sein, als er beim Angeln tot aufgefunden wurde.

»Ich setze meine Nichte Susan Kyle als alleinige Verwalterin meines literarischen Nachlasses ein.« Ich bin nicht überrascht, daß er sich so entschied, nachdem ich drei Monate bei ihm gewohnt hatte. Wohl zum ersten Mal in seinem Leben waren alle seine Papiere in Ordnung. Ich fuhr nach Edinburgh und besorgte Archivkästen und Sammelmappen und packte diese ganzen Berge von Papier weg, ein jedes unter dem entsprechenden Buchstaben. Und ich wußte, worum es jeweils ging. Nie wäre es mir eingefallen, einen Brief von Angus Wilson oder Saul Bellow an der gleichen Stelle abzulegen wie ein gewöhnliches »W« oder »B«, oder eine Miss Mary Whitelaw oder eine Mrs. Jonathan Brown. Ich kannte die Bedeutung dieser Briefe, sie verschwanden in einer Mappe »Prominente«, die immer dicker und wertvoller wurde. So daß mein Onkel nach kurzer Zeit zu mir sagte: »Susan, mir bleibt ja nur noch, zu sterben!« Das fand ich melodramatisch, und ich sagte ihm das auch. Ich merkte jedoch, daß er meinen Sinn fürs Praktische bewundern mußte. Er sagte: »Du erinnerst mich an meine Mutter, die ihr Totenhemd rechtzeitig für ihre Beerdigung angefertigt hat.« Seine Mutter war meine Großmutter Janet Kyle. Warum sollte sie denn nicht dagesessen und ihr Totenhemd genäht haben? Die Menschen damals hatten wenig zu tun, aber ich führte das Haus und kümmerte mich um die Papiere meines Onkels und hatte dabei nur Mrs. Donaldson, die mir an drei Vormittagen die Woche half, während meine Großmutter vier Kräfte für drinnen und drei für draußen hatte. Der Rest der Familie hat sich nach dem Tode meiner Großmutter nie im Haus blicken lassen, da Elaine immer bei meinem Onkel war.

Der Besitz wurde unter den Verwandten aufgeteilt, aber ich war der alleinige Verwalter des literarischen Nachlasses. Und was damit geschehen sollte, konnte ich ganz allein bestimmen. Wie gut, daß ich alles inventarisiert und geordnet und für den Verkauf vorbereitet hatte. Sie kamen und schafften das ganze Archiv (wie sie es nannten) weg, alle Briefe und alle Manuskripte, außer einem. Dieses eine behielt ich. Es handelte sich um den Roman, den mein Onkel noch schrieb, als ihn dann der Tod ereilte, ein unvollendetes Manuskript. Ich dachte: Warum nicht? Vielleicht werde ich es selbst fertigschreiben und veröffentlichen. Ich bin nicht dumm, und mein Onkel muß gewußt haben, wie das Buch enden würde. Wohlgemerkt, seine Briefe habe ich nie gelesen; ich war in jenen Monaten viel zu sehr damit beschäftigt, sie ordentlich zu archivieren. Doch ich habe durchaus überlegt, dieses Manuskript zu lesen und vielleicht ein Ende anzufügen. Es existierten bereits zehn Kapitel. Mein Onkel hatte mir erzählt, daß ihm nur ein Kapitel fehle. Also sagte ich der Stiftung nichts von dem unvollendeten Manuskript. Ich war nur zu froh, als sie wieder gegangen waren und die Papiere mitgenommen hatten. Ich ließ das Arbeitszimmer streichen. Mrs. Donaldson meinte, das Haus hätte noch nie so ausgesehen, wie es in einem Haus eben aussehen soll.

Laut Testament erbte ich das Haus, und ich beabsichtigte, später, im Sommer, ein paar Zimmer an »Bed-and-Breakfast«-Touristen zu vermieten. Inzwischen machte ich mich daran, das unvollendete Manuskript zu lesen, denn es war erst April, und ich neige nicht dazu, irgendwelche Dinge auf die lange Bank zu schieben. Ich hatte gelernt, die altmodische Handschrift zu entziffern, die zwar auf dem Papier gut aussah, aber nicht sehr deutlich war. Mein Onkel hatte in diesen letzten Monaten eine Perle an mir, obwohl er sagte, ich sei wie ein Buch ohne Register – jede Menge Informationen, aber keine Möglichkeit, an sie heranzukommen. Ich bat ihn, mir zu sagen, welche Informationen er je von Elaine bekommen habe, die nie in ihrem Leben eine Prüfung gemacht hatte.

Diese letzte Arbeit meines Onkels war eine für ihn ungewöhnliche Erzählung, die im siebzehnten Jahrhundert und hier in den Pentland Hills spielte. Er hatte mir gesagt, daß er etwas Starkes und Grausames schreiben wolle und daß dies in einem historischen Roman leichter zu bewerkstelligen sei. Es ging um das allmähliche Erkennen und Dingfestmachen einer Hexe, und während ich noch las, sah ich, daß sein Hinweis, es sei etwas Starkes und Grausames, nicht scherzhaft gemeint war. Er hatte oft etwas gesagt, um mich zu erschrecken und zu ängstigen, ich weiß nicht, warum. Im zehnten Kapitel war der Hexenprozeß zu Edinburgh noch in vollem Gang. Das Schicksal der Hexe hing ganz allein vom elften Kapitel ab und von den Verhandlungen, die zwischen den sich bekämpfenden Intriganten hinter den Kulissen geführt wurden. Mein Onkel hatte einen Stapel Notizen hinterlassen, die sich im Laufe dieses Romans angesammelt hatten und die ich mit dem Manuskript behielt. In diesen Notizen fand ich aber keinen Hinweis darauf, wie sich mein Onkel das Schicksal der Hexe vorgestellt hatte – die Edith hieß, doch das nur am Rande. Ich legte die Kladden und Papiere beiseite, denn es gab noch viele andere Dinge, die nach dem Tod meines berühmten Onkels zu erledigen waren. Den Roman selbst hatte er mit der Hand in zwölf Kladden geschrieben. In der zwölften waren nur die ersten zwei Seiten beschrieben, die übrigen waren leer, dessen bin ich sicher. Die beiden beschriebenen Seiten stellten das Ende des zehnten Kapitels dar. Auf der nächsten Seite ganz oben stand »Elftes Kapitel«. Ich blätterte die ganze Kladde durch, um mich zu vergewissern, daß mein Onkel nicht irgendwo ein paar Notizen hingeschrieben hatte, die Aufschluß darüber geben könnten, wie er weitermachen wollte.

Alles leer, da bin ich ganz sicher. Ich legte die zwölf Kladden, zusammen mit dem Stapel loser Blätter, in ein Schubfach des Mahagonibüfetts im Eßzimmer.

Ein paar Wochen später holte ich die Kladden wieder hervor, denn ich wollte überlegen, wie ich bei der Fertigstellung des Buches vorgehen und also seinen Wert steigern könnte. Ich las das zehnte Kapitel noch einmal durch. Als ich zu der Seite mit der Überschrift »Elftes Kapitel« kam, stieß ich auf die folgenden Zeilen in der Handschrift meines Onkels:

> *Na, Susan, wie sieht's aus? Schreibst Du jetzt meinen Roman fertig? Du bist mir eine habgierige kleine Mistbiene! Hältst mein unvollendetes Werk zurück, wo Du doch weißt, daß die Stiftung alles erworben hat! Wo bleiben Deine puritanischen Prinzipien? Elaine und ich sind schon gespannt, wie Du mit dem elften Kapitel weitermachst. Elaine bittet mich, noch hinzuzufügen, daß es eine Wonne ist, Dich all die vernachlässigten Ecken des Hauses scheuern und putzen zu sehen. Übrigens, Jaimie macht Dir bloß was vor. Wo geht er nach dem Lunch eigentlich hin?*
>
> *Herzl. Dein Onkel*

Ich konnte meinen Augen kaum trauen. Der erste Schock war das mit Jaimie, und dann kam der zweite Schock, daß überhaupt dort Wörter standen. Es war halb eins in der Nacht, und Jaimie war nach Hause gegangen. Jaimie Donaldson ist der Sohn von Mrs. Donaldson, und es ist nicht seine Schuld, daß er arbeitslos ist. Wir haben ein paar Dinge zusammen erlebt, aber das geht niemand etwas an, am allerwenigsten Mrs. Donaldson, die ihn in den Haushalt brachte, bloß damit er die Fenster putzt und sich um den Heizkessel kümmert. Aber diese Zeilen? Woher kamen sie?

Das Haus hier steht einsam in einer Senkung der Pentlands, umgeben von Wald, fünf Meilen bis zum nächsten Dorf, sechs Meilen bis zu Mrs. Donaldsons Haus, und abends fährt nach zehn Uhr kein Bus mehr. Im Eßzimmer dort, mit den zwölf Kladden auf dem Tisch und dem Stapel Papiere, verspürte ich eine große Angst, eine große Kälte und Panik. Ich lief in die Diele hinaus und hob den Telefonhörer hoch, wußte aber nicht, wie ich mich erklären oder wen ich überhaupt anrufen sollte. Meine Geschichte würde sich anhören wie die einer Frau, die den Verstand verloren hat. Mrs. Donaldson? Die Polizei? Mir fiel nichts ein, was ich zu so später Stunde sagen konnte. »Ich habe hier im Manuskript meines Onkels ein paar Worte gefunden, die vorher noch nicht darin waren, und sie sind in seiner Handschrift geschrieben.« Unmöglich. Dann dachte ich, vielleicht hat sich jemand einen Scherz mit mir erlaubt. O nein, ich wußte, daß das nicht sein konnte. Nur Mrs. Donaldson war im Eßzimmer gewesen, und nur, um Staub zu wischen, und ich hatte ihr dabei geholfen. Ausgeschlossen, daß Jaimie hineingekommen war, völlig ausgeschlossen. Ich benutzte das Zimmer auch gar nicht mehr, sondern nahm meine Mahlzeiten in der Küche ein. Aber ich wußte ja, daß nicht sie es gewesen waren, sondern mein Onkel. Ich wünschte mir inbrünstig, eine starke Frau zu sein, so wie ich mich schon immer gefühlt hatte, stark und vernünftig. Ich stand in der Diele neben dem Telefon und zitterte. »Oh du allmächtiger Gott!« betete ich, »gib mir Kraft und führe mich und zeige mir, wie Mrs. Thatcher sich in einer vergleichbaren Situation verhalten würde.«

Die ganze Nacht tat ich kein Auge zu. Ich saß in der großen Küche und schürte den Kamin. Nur einmal stand ich auf, um in das Eßzimmer zu gehen und mich zu vergewissern, daß die Worte da waren. Sie waren da, gar kein Zweifel, und in der Handschrift meines Onkels – jener Schrift, die nur ein professioneller Fälscher nachmachen könnte. Ich legte das Manuskript zurück in die Schublade. Ich schloß die Tür ab und steckte den Schlüssel ein. Das Arbeitszimmer meines

Onkels, das inzwischen völlig leer stand, befand sich über der Küche. Wenn er im Haus herumspukte, so hörte ich doch keinen Laut von dort oder von irgendwo. Es war eine schreckliche Nacht, die ich da am Kamin wartend verbrachte.

Am Morgen kam Mrs. Donaldson und beklagte sich, daß Jaimie immer fauler wurde. Nie wolle er aufstehen. Gehe immer viel zu spät ins Bett.

»Wo geht er nach dem Lunch denn so hin?« fragte ich.

»Oooch, nach dem Dinner geht er immer eine Runde Golf spielen«, sagte sie. »Er hat immer Lust auf eine Partie Golf, egal, was es gerade zu tun gibt. Golf ist der Fluch Schottlands!«

Ich konnte mir gut vorstellen, mit wem Jaimie sich auf dem Golfplatz traf, und hätte meinem Onkel eigentlich dankbar sein können, daß er mich in seiner verschmitzten Art darauf hinwies, daß Jaimie in den Stunden nach dem Mittagessen, das wir »Lunch« und sie »Dinner« nannten, herumbummelte. Um fünf Uhr kam Jaimie dann hierher, um Kohle heraufzutragen, den Kamin zu versorgen und so weiter. Aber den ganzen Nachmittag war er auf dem Golfplatz mit dem Mädchen, das im Pfarrhaus arbeitet, Greta, der jüngeren Schwester von Elaine, jener Frau, die ganz ungeniert hier eingezogen war, die Moral meines Onkels ruiniert hat und das Haus verkommen ließ. Diese Familie habe ich schon immer im Verdacht gehabt. Nach dem Tod von Elaine zeigte sich, daß er sie sogar all seinen Freunden vorgestellt hatte. Das war den Beileidsbriefen zu entnehmen, in denen Dinge standen wie »Er ist über den Verlust von Elaine nie hinweggekommen« und »Er hat ohne sie nicht leben können«. Und manchmal sagte er aus Versehen Elaine zu mir. Ich war wütend. Einmal sagte ich etwa: »Onkel, hör auf, hier unten herumzuschleichen. Geh in dein Arbeitszimmer und mach mit deiner Schreiberei weiter! Ich werde dir eine Tasse Schokolade hochbringen.« Er antwortete mit jenem glasigen Blick, den er hatte, wenn er aus seinen Gedanken herausgerissen wurde. »Was ist in dich gefahren, Elaine?« Ich erwiderte: »Ich bin nicht Elaine, das wär ja noch schöner!« – »Ach ja, natürlich«, sagte er, »du bist nicht Elaine, du bist ganz gewiß nicht Elaine!« Ich habe mich oft gefragt, was die Öffentlichkeit, die seine Bücher zu Zehntausenden las, gedacht hätte, wenn sie hinter die Kulissen hätte sehen können. Das habe ich ihm oft gesagt, doch er lächelte nur jenes verschmitzte Lächeln, das noch auf seinem Gesicht lag, als er beim Angeln gefunden wurde, mausetot.

Nachdem Mrs. Donaldson gegen Mittag aus dem Haus gegangen war, stieg ich hoch in mein Schlafzimmer, da ich mich vor Müdigkeit kaum noch auf den Beinen halten konnte. Mrs. Donaldson war nichts aufgefallen. Man konnte tot umfallen – sie schauten einen nie an. Ich schlief bis vier Uhr. Es war noch hell. Ich stand auf und schloß vorn und hinten die Türen ab. Ich zog die Vorhänge zu, und als Jaimie um fünf Uhr klingelte, machte ich nicht auf, ich ließ ihn einfach klingeln. Schließlich ging er wieder davon. Er dürfte sich über einiges gewundert haben. Aber ich hatte keine Lust, es ihm vor dem Kamin gemütlich zu machen, ihm sein Abendessen zu bringen und mich auszuziehen mit ihm in dem hinteren Zimmer auf dem Diwan, vor dem Fernseher, während mein Onkel und Elaine zuschauten, obwohl es doch etwas Natürliches ist. Nein, ich stellte den Fernseher für mich ganz allein an. Sie werden es nicht glauben, auf dem schottischen Kanal kam eine Sendung über meinen Onkel. Ich schaltete um auf das erste Programm, eine Quizsendung. Und ich bekam Hunger, da ich seit der letzten Nacht nichts mehr gegessen hatte.

Ich konnte jedoch nichts essen, ohne vorher noch einmal nach dem Manuskript gesehen zu haben. Ich war inzwischen einigermaßen sicher, daß es ein Traum gewesen war. »Vielleicht war ich überarbeitet«, sagte ich mir. Ich hatte den Schlüssel zum Eßzimmer in meiner Tasche, nahm ihn heraus und öffnete die Tür. Ich zog die Vorhänge vor und ging zu der Kommode und nahm die Kladde heraus.

Nicht nur standen noch immer die Worte da, die ich in der Nacht zuvor gelesen hatte, es waren neue hinzugekommen, ein ganzer Abschnitt:

Schlag mal auf Apostelgeschichte, Kapitel 5, Verse 1 bis 10. Lies nach, was mit Ananias und seiner Frau Saphira passiert ist. Du kommst mit Deiner Schreiberei nicht recht voran, Susan, stimmt's? Elaine und ich hatten den Eindruck, Du wolltest das elfte Kapitel schreiben. Warum machst Du Dir nicht eine Tasse Schokolade und setzt Dich an die Arbeit? Aber zuerst lies Apg. 5, 1-10.

Herzl. Dein Onkel

Also, ich schob das Buch in die Schublade und blickte mich im Eßzimmer um. Ich sah unter dem Tisch und hinter den Vorhängen nach. Es sah nicht so aus, als sei etwas angefaßt worden. Ich ging aus dem Zimmer und verschloß die Tür, ich weiß nicht wie. Ich holte meine Bibel und betete: »Allmächtiger und allwissender Gott, lehre und leite mich, damit ich aus dieser Situation finde, so wunderlich sie dir auch erscheinen mag.« Ich schlug die Stelle auf:

Ein Mann aber mit Namen Ananias samt seiner Frau Saphira verkaufte einen Acker und entwendete etwas vom Gelde mit Wissen seiner Frau und brachte einen Teil und legte es zu der Apostel Füßen. Petrus aber sprach: Ananias, warum hat der Satan dein Herz erfüllt, daß du den Heiligen Geist belögest und entwendetest etwas vom Gelde des Ackers?

Hier hörte ich auf zu lesen, weil ich wußte, wie es weiterging. Ananias und seine Frau Saphira fielen tot um, weil sie vom Erlös des Ackers etwas für sich behalten hatten. Das war die typische Art meines Onkels, mir vorzuwerfen, das Manuskript der Stiftung vorenthalten zu haben. Das ist eine Unverschämtheit, dachte ich, mir mit der Bibel zu kommen, wo er doch selbst offenkundig und eingestandenermaßen ein Sünder war.

Ich dachte eine Weile über das Ganze nach. Dann ging ich in das Eßzimmer und holte diese letzte Kladde heraus. Etwas war hineingeschrieben worden, seit ich sie, nicht einmal eine halbe Stunde zuvor, weggelegt hatte.

Warum macht das elfte Kapitel keine Fortschritte? Wir warten.

Ich riß die Seite heraus, legte die Kladde weg und verschloß die Tür. Ich nahm die Seite mit zum Kamin und warf sie ins Feuer. Dann ging ich zu Bett.

Einen Monat ging das so. Mein Onkel fing immer wieder eine neue Seite an, schrieb oben »Elftes Kapitel« hin und ließ dann eine neue Botschaft folgen. Er verstieg sich sogar zu der Behauptung, ich hätte einen Teil des Haushaltsgeldes für mich behalten, obwohl, wie er schrieb, ich doch gut genug bezahlt wurde. Das ist Ansichtssache, und überhaupt, wer war es denn, der hier sparte? Jedesmal, wenn ich die respektlosen Kommentare meines Onkels gelesen hatte, warf ich die Seite ins Feuer, und allmählich näherten wir uns der letzten Seite der Kladde. Seine Bemerkungen zeigten mir, daß er mir im Haus hinterherlief, und er wußte sogar, was ich träumte. Als ich nach Edinburgh fuhr, um ein paar Besorgungen zu erledigen, wußte er ganz genau, wo ich gewesen war und was ich eingekauft hatte. Er und Elaine belauschten meine Telefongespräche, wenn ich einen alten Bekannten anrief. Außer Mrs. Donaldson ließ ich niemand ins Haus. Kein Jaimie mehr. Er wußte sogar, wenn ich ein Abführmittel genommen hatte und wie lange ich auf der Toilette gesessen hatte, das alte Scheusal.

Mrs. Donaldson sagte eines Morgens, sie wolle kündigen. Sie sagte zu mir: »Warum sprechen Sie nicht mal mit einem Arzt?« Ich sagte: »Warum?« Doch sie schwieg.

Kurze Zeit später rief jemand von der Stiftung an. Man wolle mich nicht belästigen, sagten sie, aber man sei doch etwas verwirrt. In den Papieren meines Onkels hätten sich zahlreiche Hinweise auf einen neuen Roman gefunden, *Die Hexe der Pentlands*, an dem er bis kurz vor seinem Tod geschrieben habe. Und unter den Papieren hätte man ein Schlußkapitel gefunden, das offensichtlich während einer Eisenbahnfahrt auf losen Blättern geschrieben worden sei, wofür einer seiner Briefe, der von dem Empfänger freundlicherweise zur Verfügung gestellt worden sei, den Beweis liefere. Allerdings habe man keinen blassen Schimmer, wo der Rest des Manuskripts sein könne. Am Ende werde die Hexe Edith zum Tod auf dem Scheiterhaufen verurteilt, doch vor der Hinrichtung sterbe sie durch eigene Willenskraft, sagte er, es müsse aber doch zehn Kapitel geben, die darauf hinführen. Es handele sich um das metaphysischste Werk meines Onkels, und es basiere auf einer wahren Geschichte, sagte der Mann, und er müsse betonen, daß es sehr wichtig sei.

Ich versprach, nachzusehen. Am Nachmittag rief ich zurück und sagte, ich hätte das ganze Buch in einer Schublade im Eßzimmer gefunden.

Daraufhin kam der Mann, um es abzuholen. Am Telefon hatte er sehr mißtrauisch geklungen. »Sind Sie ganz sicher, daß das alles ist? Sie wissen ja, die Stiftung hat den gesamten Nachlaß erworben. Nein, vertrauen Sie es nicht der Post an. Ich komme morgen um zwei Uhr vorbei.«

Kurz bevor er kam, schenkte ich mir einen tüchtigen Whisky Soda ein, was ich überhaupt, aus schierer Not, den ganzen letzten Monat über gemacht hatte. Ich holte die Kladden herbei. Auf der letzten Seite stand:

Leb wohl, Susan! Es ist schön, ein Punkt am Horizont zu sein.

Herzl. Dein Onkel

Die Wahrsagerin

Das Schloß lag, umgeben von Wald, in einem breiten Tal im Herzen des alten Troubadourlandes von Frankreich. Das war vor etwa zehn Jahren, gegen Ende des Sommers.

Wir waren zu dritt – Raymond, seine Frau Sylvia und ich, Lucy. In der Ehe von Raymond und Sylvia kriselte es bereits, was dazu führte, daß ich mich höchst unbehaglich fühlte. Schon am vierten Tag unserer Fahrt hatte ich beschlossen, nie wieder allein mit einem Ehepaar zu verreisen, und daran habe ich mich seither gehalten.

Ich hatte angefangen, mich zu fragen, warum sie mich wohl eingeladen hatten, sie zu begleiten, und ich tippte darauf, daß mein Status als Alleinstehende ihnen die Möglichkeit geben sollte, sich zu beweisen, daß sie wirklich ein Paar waren. Nach einer Woche in Frankreich kamen wir zu dem Schloß, und da war ich schon drauf und dran, den Zug zum nächstbesten Flugplatz zu nehmen und nach London zurückzukehren.

Doch genau in diesem Moment überlegte ich es mir anders. Sylvia erkundigte sich nach Zimmern. Madame Dessain, eine schlanke, hochgewachsene, abgearbeitete und elegante Person, die gerade mit einem Eimer Schweinefutter um das Haus gekommen war, gab Sylvia keine Antwort. Sie wandte sich an mich, meinte sehr höflich, jawohl, sie habe ein Doppelzimmer für mich und meinen Mann sowie ein kleines Mädchenzimmer ganz oben unterm Dach für Mademoiselle. Raymond schaltete sich ein, um richtigzustellen, wer zu wem gehörte. Ihr Lächeln bedeutete uns, daß sie recht gut verstanden habe. Meine Vermutung war, daß Sylvia, die Französisch besser sprach als ich, es trotzdem an dem gebotenen Respekt hatte fehlen lassen, daß sie Madame Dessain für eines der Dienstmädchen gehalten und den entsprechenden Tonfall angeschlagen hatte. Das gehörte zu Sylvias Gewohnheiten. Ich habe mich immer gewundert, warum sie so viel Mühe darauf verwendet hat, eine so breite Skala von anfänglichen Haltungen für die verschiedensten Menschen parat zu haben, wo doch eine einzige für alle ausreichen würde. Sie war, natürlich, eine Anhängerin von Lenin, der von Beruf klassenbewußt war. Raymond reagierte einigermaßen neutral auf den Zwischenfall. Er war groß und bärtig, arbeitete als Fernsehregisseur, und er war intelligent. Allerdings war er eitel genug, vielleicht auch schon hinreichend unzufrieden mit seiner Ehe, um sich über den Irrtum der Hotelbesitzerin, wenn es denn ein Irrtum war, erfreut zu zeigen. Madame entschuldigte sich nicht. Sie teilte uns lediglich mit, wieviel die Zimmer kosteten, und fragte, ob wir Halbpension wünschten. Wenn Sylvia wütend war, dann setzte sie ein tückisches Grinsen auf. Ihre Zähne standen vor, und aus irgendeinem Grunde färbte sie sich das Haar flammend rot. Trotzdem war sie hübsch. Grinste sie aber, dann sah sie, wie ich fand, ordinär aus, sehr ordinär, und dumm, obgleich sie eine durchaus fähige Biologin war.

Madame Dessain stellte den Eimer ab und wandte sich wieder an mich. Sie fragte, ob ich mir die Zimmer ansehen wollte. Zweifellos war sie nicht zu vornehm, um nicht auch boshaft sein zu können. Sie hatte etwas gegen Sylvia.

»Haben wir uns denn entschlossen, hierzubleiben?« sagte Sylvia zu Raymond. »Gefällt es dir hier?« – »Es sieht ganz schön aus«, sagte er. »Ich würde das Zimmer jedenfalls gern mal sehen, weil ich bleiben möchte.«

Madame Dessain führte uns hoch. Ich folgte ihr, hinter mir meine beiden schlauen Freunde. Die Zimmer gefielen uns, und wir beschlossen, zu bleiben. Merkwürdigerweise bekam ich nicht eine Mädchenmansarde, sondern ein großes Zimmer auf derselben Etage wie meine Freunde. Madame – es stellte sich heraus, daß sie eigentlich eine Marquise war – lief hinunter, um sich wieder ihrer Arbeit zu widmen, und ließ uns mit dem Gepäck allein fertigwerden. Als ich sie das erste Mal sah, hatte ich sie für gute Fünfzig gehalten, doch jetzt, wie sie da behende die Treppe hinunterlief, wirkte sie jünger, nicht viel über Vierzig. Offensichtlich hatte sie eine Abneigung gegen Sylvia gefaßt, aber das war mir egal. Schon fühlte ich mich von dem peinlichen Paar befreit. Auf eine merkwürdige Art und Weise hatte Madame Dessain mich erlöst. Sie hatte mir einen Strohhalm entgegengehalten. Ich ergriff ihn, und wunderbarerweise hielt er mich oben. Mir kam der Gedanke, daß sie, wie überhaupt so viele Menschen in der Hotelbranche, sehr viel Intuition besaß.

Mein Zimmer gefiel mir sehr. Es hatte Fenster an zwei Seiten. Eingerichtet war es mit französischen Bauernmöbeln, die offensichtlich zu dem Barockschloß gehörten und nicht eigens für die Hotelgäste hereingestellt worden waren. Das galt praktisch für das ganze Haus. Es gab zwei Salons, den gelben und den grünen, die allerdings nicht rustikal, sondern in dem prächtigen Stil des französischen achtzehnten Jahrhunderts eingerichtet waren. Es gab ein Orientalisches Zimmer mit einem chinesischen und einem ägyptischen Teil, vollgestopft mit Möbeln und Dekorationsgegenständen, die die Ahnen von ihren Reisen im letzten Jahrhundert mitgebracht hatten, Stücke, die zu kostbar waren für gewöhnliche Touristen, doch nicht so kostbar, um nicht in täglich benutzten Räumlichkeiten aufgestellt zu werden. Wir vermerkten mit Befriedigung, daß wir als Gäste aufgenommen worden waren, denn Madame Dessain hatte zweifellos wählerisch zu sein.

Nur wenige Gäste benutzten das Orientalische Zimmer oder die anderen kostbar wirkenden Räume mit ihren Porzellandekorationen und Tellern in Glasvitrinen. Größerer Beliebtheit erfreute sich eine etwas robustere Bibliothek mit

Fernsehapparat und Tischen sowie zahlreichen Sofas und Sesseln mit abgenutzten Kretonne-Bezügen.

Dort machte ich auch an einem der folgenden Abende Madame Dessain das Angebot, ihre Zukunft aus den Karten zu lesen. Wir hatten gegessen, man saß grüppchenweise herum, einige unterhielten sich, andere saßen bei Kartenspielen, und in einer Ecke spielte ein Paar Schach. Draußen prasselte schwerer Regen herunter; schon den ganzen Tag hatte es geregnet. Ein kleiner, korpulenter, schon etwas älterer Herr, das war Madame Dessains Ehemann. Ein erstaunliches Paar. Er saß an ihrer Seite, während ich ihr die Karten legte. Sylvia und Raymond, die meine Wahrsagerei langweilig fanden, waren gegangen.

Ich sollte vielleicht erklären, daß ich immer dann, wenn ich auf einer meiner zahlreichen Reisen in meinem Hotel, sei es an der See oder im Binnenland, einen einsam oder unruhig wirkenden Menschen sehe, der seinen Aufenthalt offensichtlich nicht genießt, demjenigen anbiete, ihm die Karten zu legen. Meine Angebote sind noch nie zurückgewiesen worden. Im Gegenteil, sie scheinen einen hypnotischen Effekt auf die anderen Gäste zu haben, und an Kandidaten für meine Wahrsagerei mangelt es nie. Sie kommen sogar auf mich zu und erkundigen sich nach meinem Honorar, und wenn ich erkläre, daß ich es umsonst mache, dann sind sie meist etwas verlegen, wollen ihr Schicksal aber trotzdem erfahren, und wenn es mir zuviel ist oder ich aus irgendeinem Grund keine Lust dazu habe, akzeptieren sie auch mein Nein ganz höflich.

Meine spezielle Methode der Wahrsagerei beruht auf keiner der okkultistischen Traditionen. Ich befolge Regeln, aber es sind meine eigenen Geheimregeln, deren Anwendung bei den einzelnen Fällen sehr unterschiedlich aussehen kann. Es sind meine eigenen Geheimregeln, doch sie gehen auf eine große innere Gewißheit zurück. Sie lassen sich nicht formulieren, sie sind ebenso rein und unbeschreibbar wie die

Primärfarben. Sie haben nichts mit Wissenschaft zu tun, sondern mit Kunst. Sehr oft unterläuft mir ein Fehler, aber das merke ich. In solchen Augenblicken denke ich mir meinen Weg, spreche wie durch einen dichten Nebel, halte das Licht meiner Intuition hierhin und dorthin, bis es auf einen Gegenstand fällt, auf den meine Beschreibung zutrifft oder nicht zutrifft. Zuweilen gehen meine Vorhersagen ins Leere, da sie sich an der Gegenwart und an der jeweiligen Umgebung orientieren, aber ich weiß dann, daß sie sich viel später, an einem anderen Ort, als überraschend wahr herausstellen, und ich denke, daß dies teilweise auch für jene Fälle gilt, wo ich den Menschen, dem ich die Karten gelegt habe, aus den Augen verloren habe.

Die Auswahl der Karten erfolgt nach einem genauen System, über dessen Einzelheiten ich nie sprechen würde, außer, daß es auf der Sieben oder der Fünf beruht. Sieben und Fünf; und sollten Sie mehr über diese erste Phase meines Tuns wissen wollen, so würde ich Ihnen etwas Falsches erzählen. Überhaupt, das ganze Verfahren ist für mich etwas außerordentlich Kostbares, Zerbrechliches, und ich würde es nie preisgeben, aus Sorge, meine Kräfte dann einzubüßen. Mit Yeats könnte ich sagen:

Die Träume breit ich aus vor deinen Füßen:
Tritt leicht darauf, du trittst auf meine Träume.

Um die Karten zu lesen, bitte ich meinen Klienten zunächst, sie zu mischen. Dann teile ich sie aus, entsprechend meinem Sieben-Fünf-System. Eine stets unterschiedliche Anzahl von Karten, die dabei anfällt, wird beiseite gelegt, und ich bitte meinen Klienten, abermals zu mischen. Wieder teile ich die Karten aus und lege ein paar beiseite, und dann ein drittes Mal, insgesamt drei Runden. Dann mischt der Klient die beiseitegelegten Karten. Es sind die Karten seines Schicksals. Gleichzeitig bitte ich ihn, sich in Gedanken etwas zu wünschen und sich stark auf diesen Wunsch zu konzentrieren. Jetzt nehme ich diese Karten und teile sie erneut aus. Denken Sie nicht, daß ich meinen Fähigkeiten etwas Gewichtiges gebe, bloß weil ich sie ernst nehme. Die ganze Sache ist ein luftiger Traum von mir, der nicht untergeht, weil er leicht ist. Ich spiele keineswegs die unheimliche Wahrsagerin. Ich spiele überhaupt nichts, wenn ich Karten lese, ich bin einfach ich selbst.

Ich nehme also die Schicksalskarten meines Klienten und teile sie den folgenden Aspekten zu: 1. Das unbekannte Ich. 2. Das bekannte Ich. (Darunter verstehe ich den recht kleinen Teil der Persönlichkeit, wie er von der Außenwelt wahrgenommen wird.) 3. Die Hoffnungen des Klienten. 4. Das Maß an Selbsterkenntnis. 5. Die gegenwärtige Bestimmung des Klienten. (Ich sage nicht »sein Schicksal«, und zwar deswegen, weil es vorschnell wäre, aus den Karten ein Schicksal zu lesen, denn mögliche Abweichungen eines Klienten von seinem gegenwärtigen Weg blieben unberücksichtigt. Die Verhältnisse ändern sich. Man kann sich im Herzen ändern. Im Grunde ist die menschliche Natur langfristig nicht vorhersagbar. »Bestimmung« trifft den Zweck aber oft genauso gut wie »Schicksal«. Kein Hellseher, glauben Sie mir, vermag mehr zu sagen!) 6. Herzensdinge, worunter ich die vorherrschende Liebe verstehe, d.h. Liebe zu allen möglichen Objekten, darunter gelegentlich auch zum Geld. 7. Der Wunsch – wird er sich erfüllen oder nicht?

Wieder sehe ich Madame Dessain in der gemütlichen Bibliothek ihres Hauses, wie sie sich, vor so vielen Jahren, über den Tisch beugt, an ihrer Seite ihr Mann, und ich fange an, ihr die Karten zu legen.

Während sie noch mischte, fiel mir auf, wie außerordentlich sorgfältig sie dabei vorging. Während ich die Karten austeilte und ein paar, meiner Geheimmethode gemäß, beiseite legte, beobachtete sie mich mit einer Intensität, die ich als entschiedenes Vertrauen in meine Fähigkeiten deutete. Ihr Wunsch war offensichtlich von wesentlicher Bedeutung. Sie schien von den Karten, die ihr Geschick konstituierten, völlig absorbiert zu sein, doch ich riet ihr leichthin, sie nicht selbst zu deuten, sondern sich auf den Wunsch zu konzentrieren und die Deutung später mir zu überlassen.

»Viele Piks«, bemerkte Madame Dessain, »und dort, ein Pik-As, Madame!« Ich war erstaunt, daß sie mich nach wie vor mit »Madame« anredete, wo ich doch offensichtlich »Mademoiselle« war. Ich teilte gerade die dritte Runde aus. Meine Interpretation der Karten orientiert sich nicht an traditionellen Vorstellungen. Zwar freut sich niemand über das Pik-As, aber es steht nicht unbedingt für den Tod einer Person. Es kann auch den Tod einer Hoffnung oder das Ende einer Angst bedeuten. Alles hängt von der Kombination ab. Wie auch immer, ich war gerade dabei, die dritte Runde auszuteilen. Ich sagte: »Lassen Sie mich nur machen!« und beendete den Vorgang.

Jetzt sammelte ich Madame Dessains Karten ein.

»Wird der Regen denn nie aufhören?« rief sie und ließ die Augen hinüber zu den hohen Verandafenstern wandern. Das war gespielt, diese gleichgültige Miene, als wären ihr die Karten völlig egal.

»Konzentrieren Sie sich auf Ihren Wunsch, Madame!« sagte ich.

»Das tue ich. Der Regen ist ja eine Touristenattraktion, sofern man überschwemmte Wiesen schön findet, wunderhübsch!« Und dann überspielte sie mit einem Lachen die Tatsache, daß da ihre Karten gelegt wurden, doch ich konnte sehen, daß sie neugierig, ja sogar etwas nervös war. Auch ihr Mann saß gespannt dabei. Ich wollte sie daran erinnern, daß es nur ein Spiel war, hielt mich aber zurück, da ich ihre Unruhe nicht ans Licht bringen wollte.

Ich legte für jeden der sieben Aspekte, die ich selbstverständlich nicht erklärte, eine Karte hin. Aus dem Auswahlprozeß waren dreizehn Karten hervorgegangen. Mir fiel auf, daß Madame Dessain einen hohen Anteil von Bildkarten hatte.

Jetzt, in der ersten Runde, fiel auf ihr »unbekanntes Ich« die Pik-Acht, auf ihr »bewußtes Ich« die Pik-Sechs.

»Pik für meinen Wunsch!« rief Madame Dessain schnell.

»Geduld!« sagte ich und legte weiter aus. Inzwischen war mir klar, daß sie hinter meine Methode kommen wollte, denn als ich Herz-König auslegte, sagte sie: »Ein blonder, schöner Liebhaber«. Ich ärgerte mich zwar über die Unterbrechung, reagierte aber nicht.

Schließlich lagen ihre Karten folgendermaßen:
Unbekanntes Ich: Pik-Acht und Kreuz-Sieben
Bekanntes Ich: Pik-Sechs und Karo-Neun
Hoffnungen: Herz-König und Pik-As
Selbsterkenntnis: Herz-Fünf und Kreuz-König
Gegenwärtige Bestimmung: Herz-Dame und Herz-Drei
Herzensdinge: Pik-Dame und Karo-Drei
Der Wunsch: Herz-Bube

Madame Dessain war tatsächlich perplex. Sie sah alle sieben Abteilungen vor sich, konnte aber nicht erraten, welche Bedeutung ich der jeweiligen Abteilung gegeben hatte. Ihre Augen blickten leuchtend auf die Karten, als wäre sie meine Wahrsagerin und nicht ich die ihre.

»Ihr Wunsch wird in Erfüllung gehen«, sagte ich sofort, als ich sah, daß sie dort nur eine Karte hatte, Herz-Bube, und keine entgegenwirkende Karte. »Allerdings ist es ein Wunsch, den Sie sich besser nicht ausgedacht hätten!«

»Welche Karte steht denn für den Wunsch?« fragte sie, beinahe panisch schon, ungewöhnlich für eine so würdevolle Dame.

Ich gab ihr keine Antwort, lächelte sie an und sagte: »Es ist ja bloß ein Spiel.«

Sie markierte die Beruhigte, die sich zusammennahm. Aber ich sah, daß es aufgesetzt war.

Eigentlich von diesem Augenblick an war das, was die Karten mir sagten, eine Sache, und das, was ich ihr sagte, eine andere. Ich hatte Veranlassung, vorsichtig zu sein. Als ich mir das Gesamtbild ansah, das von den sieben Kartengruppen gebildet wurde, war es zunächst eine kunterbunte Menge, die sich in ein Bild mit bestimmten Strukturen verwandelte, bis schließlich eine Idee klarer und heller hervortrat als die anderen. Und da erschien mir ganz plötzlich, daß Madame Dessain selbst eine Hellseherin war. Sie vermochte meine Gedanken womöglich besser zu lesen als ich ihre Karten. Was für mich nur ein Spaß gewesen war, ein Spiel, schien sich nunmehr in recht bedrohlicher Weise gegen mich zu wenden. Und ich wußte, daß ihr Wunsch irgendwie mit mir zu tun hatte. Ich sage, mit mir zu tun hatte, nicht, gegen mich gerichtet war, weil es da etwas Undeutliches gab; zugleich war er entschieden feindselig.

Ich stand meine Darbietung durch. Ich erzählte Madame Dessain ein gewisses Maß an Unsinn, doch während ich sprach, sah ich, daß ihr auffiel, daß ich nicht ganz so aufrichtig war, wie ich es hätte sein können. Deutlicher als bislang zeigte mir jetzt ihr »unbekanntes Ich«, daß sie eine Hellseherin war.

Nun sah ich mir das »bekannte Ich« besonders genau an. Ich fühlte, daß ihre überaus attraktive, hagere und aristokratische Erscheinung keineswegs so natürlich war, wie sie gewirkt hatte, wenn sie in den Wirtschaftsgebäuden arbeitete oder in der großen Steinküche mit den riesigen Tiegeln hantierte. Sie blickte jetzt unbekümmert hinauf zu den wunderschönen hohen, bleigefaßten Fenstern. Mir fiel auf, daß ihr Mann sie aufmerksam beobachtete. Er schien eifersüchtig zu sein, schien sich zu überlegen, was sie sich wohl gewünscht hatte, und verfolgte ihre Reaktionen auf alle meine Äußerungen.

Ich fuhr fort, viele Nettigkeiten zu sagen, durchsetzt mit einem Körnchen dessen, was ich für wahrscheinlich hielt.

»Sie hoffen«, sagte ich, »auf den Besuch eines großen, bärtigen Mannes, eines Engländers vermutlich, der sich für Gärtnerei interessiert –« in Madame Dessains Karten fand sich tatsächlich ein ausgeprägter Hinweis auf einen Garten.

»Das ist Camillo, unser Faktotum!« rief der unruhige Ehemann, »er ist schon fünf Tage weg und müßte längst wieder hier sein. Er ist aber Italiener.«

»Alain!« rief Madame Dessain. »Unterbrich Madame Lucy nicht!«

Ich machte weiter. Für mich war ganz deutlich, daß Madame Dessain sich in einen Besucher verlieben würde. Er würde etwa in ihrem Alter sein, wahrscheinlich Amerikaner oder Engländer (es hätte auch ein Deutscher sein können, wenn es nicht äußerst unwahrscheinlich gewesen wäre für eine Frau von Madame Dessains Alter und Ehrbegriffe, einen deutschen Geliebten zu haben). Auf diese Affäre steuerte sie freilich mit voller Wucht zu. Ich war sicher, daß er schon einmal auf dem Schloß zu Gast gewesen war, seinerzeit ganz gewiß verheiratet, vielleicht auch heute noch, und er war eindeutig reich. Es war eine für ihr Haus und ihre Familie verhängnisvolle Beziehung.

All das sah ich, und Madame Dessain wußte, daß ich es sah. Was sie nicht bemerkte oder aufgrund ihrer Schwärmerei einfach übersehen mußte, war das ungeheure Ausmaß an Kummer und Sorge, auf das sie sich zubewegte. Ihr Ehemann, obgleich keineswegs treu, würde nur mit Verbitterung auf diese Affäre reagieren.

»Möglicherweise wird sich das Eintreffen Ihres Besuchers in gewisser Weise vorteilhaft für das Haus auswirken«, sagte ich. Und ich sagte, der Besucher werde arm sein, und warnte sie vor unvorhersehbaren Ausgaben. Ihr Mann frohlockte über diese Worte, und ich schloß meine Ausführungen mit dem Hinweis: »Morgen werden Sie einen sehr wichtigen Brief aus der Familie erhalten« – das war einer der wenigen ehrlichen Kommentare zu Madame Dessains Karten, die auszusprechen ich mich entschieden hatte. Ich hielt ihn für harmlos, und ihr Mann sagte tatsächlich: »Der wird von unserem Sohn Charles sein«, und Madame Dessain rief abermals: »Alain! Unterbrich nicht!«

Ich sagte: »Ich bin fertig.«

Madame Dessain blickte an mir vorbei. »Da kommt ja der Mann von Madame«, sagte sie dunkel; ich drehte mich um und sah Raymond näherkommen. Ich vermutete, daß er sich mit Sylvia gestritten hatte, die sich beim Verlassen des Zimmers mit diesem jämmerlichen Zornesgrinsen umgeblickt hatte, das ihre attraktive Erscheinung so sehr ruinierte.

Tags darauf fuhr ich ab. Ich konnte die gespannte Atmosphäre zwischen meinen verheirateten Freunden nicht mehr ertragen. Als ich meine Rechnung bezahlen wollte, schickte Madame Dessain ein Mädchen, welches das Geld in Empfang nahm und mir ausrichtete, daß Madame beschäftigt sei.

Raymond kam jedoch hinter mir hergelaufen, als mein Gepäck in das Taxi geladen wurde. Ich fand, daß er ohne seinen Bart eigentlich recht gut aussehen würde.

»Lucy!« rief er, »Lucy!«

»Es tut mir leid, Raymond, aber ich kann nicht bleiben.«

Er bekam tatsächlich den Mund nicht auf, aber ich fand es ganz anständig von ihm, Mitgefühl für mich und meine Verlegenheit darüber aufzubringen, ihre verkorkste Ehe miterleben zu müssen.

»Lucy!«

»Entschuldige mich bei Sylvia!« sagte ich. »Sie wird es verstehen.«

Das war das letzte, was ich von Raymond sah, der dastand und meinem Taxi hinterherblickte.

Wegen all der lästigen Überlegungen, meine Urlaubspläne ändern zu müssen, versank alles, mit Ausnahme des wunderschönen Schlosses in seiner dinglichen Erscheinung, in meinem Hinterkopf. Eine Woche später war ich wieder in London und kehrte zum Alltag zurück. Madame Dessain und das Erlebnis, ihr die Karten gelesen zu haben, hielten sich Jahr auf Jahr in meiner Erinnerung verborgen, doch sämtliche Details waren sorgfältig geordnet, falls es notwendig sein sollte, auf sie zurückzukommen, wie es bei Erinnerungen eben so ist.

Irgendwann im Jahr darauf hörte ich, daß Sylvia und Raymond endgültig auseinandergegangen waren. Ich erfuhr, daß Sylvia wieder geheiratet hatte, einen sehr viel jüngeren Sozialarbeiter, und daß Raymond nach der Scheidung seine gute Stellung aufgegeben hatte und ins Ausland gegangen war. Ausland, das war ein weiter Begriff, und auch die Gerüchte waren zu vielfältig und amorph, als daß ich, zu sehr beschäftigt mit meinem eigenen Leben, ihnen hätte nachgehen können. Wenn ich gelegentlich an jenen Urlaub dachte, den ich mit ihnen verbracht hatte, so dachte ich an das wunderschöne Schloß, aber eine Wolke verdüsterte meine Gedanken bei der Erinnerung daran, wie unbehaglich ich mich als Dritte gefühlt hatte. Erst viel später erfuhr ich, daß sie damals noch eine Woche im Schloß geblieben waren.

Kürzlich habe ich Monsieur Dessain getroffen. Zuerst erkannte ich ihn gar nicht. Ich sah bloß ein kleines Hutzelmännchen, das bei Baden-Baden aus dem Schwarzwald kam. Nun kann man, wie ich erklären sollte, alles mögliche aus dem Schwarzwald kommen sehen, daran ist nichts Ungewöhnliches, und deswegen schaute ich auch nicht genauer hin. Überdies war der Mann in Beige gekleidet, und man kann vielleicht sagen, daß jeder Besucher in Baden-Baden, ob Mann oder Frau, Beige trägt. Ihre Kleider und Schuhe sind beige, und ihre Gesichter sind beige. Das gibt ihnen beinahe etwas Liebenswürdiges.

Am selben Tag aber sah ich ihn mittags allein an einem Tisch im Speisesaal meines Hotels sitzen. Selbst jetzt fiel mir nichts Bekanntes an ihm auf. Ich bemerkte lediglich, daß er mich ein-, zweimal ansah, kurz, aber ausgesprochen neugierig.

Am Abend saß ich im Aufenthaltsraum des Hotels und spielte mit meinen Karten. Ich war allein, denn ich wollte mich am nächsten Tag dort mit einem Freund treffen. Ich mischte meine Karten und legte sie in meiner so unsystematisch wirkenden Art aus. Meine eigene Zukunft lese ich nie, aber ich kann nie ohne Karten sein. Ich mische sie und lege sie aus und warte einfach, was dabei herauskommt, und in der Zwischenzeit entwickle ich meine Gedanken, als wären die Karten eine Art Sakrament, »ein äußeres und sichtbares Zeichen einer inneren, geistigen Gabe«, wie die traditionelle Definition lautet.

An meinen Tisch trat der hutzelige Gast, das Schwarzwaldmännchen. Er setzte sich auf den Rand des Sofas und beobachtete mich. Ich spürte Traurigkeit in ihm und wollte ihn fragen, ob er sich von mir die Karten legen lassen wolle.

»Mademoiselle Lucy«, sagte er.

Da erkannte ich ihn, den einst rundlichen kleinen Mann von Madame Dessain, und ich sah, wie die Jahre ihn hatten verwelken lassen. Ich erinnerte mich, in allen Einzelheiten, an das Schloßzimmer, in dem ich vor zehn Jahren oder mehr Madame Dessain die Karten gelegt und sie, gespannt und nervös, in ihrer Hellsicht mein Treiben durchschaut hatte. Ich erinnerte mich an die beiden Schachspieler, die still in der Ecke saßen, an Sylvia und Raymond, jene hochgewachsenen Gestalten, die sich ungeduldig entfernten, und an die abgenutzten Sesselbezüge mit dem Blumenmuster. Ich überlegte, ob aus dem Liebhaber von Madame Dessain Wirklichkeit geworden war, und ich erinnerte mich vage an einige meiner unbekümmerten Vorhersagen, auf die Madame Dessain nicht im mindesten hereingefallen war. »Sie hoffen auf den Besuch eines großen, bärtigen Engländers, der sich für die Gärtnerei interessiert.« Und meine ehrliche Vorhersage: »Sie werden einen Brief aus der Familie erhalten.«

Ich sah Monsieur Dessain an und sagte: »Wie lange das alles doch her ist! Machen Sie hier Ferien?«

»Ich bin zur Kur hier.«

»Wie geht es Madame Dessain?« fragte ich.

»Es geht ihr ausgezeichnet. Wie Sie vorhergesagt haben, kam der Brief am nächsten Tag.«

»O je. Hoffentlich stand was Erfreuliches drin.«

»Ja. Er kam von ihrem Cousin Claude. Er teilte uns seine Verlobung mit. Ich war froh, denn Claude war der Liebhaber meiner Frau.«

»Ach«, sagte ich. »Na, dann hatten Sie ja bestimmt ein Problem weniger, Monsieur Dessain!«

»Es war gut für Claude«, sagte er, »und gut für Sie, Mademoiselle Lucy.«

»Für mich?«

»Meine Frau hat Ihr Schicksal verändert«, sagte der traurige und verhutzelte Mann. Er wiederholte: »Ihr Schicksal, Mademoiselle Lucy. Sie hatte erkannt, daß es Ihr Schicksal war, Ihren Freund Raymond zu heiraten, und da ist sie dazwischengetreten.«

»Raymond heiraten? Dieser Gedanke ist mir nie gekommen. Zwischen uns ist nie etwas gewesen. Er hat sich mit seiner Frau nicht verstanden, aber das hatte nichts mit mir zu tun.«

»Trotzdem, meine Frau hat das Ergebnis vorhergesehen. Sie hätten Raymond geheiratet, doch nach Ihrer Abreise, noch ehe die Woche um war, hatte sie ihn zu ihrem neuen Liebhaber gemacht. Er ist noch immer auf dem Schloß. Sie ist Ihrem Schicksal zuvorgekommen.«

»Nicht meinem Schicksal«, sagte ich, »nur meiner Bestimmung.« Und dann, er sah so traurig und beige aus, fragte ich ihn: »Möchten Sie, daß ich Ihnen die Karten lege, Monsieur Dessain?«

Er antwortete nicht auf meine Frage. Er sagte nur: »Raymond ist ein guter Gärtner!«

Die zweite Hausangestellte

Ich bin der einzige Sohn von Eltern, die schon Großeltern hätten sein können, so alt waren sie. Das hat Vorteile und Nachteile, denn obwohl ich mit der Generation dazwischen nicht in Berührung gekommen bin – Mutters Freundinnen waren bei meiner Geburt vierzig und darüber, und die Altersgenossen von Vater waren zumeist über sechzig –, habe ich ein ausgeprägteres Gefühl für lebendige Geschichte geerbt als die meisten anderen Menschen. Es war ganz normal, daß die älteren Leute über das Leben zu Anfang dieses Jahrhunderts sprachen, und so wuchs ich heran mit dem instinktiven Wissen, wie es damals zuging und wie man dachte.

Meine Mutter starb im Alter von sechsundneunzig Jahren, kurz nach meinem fünfzigsten Geburtstag. Sie hatte knapp dreißig Jahre länger gelebt als Vater. Sie war fast bis zuletzt aktiv, und Schwierigkeiten hatte sie nur mit dem nachlassenden Augenlicht. Ihre Bewegungen waren etwas langsamer geworden. Tatsächlich war sie, wie alle meinten, bewundernswert für ihr Alter. Sie starb sehr schnell an einem Schlaganfall. Bis zuletzt wunderte sie sich, daß ich noch immer nicht die richtige Frau zum Heiraten gefunden hatte. Vielleicht wundert sie sich noch immer. Sie gehörte jener Generation an, die sich über alles wunderte.

Meine Mutter, einstmals Herrin über ein großes Haus mit unzähligen Hausangestellten, war, wie alle anderen auch, im Laufe der Zeit abgestiegen. Jeder Umzug in ein etwas kleineres Haus mit etwas weniger Personal hatte etwas Traumatisches für sie. Jedes neue Haus bezeichnete sie als winzig, jedes neue Sich-einrichten als provisorisch. Erst lange nach dem Ersten Weltkrieg hatte sie sich daran gewöhnt, nur noch vier

Angestellte für drinnen (einschließlich eines Dieners) und drei für draußen zu haben. Gegen Ende der fünfziger Jahre mußte sie in ein kompaktes Landhaus in Sussex umziehen, zwölf Schlafzimmer, umgeben von Wald. Mit der Zeit wurde es für eine Person immer riesiger. Geld war zwar ausreichend vorhanden, aber sie konnte das nötige Personal nicht mehr bekommen. Ein paar Zimmer wurden überhaupt ganz dichtgemacht. Einige Jahre vor ihrem Tod kam sie mit einem Gärtner, der sich um ein symbolisches Rasenstück und ein paar Gemüsebeete kümmerte, der Haushälterin und Köchin Miss Spigot sowie dem Mädchen Winnie recht gut klar. Gegen Ende ihres Lebens war nur noch Winnie übriggeblieben.

Nach dem Tod von Miss Spigot mühte Winnie sich allein ab, in totalem Chaos, sie ließ das Essen anbrennen und war absolut unfähig, einzukaufen und das Haus sauberzuhalten. Meine Mutter hat nie einen Finger gerührt, außer vielleicht zum Blumenpflücken. Sie saß gleichmütig an ihrer ewigen Näherei, die sie als »meine Arbeit« bezeichnete, und erteilte Anweisungen. Bis dahin hatte ich den Sonntag und Montag meistens mit Freunden bei Ma verbracht, um ihr Gesellschaft zu leisten, und auf diese Besuche hatte sie sich immer gefreut. Sie hatte ihre Schwestern und Brüder überdauert, und sie war gerne in Gesellschaft. Meine eigene Arbeit, eine regelmäßig erscheinende Theaterkolumne, hielt mich davon ab, mehr Zeit bei ihr zu verbringen. Staub ist etwas, das ich nicht beachte, doch ich registriere schlechtes Essen. Ich muß sagen, daß Miss Spigot, die schon auf die Achtzig zuging, eine wirklich ausgezeichnete Köchin war. Als sie noch lebte, waren unsere Zimmer immer hergerichtet und sauber, wenn wir eintrafen. Doch plötzlich hörte das alles auf. Winnie war hektisch. Ich ahnte schon, daß meine Mutter abermals würde umziehen müssen. Ich bat sie, sich von mir eine kleine Wohnung in London besorgen zu lassen. Ma war sehr alt, aber keinesfalls schwach, speziell was ihre Entschlußkraft anging. »Winnie wird es schon allein schaffen. Ich werde mal ein Wörtchen mit ihr reden müssen«, sagte sie und wandte sich wieder ihrer Häkelei zu oder was immer es gerade war. Ich hätte sie umbringen können, doch Ma war kein Mensch, zu dem man mühelos gemein sein konnte.

Ich beschloß, meine Freunde nicht mehr mitzunehmen. Meine eigenen Besuche waren schlimm genug. Im ganzen Haus roch es furchtbar nach angebranntem Essen, ungelüfteten Zimmern und schierer Verwahrlosung. Meine Mutter bevorzugte schlichte Kost, und das galt gewiß auch für Winnie. Ich dagegen bevorzuge ausgedehnte Mahlzeiten. Der Fußboden im Eßzimmer war übersät mit Brotkrümeln und Eierschalenresten. Der Tisch war seit Wochen nicht mehr abgeräumt worden, die Sets waren fettig. An diesen entsetzlichen Sonntagen und Montagen habe ich immer nach Kräften beim Aufräumen geholfen. Ich persönlich komme in London sehr gut allein zurecht, ohne Hausangestellte, die mir, da ich mit ihnen aufgewachsen bin, offengestanden sogar zuwider sind. Nie führt man sein eigenes Leben. Mehr als eine vormittägliche Putzfrau habe ich in London nie gebraucht.

Ein so riesiges Haus wie das meiner Mutter war mir aber zuviel. Mit ihm und mit Winnies anstrengender Loyalität fand Ma sich unbeirrt ab, und nichts konnte daran etwas ändern. Winnie stand auf ihrer Seite. So ging das einen Monat. Ich verbrachte meine ganze freie Zeit in Stellenvermittlungsbüros und suchte auch anderswo nach einem Ersatz für Miss Spigot, doch weder meine Bemühungen noch die meiner Freunde fruchteten. Nichts. »Ich werde mal ein Wörtchen mit Winnie reden müssen«, sagte Ma.

Am fünften Sonntag fuhr ich hinaus nach Sussex, spät, um möglichst wenig von dem Grausen mitzubekommen. Erstaunlicherweise war da aber nichts zum Grausen. Innerhalb einer Woche war aus Winnie eine supertüchtige Köchin und Haushälterin geworden. Als ich am Eßzimmer vorbeiging, sah ich, daß der Tisch gedeckt war, die Silberbestecke und Kristallgläser funkelten, und das Tischtuch wurde Mas höchsten Ansprüchen gerecht. Der Salon war aufgeräumt, und durch die Fenster konnte man wieder richtig durchsehen.

Ma strickte. Gleich würden wir zum Dinner hinübergehen ins Eßzimmer.

»Hast du eine Hilfe gefunden?« fragte ich.

»Nein«, sagte Ma.

»Aber wie hat Winnie das denn ganz allein geschafft?«

»Ich habe ein Wörtchen mit ihr geredet«, sagte meine Mutter.

Winnie trug ein im großen und ganzen hervorragendes Dinner auf. Vielleicht war es nicht ganz so gut wie bei der letzten Köchin, aber immerhin so ehrgeizig, daß ein, wenn auch ziemlich mißglücktes, Soufflé dazugehörte.

»Es ist ihr erstes Soufflé«, sagte Ma, als Winnie hinausging, um das Fleisch zu holen. »Wenn sie sich nicht bessert, muß ich mal mit ihr reden.«

Aber irgend etwas war inzwischen mit Winnie geschehen. Sie wirkte ausgesprochen glücklich, ja geradezu selig. Sie murmelte in einer entschieden komischen Art vor sich hin. Das Gemüse servierte sie zwar mit großer Sorgfalt, aber sie flüsterte dabei immer vor sich hin.

»Was hast du gesagt, Winnie?« fragte ich.

»Das Soufflé war verunglückt«, sagte Winnie.

»Stell die BBC-Nachrichten ein!« sagte meine Mutter.

Den ganzen Montag lief Winnie vor sich hin murmelnd herum. Der Frühstückstisch aber war gedeckt, ohne daß etwas fehlte. Schon vor halb neun war das Haus tipptopp sauber, und im Kamin prasselte ein neues Feuer. Und Winnie führte heitere und ausgedehnte Selbstgespräche, die ich darauf zurückführte, daß sie inzwischen ganz allein in der Küche war. Meine Mutter schien ihr häusliches Problem, das rasch zu dem meinen geworden war, gelöst zu haben. Über die Frage, ob Winnie nicht ein wenig komisch wurde, dachte ich nicht weiter nach.

Ich kehrte vergnügt in mein Junggesellendasein zurück und ergötzte meine Freunde mit der Nachricht von der Veränderung, die über Winnie gekommen war, und wie gut sie mit allem fertig wurde. Sie hatten alle Lust, mal wieder nach Sussex hinauszufahren, und versicherten mir, daß sie die Betten auch selber machen, beim Einkaufen helfen und überhaupt sich bemühen würden, Winnie nicht zusätzlich Arbeit zu machen. Ich dachte mir, warte lieber noch ein paar Wochen, bevor du eine Party wie früher veranstaltest. Diese Gäste im Hause meiner Mutter waren entweder unverheiratete jüngere Kollegen, die, wie ich, samstags für ihre Zeitung arbeiten mußten, oder ein wenig ältere Witwen, die an keinen speziellen Wochentag gebunden waren. Sie alle hatten große Lust zu kommen, aber ich wartete noch.

In der darauffolgenden Woche war Winnie noch besser. Ich kam zu dem Schluß, daß sie schon die ganze Zeit der führende Kopf in der Küche gewesen war. Sie war eine gute Köchin. Ma nahm nicht die geringste Notiz von ihr, wie es halt ihre Art war, denn sie zog es vor, nicht zu loben und nicht zu tadeln, sondern bloß Anweisungen zu erteilen. Winnies Alter ließ sich schwer schätzen, zwischen fünfundfünfzig und siebzig, ihr großes Gesicht hatte zahllose Falten, der Körper war hager und eckig, die Haare schokoladenbraun getönt. Meine Mutter, die einstmals nur Hausmädchen »von angenehmer Erscheinung« einzustellen pflegte, hatte sich nach einiger Zeit mit der wenig attraktiven Winnie abgefunden und war fortan nicht mehr willens, über irgendwelche Abweichungen vom Normalen, die Winnie künftig demonstrieren würde, ihre Gedanken zu verschwenden.

In der Tat war jetzt zu hören, wie Winnie in der Küche einen ungeheuren Krach schlug. Eines Abends erfüllte der Lärm etwa zehn Minuten lang das ganze Haus. Mein Bett war ordentlich aufgeschlagen. Die Teppiche waren sauber wie eh und je, und die Möbel und Treppengeländer glänzten. Winnie führte noch eine kurze Auseinandersetzung in der Küche und gab dann bis zum Tee Ruhe, als erst meine Mutter zu Bett ging und dann auch sie. Am nächsten Morgen fing Winnie wieder an, mit sich zu streiten, zumindest klang es so. Bei näherem Hinsehen stellte ich fest, daß sie ihre Auseinandersetzungen lachend führte. Das Tablett für meine Mutter stand bereit, und Winnie war im Begriff, es in Mas Zimmer hochzutragen. »Was ist denn los, Winnie?« sagte ich.

»Ach, keine Butter auf dem Tablett. Bin einfach zu alt.«

»Möchtest du weggehen, Winnie?« fragte ich, etwas hoffnungslos, aber in dem Gefühl, daß sie genau das hatte sagen wollen.

»Wie könnte ich Ihre Mutter allein lassen!« sagte Winnie und schlurfte mit dem Tablett hinweg.

Meine Mutter, sechsundneunzig Jahre alt, starb dann ganz unerwartet in der darauffolgenden Woche. Winnie rief mich von Sussex aus an, ganz ruhig, und ich fuhr sofort hinaus. Es fand eine kleine, stille Beerdigung statt. Das Haus mußte verkauft werden. Winnie wurde noch immer von gelegentlichen Ausbrüchen gegen sich selbst heimgesucht, etwa: »Der Zeitungshändler hat die *Times* nicht abbestellt, obwohl ich es ihm gesagt habe!«, und sie murmelte noch vor sich hin, als sie dorthin ging. Ich verbrachte aber noch eine letzte, angenehme Nacht im Haus und stellte mich darauf ein, Winnie nach dem Frühstück auszubezahlen und ihre Rente zu regeln. Ich nahm an, sie würde sich freuen, einmal ausspannen zu können. Sie hatte Verwandte in Yorkshire, und ich dachte, sie würde zu ihnen gehen wollen.

»Ich werde die Familie doch nicht allein lassen«, sagte Winnie.

Sie meinte nicht ihre Familie, sie meinte mich.

»Tja, Winnie, das Haus wird verkauft. Es gibt ja keine Familie mehr, oder?«

»Ich komme mit Ihnen«, sagte Winnie. »Es ist bestimmt ein Schweinestall, aber ich kann ja im Souterrain wohnen.«

Mein Schweinestall, mein Paradies. Es war ein kleines, schmales Haus in einer der Seitenstraßen von Hampstead, das ich vor mehr als zwölf Jahren gekauft hatte. Ich bin nie dazu gekommen, Ordnung zu schaffen. Mein Leben besteht überwiegend ja daraus, abends ins Theater zu gehen, anschließend mit Freunden in einem Restaurant meist noch etwas zu essen, am Vormittag dann im Morgenmantel herumzutrödeln und Notizen für meine Kolumne aufzuschreiben. Dann, nach einem knappen Lunch, setze ich mich an den Schreibtisch oder gehe vielleicht ins Kino oder sehe mir eine Kunstausstellung an oder erledige andernfalls irgend etwas Bürokratisches. Oder ich spiele ein wenig Klavier. Am intensivsten arbeite ich freitags oder samstags, denn meine letzte Vorstellung ist immer freitags, und meine Kolumne muß samstags um fünfzehn Uhr abgeliefert werden. Und da ich, bis Mutter starb, sonntags und montags gewöhnlich mit Freunden hinaus nach Sussex fuhr, blieb nie viel Zeit, um Ordnung im Haus zu halten. Manchmal hatte ich Gäste, und die versuchten dann, mir beim Aufräumen zu helfen. Aber es war immer besser, wenn sie es sein ließen, denn nach jeder dieser freundlich gemeinten Aufräumaktionen konnte ich nichts mehr finden. Und mein kleines Arbeitszimmer oben durfte überhaupt niemand betreten. Dreimal die Woche kam vormittags für ein paar Stunden eine mürrische, ganz auf vornehm tuende Hilfe namens Ida angetrippelt, eine Qual für sämtliche Beteiligten – für sie selbst, für mich und für meinen Kater Francis. Ida nahm das saubere Geschirr aus der Geschirrspülmaschine und räumte es weg. Sie wechselte die Handtücher und Bettwäsche und brachte sie zur Wäscherei. Sie wischte den Fußboden in der Küche, nahm den Handfeger und machte kurzen Prozeß mit Francis, und gelegentlich wischte sie im Wohnzimmer Staub und saugte den Teppich.

Francis hielt sich an drei Vormittagen die Woche im Souterrain versteckt, bis Ida gegangen war.

Eigentlich war es nicht die unangenehme Art von Ida, die mich dazu brachte, Winnie ins Haus zu holen. Zuerst war ich entschieden dagegen. Das Familienvermögen hatte zu Lebzeiten meiner Mutter gerade so gereicht. Mir geht es finanziell gut, ich habe Arbeit, aber ich bin keineswegs reich. Wie die meisten meiner Freunde konnte ich mir eine Haushälterin nicht leisten. Und ich hätte ja auch gar keinen Platz gehabt. Im Haus war ein feuchtes Souterrain, voller muffiger Kisten voller muffiger Gegenstände, um die ich mich immer schon hatte kümmern wollen. Dazu gehörten auch einige Kisten von meiner Mutter, die anläßlich einer ihrer Umzüge bei mir gelandet und nie weitergeleitet worden waren. Einmal hatte ich eine Kiste aufgemacht. Es waren zwei Fächer aus mottenzerfressenen Straußenfedern darin gewesen, einige Schachfiguren aus Holz, die unter der Feuchtigkeit gelitten hatten, stockfleckige Bücher sowie ein paar Weinflaschen. Abgesehen von dem Wein, der noch zu genießen war, packte ich alles wieder ein. Aber nie wieder habe ich eine dieser Kisten geöffnet. Das Souterrain bestand aus zwei Räumen, einem kleinen, feuchten Badezimmer und einer entsetzlichen Küche. Es war, bevor ich das Haus erwarb, offensichtlich bewohnt gewesen.

»Im Souterrain kann ich dich nicht unterbringen, Winnie«, erwiderte ich, statt ihr direkt ins Gesicht zu sagen: »Ich kann mir eine Köchin-Haushälterin nicht leisten, Winnie!«

»Was ist mit dem Souterrain denn nicht in Ordnung?«

»Es ist feucht.«

»Ich brauche nicht viel Geld«, sagte Winnie. »Ihre Mutter hat mir sowieso zuwenig gezahlt. Altmodische Ideen. Sie brauchen mich, damit ich für Sie kochen kann! Ich könnte ja die Mansarde nehmen und mich dort einrichten.«

Wie sie von der Mansarde wußte, war mir schleierhaft. Ich hatte mir früher einmal überlegt, eine separate Einzimmerwohnung daraus zu machen und zu vermieten, aber sie lag genau über den beiden Schlafzimmern des Hauses, dessen eines mir als Arbeitszimmer diente, und der Gedanke, daß irgendwelche Leute über mir herumliefen, behagte mir nicht. Deswegen stand die Mansarde leer. Die anderen Zimmer des Hauses, abgesehen von meinem Schlafzimmer und meinem Arbeitszimmer, befanden sich im Erdgeschoß – ein Wohnzimmer und ein Eßzimmer mit einer Couch, auf der gelegentliche Besucher schliefen. Für Winnie blieb einzig die Mansarde, warm und leer. Was mich in meiner Entschlossenheit, Winnie nicht ins Haus zu holen, unsicher werden ließ, war ihre Bemerkung »Sie brauchen mich, damit ich für Sie kochen kann«. Das war in der Tat eine Versuchung. Ich malte mir die mühelosen und netten kleinen Abendgesellschaften aus, die ich nach dem Theater dann geben konnte, die netten, stets wohldurchdachten, gut organisierten Lunchgesellschaften, die ich geben würde. Und Winnie war beim Einkaufen sehr sparsam.

»Werden ein Vermögen sparen, wenn Sie nicht mehr in Restaurants essen«, beschloß Winnie, denn eigentlich war es längst beschlossene Sache. »Und mit dem Erlös aus dem Haus Ihrer Mutter werden Sie leben können wie Gott in Frankreich!«

Davon, daß nach der Erbschaftssteuer vom Vermögen meiner Mutter nicht mehr viel übrigbleiben würde, weil sie sich um diese Dinge nie richtig gekümmert hatte, sagte ich Winnie nichts. Aber es war richtig, daß das Essengehen in London immer schwieriger, das Essen und die Bedienung immer schlechter wurden. Ich meinte bloß: »Na ja, Winnie, wirst dich halt in der Mansarde einrichten müssen, so gut es geht. Ich werde dir deine Sachen hochtragen, aber ansonsten bin ich ein vielbeschäftigter Mann.«

»Ich habe nicht viel«, sagte Winnie.

Als sie mein Haus erblickte, rief sie: »Der Sumpf der Verzweiflung, wenn Sie sich an Ihren Bunyan erinnern.«

Trotzdem richtete sie sich in der Mansarde ein. Ich entließ Ida und war fortan in Winnies Händen.

Mein Leben veränderte sich wirklich. Es war erstaunlich, was Winnie alles schaffte. Abgesehen von meinem Arbeitszimmer, das ich jedesmal abschloß, wenn ich aus dem Haus ging, und in das Winnie nicht eindringen konnte, drang sie überall ein. Die einzige Ausschweifung, zu der sie sich hinreißen ließ, war ein neuer Küchenherd. Ich achtete nicht auf Winnies Tun und Lassen, aber es war wirklich bemerkenswert, wie es ihr gelang, das Haus vom Keller bis zum Dachboden aufzuräumen. Mir war, als sähe ich zum ersten Mal durch die Fenster im Wohnzimmer, und mein Bett war tatsächlich jeden Tag gemacht. Und Winnie hatte all das innerhalb kürzester Zeit geschafft. Bereits nach einer Woche begann ich, Freunde zum Essen einzuladen – köstlich, interessant, genau das Richtige.

»Du bist ein Glückspilz«, bekam ich von allen meinen Freunden zu hören, und nur wenige hätten mir Winnie nicht gerne ausgespannt, wenn sie es nur gekonnt hätten. Mutters Tafelsilber und Kristallgläser funkelten auf dem Tisch. Winnie war durchaus in der Lage, zu später Stunde noch etwas zu servieren. Und ihre Mahlzeiten waren stets hervorragend.

»Wie herrlich! Wie schafft sie das bloß?«

»Mit wem streitet sie eigentlich in der Küche herum?«

»Mit sich selbst.«

Man konnte nämlich hören, daß Winnie, nachdem sie abgeräumt und den Kaffee serviert hatte, im Wohnzimmer noch vor sich hin murmelte und dann in der Küche ihre einsamen Auseinandersetzungen führte.

Ich bin ein Theatermensch, und dieser wunderliche Zug an Winnie reizte gewiß meinen Sinn fürs Dramatische. Auch meine Freunde wußten ihre Auftritte sehr wohl zu würdigen. Sie schwärmten von ihr. Kaum war sie aus dem Zimmer, nannten sie sie einen Schatz und eine Perle. Einer meiner jüngeren Freundinnen, einer Schauspielerin, die früher oft bei meiner Mutter auf dem Lande zu Besuch gewesen war, fiel sofort auf (mir war es nicht aufgefallen), daß einige meiner Sessel mit gestickten Decken neu bezogen waren.

»Du hast die Stickereien deiner Mutter fertigstellen lassen«, sagte sie. »Ich erinnere mich, daß sie im Sommer noch daran arbeitete. Das letzte Mal, als ich sie kurz vor ihrem Tod sah, saß sie draußen mit ihrer Arbeit auf der Veranda.«

»Woher weißt du, daß es Mamas Arbeit ist?« fragte ich.

»Ich erinnere mich an das Muster, sieh, das ist das venezianische Muster, sie hatte es eigens angefertigt, schau dir das Rot an!«

»Dann muß sie es auch fertiggestellt haben!«

»Unmöglich! So etwas dauert sehr lange. Deine Mutter, unmöglich!«

»Na, dann muß Winnie es gewesen sein!«

»Winnie? Wie hätte sie es schaffen sollen, neben all der anderen Arbeit, die sie hat?«

»Man weiß nie, was Winnie gerade vorhat.«

Ich war mißtrauisch. Doch im nachhinein würde ich sagen, daß ich wohl nicht wissen wollte, wie sie es geschafft haben könnte. Das war so, als würde man zugeben, nicht an den Weihnachtsmann zu glauben. All diese herrlichen Überraschungen könnten ja aufhören.

Daß Winnie bei meinen Freunden ankam, blieb ihr nicht verborgen. Auch sie entwickelte einen Sinn für ihre theatralische Ader und murmelte, während sie das Gemüse auftrug oder den Kaffee servierte, noch mehr vor sich hin. Und eines Abends, als ich ein paar Gäste hatte, kam sie aus unerfindlichen Gründen in das Zimmer, mit einer von Mutters riesigen, mottenzerfressenen Straußenfedernfächern in der Hand und spielte die Vorkriegsdebütantin, die bei Hofe eingeführt wird. Sie wedelte mit dem Fächer herum und machte einen tiefen Knicks, und die Federn flogen über den ganzen Teppich. Dann verließ sie, unter gemessenen Rückwärtsbewegungen, das Zimmer und verabschiedete sich mit einem abermaligen tiefen Knicks. Solange sie im Raum war, schwiegen alle, doch dann wurde den ganzen Abend nur noch über Winnies verrückten Auftritt geredet und gescherzt. Insgeheim war es mir ein wenig peinlich. Ein andermal saß ich gerade mit einem Freund bei einer Partie Schach, als Winnie hereinkam, um überflüssigerweise nach dem Kamin zu sehen. Sie hatte die alten Schachfiguren aus Mutters Kiste gesäubert, es war wirklich, als sei ein Restaurator am Werk gewesen. Als sie an uns vorbeiging, warf sie einen Blick auf das Brett und rief: »Undemokratisch!« Das bezog sich wohl auf die Könige und Türme. Was dann freilich kein Witz mehr war, das waren die Tage, als ich nach dem Lunch in meinem Arbeitszimmer saß und meine Theaterkolumne zu schreiben versuchte.

Um diese Tageszeit war Winnie meistens oben in ihrer Mansarde, sich in lauten Selbstbeschimpfungen ergehend. Ich konnte keine Ruhe finden. Schließlich rang ich mich durch, sie daraufhin anzusprechen.

»Winnie«, sagte ich sehr vorsichtig, »du fängst an, Selbstgespräche zu führen, weißt du. Das ist nicht schlimm, viele Leute tun das, und sogar die größten Genies führen Selbstgespräche. Es ist bloß so, daß ich mich nicht auf meine Arbeit konzentrieren kann, wenn ich höre, wie über mir diese Auseinandersetzungen geführt werden.«

»Ich werde halt oft provoziert«, sagte Winnie.

»Das bezweifle ich nicht. Und ich finde, du arbeitest zu viel für mich. Tust du mir den Gefallen und gehst zu einem Doktor?«

»In eine Anstalt?« wollte Winnie wissen.

»Nein, Winnie, natürlich nicht. Vielleicht brauchst du irgendeine Medizin. Ansonsten müßten wir uns wohl trennen. Ich bitte dich aber inständig...«

Ich überredete sie, zu einem jungen Psychiater zu gehen, von dem ich gehört hatte, in Privatbehandlung. Ich habe keine Ahnung, wie sie ihren Fall schilderte, aber er wird sich zweifellos irgendeine unsinnige Geschichte erzählt haben lassen. Sie fand wohl, daß alles in Ordnung war, und anscheinend war das auch seine Meinung. Sie weigerte sich, zur Beobachtung in eine Klinik zu gehen, und er schickte sie nach ein paar Besuchen mit irgendeiner Medizin weg. Ich erkundigte mich bei ihm, doch er sagte nicht viel. »Sie hat Halluzinationen, nichts Ernstliches. Sie wird bestimmt darüber hinwegkommen. Ohne ihre Kooperation in einer Klinik kann ich selbstverständlich keine erschöpfende Diagnose stellen.« Ich beglich seine horrende Rechnung. Winnie verhielt sich nicht viel anders als zuvor. Sie sagte mir, daß sie die Medizin einnehme.

Dann wurde sie ruhiger. Nach zwei Wochen veranstaltete sie keinen Lärm mehr und führte keine lauten Selbstgespräche mehr. Ich konnte wieder arbeiten.

Doch langsam verkam das Haus. Es war wie in früheren Zeiten, bloß schlimmer, denn obwohl ich wieder angefangen hatte, außer Haus zu speisen, ließ Winnie das Essen, das sie für sich zubereitete, anbrennen. Es war ein einziges Chaos. Im ganzen Haus roch es nach angebranntem Essen und Müll. Sie lief zwar geschäftig hin und her, brachte aber nichts mehr zustande.

»Vielleicht solltest du mal Ferien machen, Winnie?«

»Ich habe aufgehört, die Pillen zu nehmen«, sagte sie. »Rose gefielen sie nicht. Sie haben gewirkt.«

»Rose?«

»Rose Spigot.«

Ich erinnerte mich wieder an Miss Spigot, die frühere Köchin. Ich erinnerte mich an Miss Spigot, an ihre übertrieben sorgfältige Aussprache, an ihre affektiert-wohlerzogene Art und daran, daß sie mit der Familie eines Herzogs den ganzen Orient bereist haben soll. »Sprichst du von einer Verwandten unserer früheren Köchin?«

»Ich spreche von unserer ehemaligen Köchin selbst«, sagte

Winnie. »Sie ist weggegangen. Die Pillen, die ich nahm, haben sie wirklich gestört.«

»Auf keinen Fall«, sagte ich aufs Geratewohl, »sollst du etwas einnehmen, was du nicht verträgst, Winnie!«

»Es geht nicht um mich, sondern um Rose! Sie war eine sehr provozierende Frau, hat mit der Stickerei Ihrer Mutter einen auf Lady gemacht und war dagegen, daß ich vor versammelter Mannschaft angab. Aber sie war eine gute Köchin und Haushälterin, sie verstand was von Hauswirtschaft, und allein werde ich mit dem ganzen Kram nicht fertig. Sie war eine zweite Hausangestellte!«

»Du solltest wirklich mit den Pillen aufhören«, sagte ich. »Möchtest du, daß ich noch mal mit dem Doktor spreche?«

»Nein, wieso denn«, sagte Winnie. »Mit dem Doktor war doch alles in Ordnung.«

Ich mußte wegen eines Theaterfestivals für eine Woche verreisen. Darauf freute ich mich schon, trotz der zerknitterten Hemden und der ungewaschenen Socken in meiner Reisetasche. Ich spürte, daß ich dem Problem Winnie nach einer Verschnaufpause eher gewachsen wäre.

Als ich zurückkam und den Schlüssel in das Schloß steckte, wußte ich, daß etwas geschehen war, denn das alte Messingschild mit meinem Namen funkelte nur so, und Winnies schimpfende Stimme erscholl durch das Haus.

Nur Winnie stand in der Küche, als ich den Kopf zur Tür hereinsteckte. »Rose ist wieder da!« rief sie.

Ich konnte sehen, was sie meinte. Das Haus war blitzsauber, und ich bekam ein vorzügliches Abendessen.

Für meinen zweifellos schwachen Charakter aber war das alles zu viel. Ich überdachte es eine Weile und überredete Winnie schließlich, auf Rente zu gehen. Sie zog sich nach Yorkshire zurück – ob mit oder ohne Miss Spigot, ich weiß es nicht. Mein Haus ist wieder der alte Schweinestall. Meine Freunde sind furchtbar nett zu mir, und ich gehe sehr oft

essen. Das Zeug, das früher im Souterrain vor sich hinmoder-
te, liegt jetzt in der Mansarde und modert dort vor sich hin.
Niemand bürstet Francis, den Kater, aber es ist ihm egal.
Wenn ich allein bin, kann ich mich in dem Staub und dem
Durcheinander immer mal hinsetzen und Klavier spielen.

Der Drachen

Es war auf einer Party. Ich stand da und plauderte, als ich mit Betrüben sah, daß alle Leute sich in Bäume verwandelten. Ich fühlte mich besiegt. Der Drachen führte das Kommando.

Doch sogleich sagte ich mir, daß dies nur eine vorübergehende Niederlage sei, denn so bin ich eben. In dem Moment war mir zwar nicht klar, wie ich es schaffen sollte, aber daß ich dem Drachen Einhalt gebieten würde, daran zweifelte ich nicht. Die Bäume verwandelten sich wieder in Partygäste, und meine Aufmerksamkeit wurde wieder auf die Unterhaltung gelenkt, als ein Mann aus der Gruppe gerade etwas sagte. Er sah gut aus, war etwa sechzig. »Mein Adreßbuch«, sagte er, »wird zu einer Art Friedhof, so viele Leute sterben jeden Monat, dieser, jener. Man muß ihre Namen durchstreichen. Das ist sehr traurig.« – »Ich schreibe immer mit Bleistift«, sagte eine etwas jüngere Frau, »und wenn jemand stirbt, kann ich den Namen ausradieren.«

Wir standen in einem schattigen Teil des Gartens. Es war sechs Uhr, ein heißer Abend in Norditalien. Es war mein Garten, meine Party. Der Drachen drang aus dem Blattwerk hervor, in der Hand einen Pimm's No. 1, und hinter ihr her kam ein großer, auffallend gutaussehender Lastwagenfahrer, den sie, einer Eingebung des Augenblicks folgend, zur Party mitgebracht hatte. Zu ihrer Bestürzung, die nur ich ihr ansah, war er ein freundlicher, umgänglicher junger Mann, der es ganz witzig fand, seinen Lastwagen draußen vor dem Gartentor abzustellen und eine halbe Stunde blauzumachen. Ich wußte sehr wohl, daß sie in dem Moment, als sie ihn in der Espresso-Bar gegenüber ansprach, gehofft hatte, er würde die anderen Gäste in Verlegenheit bringen, Unbehagen auslösen.

Ach ja, der Drachen! Genau das war ja ihre Aufgabe – als Drachen zu fungieren. Sie war mir von einer meiner Kundinnen, der Witwe eines berühmten Dramatikers, wärmstens und nachdrücklich empfohlen worden. Mir war nicht aufgefallen, damals, daß die atemberaubenden Lobeshymnen auf das Mädchen, die mir schriftlich zugingen, in der Tat so übertrieben waren, daß sie verdächtig waren. Vielleicht war mir bei den Lobpreisungen, die ich am Telefon vernahm, und bei den Briefen, die mir die Witwe aus Gstaad über die wahren Vorzüge des Drachens schrieb, tatsächlich etwas unwohl. Vielleicht. Aber wie so oft, wenn ich etwas glauben will, weil ich Hilfe benötige, höre ich nicht auf die leise innere Stimme, die mir sagte »Da stimmt etwas nicht« oder »Paß auf!«. Ich war zuversichtlich und voller Begeisterung.

Ich war in erster Linie eine Näherin. Man hat mich als Couturière bezeichnet, als Schneiderin, als Modezeichnerin. Doch einen Namen gemacht habe ich mir mit meiner Leidenschaft für Nadel und Faden. Ich hätte in das große Geschäft einsteigen, mich an jedem der berühmten Modehäuser der Welt beteiligen können. Doch daran lag mir nichts. Mir war es lieber, meinen eigenen kleinen, exklusiven Kundenkreis zu behalten. Ich habe nicht für Hinz und Kunz gearbeitet.

Als ich Anfang der sechziger Jahre von der Schule abging, gab es zwei Dinge, auf die ich mich verstand. Das eine war einen guten Brief in sauberer Kalligraphie zu schreiben, und das andere war Nähen, mit der Hand, und zwar perfekt. Ich arbeitete als Näherin in der Änderungsabteilung eines Londoner Kaufhauses. Dort habe ich zwar viel gelernt, aber es reichte mir nicht. Zu Hause begann ich, meine eigenen Kleider zu nähen. In der Abendschule hatte ich gelernt, wie man für jeden Kunden eine individuelle Schneiderpuppe anfertigt. Ich verwendete große Sorgfalt auf diese Arbeit und übte an meiner Großmutter, bei der ich wohnte. Man nimmt eine Bahn Buckram, schneidet sie rumpfförmig zu und näht die entsprechende Dame (mit einem Minimum an Unterwäsche) da hinein. So verfuhr ich auch bei meiner Großmutter, heftete den Buckram so enganliegend zusammen, daß die Kanten nur ein Zoll breit übereinander lagen. Großmutter glaubte, da nie wieder herauszukommen. Sodann schnitt ich die Vorderseite mit der Schere auf und nähte sie, mit dem nämlichen Saum von einem Zoll Breite, wieder zusammen. Als der Buckram mit gleichmäßigen kleinen Steppstichen zusammengenäht war, wurde er mit feingekämmter Rohwolle ausgestopft, und fertig war die großmütterliche Figur, die dann auf den Puppenständer gesetzt wurde. Einige Schneider, so sie sich dieses Verfahrens noch bedienen, verwenden dafür synthetische Materialien, aber die kommen mir nicht ins Haus.

Ich nähte meiner Großmutter ein Kleid, auf das sie bis zum Tage ihres Todes stolz war. Es war aus Samt, mit einem Futter aus Seide, und jeder Innensaum (von Kleid und Futter) war mit einer schmalen Borte besetzt. Niemand konnte sehen, wie wunderschön das Kleid innen genäht war. Ich habe die Innensäume stets mit Borte besetzt. Selbst wenn man die linke Seite nie gesehen hat – meine Kundinnen waren die Sorte Frau, der das Wissen, gut angezogen zu sein, Sachen zu tragen, die handgearbeitet, innen mit schmaler Borte besetzt sind, eine Befriedigung gibt, selbst dann, wenn die mit überwendlichem Stich genähten und verzierten Säume unter einem Seidenfutter versteckt sind. Hohlsaumstich, Steppstich, Kreuzstich, Kettelstich, Knopflochstich – ich beherrsche sie alle. In meiner Werkstatt hat es nie eine Nähmaschine gegeben. Man könnte meinen, ich sei geradezu süchtig danach, handgefertigte Kleider zu produzieren. Wenn meine Kundinnen sagten: »Sogar die langen Nähte nähen Sie von Hand?«, dann erwiderte ich: »Alles wird von Hand genäht!« Das ist das Geheimnis meines Erfolges. Sie wären erstaunt, wenn Sie wüßten, welcher Bedarf an handgefertigten Kleidern und Blusen und Röcken und Unterwäsche besteht – ganze Brautausstattungen habe ich genäht, für Kunden, die bereit waren, mir die nötige Zeit zu lassen und das entsprechende Geld dafür zu bezahlen.

Eine lange Zeit ist vergangen, seit ich Großmutters Kleid genäht und seit ich mich selbständig gemacht habe. Mein Ruf als erstklassige Näherin sprach sich immer weiter herum, so daß ich nicht mehr nach Schnittmustern arbeite, sondern eigene Schneider und Modezeichner für mich arbeiten ließ. Im Zuschneiden und Entwerfen sind Männer absolute Spitze, und auch die Kundinnen geben ihnen den Vorzug. In all den Jahren sind Schneider und Zeichner gekommen und gegangen. Keinen von ihnen habe ich geheiratet, obwohl ich oft nahe daran war. Etwas in mir warnte mich davor, eine lebenslange Bindung mit einem der Schneider oder Zeichner einzugehen. Die Mode ändert sich stark, von Saison zu Saison, jedes Jahr aufs neue. Schneider und Zeichner kommen aus einer bestimmten Phase oft nicht mehr heraus, entwickeln sich nicht mehr. Ihre beste Zeit liegt dann hinter ihnen. Wer dagegen mit Nadel und Faden arbeitet, steht außerhalb der Mode, und ich war immer eine Näherin mit Pfiff. Es besteht ein großer Unterschied zwischen einer Naht, die sich für Samt eignet, und einer, die sich für Chiffon eignet. Ich habe Verfahren entwickelt, mit deren Hilfe ich ein Spitzenkleid so nähen kann, daß man die Nähte überhaupt nicht sieht. Seit kurzem beziehe ich meine Nadeln aus Frankfurt und meine Nähseide aus London. Meine Spezialität waren die Stoffe, die ich mir aus der ganzen Welt schicken ließ.

Und so war ich, der Seide wegen, nach Como gekommen und stand mit meinem exklusiven Kundenkreis schon recht gut da. Wie meine Stoffe, so kamen auch meine Kundinnen von überall her, sogar die Frauen osteuropäischer Botschafter zählten zu ihnen. Am Comer See sah ich dann ein hübsches Haus, das zum Verkauf stand, und beschloß, mich dort niederzulassen und eine neue Werkstatt einzurichten.

Inzwischen hatten meine handgearbeiteten Kleider mich so bekannt gemacht, daß ich eines gewissen Schutzes bedurfte. Bis ein handgenähtes Abend- oder Brautkleid fertig war, verging viel Zeit, und daher konnte ich unmöglich jedesmal zum Telefon laufen, wenn all die Millionärsgattinnen oder ihre Sekretärinnen einen Auftrag für mich hatten. Gewöhnliche Hausangestellte und Au-pair-Mädchen waren sehr schwach und mühelos herumzubekommen. Sie ließen Leute ins Haus oder riefen mich genau dann ans Telefon, wenn ich an einer runden oder eckigen Naht saß, ausgesprochenen Präzisionsarbeiten. Es war zuviel für mein Temperament. Im Laufe der Jahre hatte ich ja auch gelernt, daß potentielle Kunden, je mehr sie hingehalten werden, sich um so mehr für einen interessieren und um so höhere Preise zu zahlen bereit sind.

Ich beschloß, einen Drachen einzustellen, dessen Aufgabe es sein sollte, neue Kunden mir erst einmal vom Leibe zu halten, ihnen zu sagen, sie sollten sich schriftlich um einen Termin bemühen, und das alles in einem sehr bestimmten Ton vorzubringen. Seine zweite Aufgabe sollte darin bestehen, die Kundenkartei zu führen, und zwar mit jenem persönlichen Touch, der uns erlauben würde, noch die unscheinbarsten Details parat zu haben, wenn es der Kundin schließlich gelang, einen Termin zu bekommen. Zu jener Zeit hatte ich einen brillanten Schneider namens Daniele. Er konnte keine Originale entwerfen, doch darauf kam es nicht an. Er konnte kopieren und abwandeln. Ich beriet ihn zuweilen – sagte ihm, wo er einen Schrägschnitt ansetzen oder, beispielsweise, so schneiden sollte, daß die Muster an den Kanten nicht paßten, um einen interessanten Kontrast entstehen zu lassen. Die Anproben nahm meistens ich vor, weil ich ein scharfes Auge habe. Daniele wurde gut bezahlt, doch er neigte zu arrogantem Verhalten. Er fand, daß die traditionelle Modebranche, in der ein Modezeichner die Schneider und Näherinnen für sich arbeiten läßt, das einzig

Wahre sei, und daß mein Betrieb falsch aufgebaut sei. Ich ließ ihn freilich bald spüren, daß er sich in Dinge, die ihn nichts angingen, nicht einzumischen hatte, und das Gehalt besänftigte ihn.

Ich lud die Kandidatinnen, die sich um den Job eines Drachens beworben hatten, zu einem Vorstellungsgespräch ein. Eine Assistentin in der Werkstatt käme für mich nicht in Frage, erklärte ich. Um so mehr bräuchte ich Schutz und Zeit, ich bräuchte viel Zeit für mich allein. Jeder Stich müßte sitzen, erklärte ich, klein und perfekt. Selbst die Heftstiche, die später wieder entfernt würden, müßten von mir genäht werden, weil ich sonst nachts nicht schlafen könnte. Manchmal, wenn ein kompliziertes Kleid zu nähen sei, bräuchte ich zwei volle Monate nur für dieses eine Kleid. Bei zusätzlichen Stickereiarbeiten bräuchte ich drei bis vier Monate. All das erklärte ich den Bewerberinnen. Es waren acht. Ich hatte sie aus England anreisen lassen, um sie an ihrem potentiellen Arbeitsplatz in Augenschein nehmen zu können. Eine verängstigte Truppe, mit einer Ausnahme. Die anderen waren froh, nach dem Vorstellungsgespräch wieder wegzukommen und die günstige Gelegenheit wahrzunehmen, Sehenswürdigkeiten zu besichtigen und sich ein paar schöne Tage zu machen. Die achte wirkte eher mißtrauisch als ängstlich, während ich ihr erklärte, worum es bei dem Job ging. Sie legte die Stirn oft in Falten. Emily Butler. Hochgewachsen, klapperdürr, mit oben vorstehenden Zähnen und einem roten Wuschelkopf. Sie verstand ein wenig Italienisch und sprach Französisch, wie die anderen auch, die ich ansonsten gar nicht erst hätte anreisen lassen. Aber Emily: Ich fand, sie würde einen guten Drachen abgeben. Sie sollte mir die Menschen vom Leibe halten, außer einem von mir bestimmten engeren Kreis oder solchen, die von den Kunden wärmstens empfohlen worden waren. Doch selbst in diesem Fall sollte ich nie ans Telefon gerufen werden. Die Betreffende sollte entweder schreiben oder eine Nummer angeben, unter der ich zurückrufen konnte. Emily hatte ein gutes Empfehlungsschreiben einer Opernsängerin vorgelegt, für die sie gearbeitet hatte. Sie schien zu wissen, worauf es ankam. Ich erinnerte mich, irgendwo einmal gelesen zu haben, daß Frauen mit vorstehenden Zähnen auf Männer sehr attraktiv wirken sollen, aber ich fand, daß dieser Faktor ohnehin keine Rolle spielte, und was dann geschah, hatte ja auch nichts mit Emilys Gebiß zu tun.

Der Drachen war ein Wunder in jenem Frühling und Sommer. Ich arbeitete ununterbrochen, sieben Tage die Woche, manchmal zwölf Stunden täglich, oft in einem Gartenhaus, außer in der größten Mittagshitze, wenn ich mich in meiner klimatisierten Werkstatt aufhielt. Ich muß Ihnen noch etwas über den Garten und das Haus erzählen.

Das Haus lag ein gutes Stück abseits der Straße, auf einem hohen Felsen, von dem aus man weit über den See blicken konnte. Es war um die Jahrhundertwende erbaut worden, versehen mit zahlreichen Jugendstilelementen wie bunten Fensterscheiben, gedrechselten Treppengeländern und ornamentalen Dekorationen über den Türrahmen. Von außen betrachtet schien die Villa mehr Kolonnaden, Rundbögen, Terrassen, Erkerfenster und Türmchen zu haben, als es ihrer Größe angemessen war. Beispielsweise gab es zwei Türmchen, und nicht eines war unbedingt erforderlich. Der Garten hatte Ausmaße, die in keinem Verhältnis zum Haus standen, was mir allerdings ganz recht war. Ich saß gern im Garten und nähte, vor allem unter einer mächtigen Zeder, die mein Banner geworden war. Man konnte sie vom gegenüberliegenden Seeufer aus sehen, man konnte von der Uferstraße auf sie herabsehen; wo immer man war oder auf welchem Weg auch immer man sich dem Haus näherte, die Zeder war nicht zu übersehen. Dort, auf einem Gartenstuhl sitzend, pflegte ich in aller Ruhe Knopflöcher zu nähen – nie käme ich auf den Gedanken, in meine Kleider Reißverschlüsse einzunähen! –, bei jedem Stich mit dem Faden eine Schlaufe ziehend. Und wenn eine Bluse mit Zierstichen genäht werden sollte, dann saß ich gelassen da an meinen Flachstichen oder Pikierstichen.

Im Garten standen Statuen aus weißem Stein aus derselben Epoche. Sie stellten die vier Jahreszeiten und die vier schönen Künste (Malerei, Bildhauerei, Musik und Dichtung) dar. Die Jahreszeiten waren weibliche, die Künste männliche Figuren, doch sie waren alle so gewandet, daß man irgendwelche Unterschiede kaum bemerkte. Der Maler hielt eine Palette in der einen Hand und einen Pinsel in der anderen. Der Bildhauer bearbeitete gerade einen steinernen Löwen. Der Musiker hielt in der linken Hand, den Arm ausgestreckt, eine Flöte und korrigierte mit der rechten Hand ein Notenblatt, das passenderweise in Stein vor ihm stand. Der Dichter lehnte sich zurück und schrieb etwas in ein Buch. Die Jahreszeiten waren entsprechend der von ihnen dargestellten Abschnitte des Jahres gekleidet. Ihre Haare wehten. Der Winter war mit Stechpalmenzweigen und Eiszapfen geschmückt, der Frühling mit Feldblumen, der Sommer mit Rosen und Kirschen, und der Herbst, der sich gegen eine Korngarbe lehnte, mit einem Halsband aus Weintrauben. Der Garten war sehr ungewöhnlich. Einige meiner Kundinnen brachen in Rufe des Entzückens aus, andere schauten bloß und blieben merkwürdig stumm. Für mich hatten die Statuen zuweilen etwas Seltsames, wenn ich mich plötzlich umdrehte und sie anschaute. Sie sahen genauso aus wie zuvor, will sagen, sie schienen den alten Gesichtsausdruck angenommen zu haben. Wie sie wohl hinter meinem Rücken ausgesehen hatten?

In seiner Freizeit, nach dem Mittagessen, stürzte sich der Drachen mit Daniele, dem Schneider, in das Zimmer hinter der kühlen Küche, wo der Drachen schlief, und dort liebten sie sich. Ihr rotes Haar wurde immer länger, und sie ließ es frei herumflattern. Sie sagte, es sei präraffaelitisch und passe zum Haus.

Im August gab es außergewöhnlich viel Niederschläge, und die Luft zwischen den einzelnen Regengüssen war träge und unentschlossen. Der Drachen sagte zu mir: »Warum arbeiten Sie so viel? Wozu eigentlich?« Bis dahin hatte niemand mir eine solche Frage gestellt. Es kam mir wie ein Sakrileg vor. Mir fiel allmählich auf, daß meine Kundinnen verspätet zu den Anproben erschienen. Wer außerhalb der Stadt wohnt, muß gewisse Verspätungen einkalkulieren. Aber eigentlich kamen sie gar nicht spät, sie wurden nur durch Plaudereien im Büro des Drachens aufgehalten, ungeachtet des Umstands, daß ich im Atelier wartete. Mir fiel auf, daß die Kundinnen, wenn sie zuvor beim Drachen gewesen waren, mit merkwürdig leiser, rücksichtsvoller Stimme zu mir sprachen. Wenn der Drachen mit Daniele auf den See hinausfuhr, wehten die roten Haare ihr ins Gesicht. Meistens kehrte sie regendurchnäßt zurück. Eines Tages sah ich, daß sie Feuer spie.

»Emily«, sagte ich, »ich glaube, du bist krank.«

»Überrascht Sie das?« rief sie, und Rauch trat aus ihren Nasenflügeln, die so flammendrot waren wie ihre Haare. »Überrascht Sie das? Am Telefon immer: Nein, nein, nein. Immer: Eintritt verboten, kein Eintritt. Madame hat zu tun, haben Sie einen Termin? Es geht einem auf die Nerven«, sagte sie, »immer eine negative Rolle zu spielen!« Ihre Nase war jetzt wieder völlig kühl, als hätte es dort nie Rauch gegeben und keine Flammen.

Ich erlaubte ihr, die Einwohner des Ortes zu einer Abendparty einzuladen. Sie schleppte ein paar Leute aus dem eleganten Hotel am anderen Seeufer an, mit denen sie sich irgendwie angefreundet hatte. Sie schleppte, um Daniele zufrieden zu stimmen, auch ein paar Spanier an, die den See bereisten, und aus Mailand kam auch Danieles Schwester. Ich bemerkte, daß sich unter den Partygästen drei meiner vornehmsten Kundinnen befanden. Und dort war auch der gutaussehende Lastwagenfahrer. Der Drachen hatte den besten Partyservice der Gegend beauftragt und ein Büfett mit den erlesensten Köstlichkeiten kommen lassen. Sie verstand ihre Sache.

Der Drachen hatte das Kommando übernommen, was mir klar wurde, als alles um mich herum sich in Bäume verwandelte. Sie schlängelte sich durch die Leute, durch die Bäume, mir entgegen und spie Feuer. Dann sah ich, daß man die Statuen, die vier Jahreszeiten und die vier schönen Künste, mit Stoff aus meinem Atelier drapiert hatte, als wären es meine Schneiderpuppen, und die Gäste bewunderten sie staunend. Eine der Statuen, der Winter, trug doch wirklich ein Abendkleid, an dem noch gearbeitet wurde. Ich sah mich nach Daniele um. Er unterhielt den Hafenkapitän des Ortes, indem er durch zwei Zigaretten, die er sich in die Nase gesteckt hatte, Rauch blies. Der Drachen, der mich mit seinen grünen Augen verfolgte, trank seinen Pimm's. Ich ging zu dem gutaussehenden Lastwagenfahrer, der dastand und nicht recht wußte, was er mit sich anfangen sollte, und sagte: »Wo fahren Sie mit Ihrem Lastwagen hin?« Er wollte mit seiner Fracht nach Düsseldorf, und dann wieder zurück, quer durch halb Europa. Er hieß Simon K. Clegg, das »K« stand für Kurt. Eine Weile sprachen wir über die Wagnisse des Güterfernverkehrs im Gemeinsamen Markt. Schließlich sagte ich: »Gehen wir!«

Ich verließ die Party und kletterte in das Führerhaus, neben ihn, und wir fuhren los. Plötzlich erinnerte ich mich an meinen Reisepaß und den Regenmantel, meine beiden unerläßlichen Reisebegleiter, doch Simon Kurt sagte, Regenmantel und Reisepaß, das solle ich nur ihm überlassen. Der Drachen lief eine kurze Strecke hinter uns her, schnaufend und grünes Feuer speiend – vielleicht hatte sein Atem ja eine Kupfersulfat- oder Kupferchloridbasis. Ich habe gehört, daß man eine grüne Flamme erzeugen kann, wenn man, mit dem nötigen Geschick, grünen Chartreuse in die Flamme einer Kerze bläst. Hinter dem Drachen lief Daniele. Doch wir fuhren weiter, wir winkten und überließen es dem Drachen und Daniele und den Partygästen und dem ganzen Haus, mit dem ganzen Durcheinander und all der Ungewißheit fertigzuwerden, mit der ewigen Näherei und Anprobiererei.

Ewig? Bevor wir Como erreichten, knapp vierzig Kilometer von meinem Haus, hatte sich mein Gespräch mit Simon K. Clegg der Bedeutung des Wortes »ewig« zugewandt. Wir stellten den Lastwagen ab und schlenderten in die Stadt, in eine Espresso-Bar, und bestellten Kaffee und Eis. Simon sagte, er habe wirklich das Gefühl, »ewig« nicht zu verstehen, und er bezweifle, ob es so etwas wie immer und immer gebe, wenn das damit gemeint sei. Ich sagte ihm, daß meines Wissens »ewig« für Kettelstich, Kreuzstich und Steppstich stünde, und auch für Knopflochstich und Vorderstich.

»Ich verstehe nur noch Bahnhof«, rief Simon. »Das ist mir alles zu hoch. Wollen Sie denn nicht mitgenommen werden, weg von der Party, abhauen und so?«

Ich erklärte ihm, daß der Drachen bei mir zu Hause wohne, alles in Zweifel ziehe, den Wert der Stoffe, das Nähen, den Buckram, die weiche, weiche Seide. Und die Nähte, die feinen Borten. Die Knopflöcher. Die Flachstiche. Ich erzählte ihm von ihrer Liaison mit Daniele, dem Schneider.

»Ihrer was?«

»Ihrer Liebesaffäre.«

»Dann sollten sie mal verreisen«, lautete Simons Kommentar.

»Es gibt zu viel zu tun.«

»Also, wenn sie die Chefin ist, dann ist es doch ihre Sache, was sie während der Arbeitszeit macht. Die Textilindustrie blüht.«

»Die Chefin bin ich«, sagte ich.

Er war sprachlos, als hätte ich ihn hinters Licht geführt.

»Ich dachte«, sagte er, »daß Sie so etwas wie eine Angestellte sind.«

Wirklich, er war ein sympathischer Lastwagenfahrer. Er schob seinen Eisbecher beiseite, als wäre ihm etwas Neues eingefallen.

Er sagte: »Meine Schwester arbeitet in einer Textil- und Kleiderfabrik in Lyon. Guter Lohn, kurze Arbeitszeit. Sie ist Säumerin.«

»Näherin«, sagte ich.

»Sie sagt Säumerin.«

»Ich nähe von Hand«, sagte ich.

»Von Hand? Wie denn?«

»Mit Nadel und Faden.«

»Was bedeutet das?« sagte er in einer Weise, die mir zu verstehen gab, daß er Nadel und Faden noch nie gesehen hatte.

Ich erklärte ihm die Technik, die Finger der rechten Hand so zu bewegen, daß sie wie Nadel und Schiffchen der Nähmaschine arbeiten, und dabei den Stoff mit der linken Hand zu halten. Er hörte genau zu, respektvoll fast: »Sie sparen bestimmt eine Menge Strom«, sagte er.

»Sie haben doch aber bestimmt schon mal gesehen, wie ein Knopf angenäht wird!« sagte ich.

»Ich trage keine Sachen mit Knöpfen. Liegt mir nicht.«

Aber er war schon bei etwas anderem.

»Würde es Ihnen was ausmachen, sich auf den Boden zu legen, während ich durch den Zoll und die Paßkontrolle fahre?« sagte er. »Es ist recht bequem hier, und sie werden nicht reinschauen. Sie sehen sich bloß meine Papiere an. Ich habe die Hälfte meiner Ladung abgeliefert, den Rest muß ich über den St. Gotthard nach Brunnen in der Schweiz fahren, bei einem Hotel abliefern. Von dort aus nach Düsseldorf. Reformhauskekse aus Lyon.«

Doch auch ich dachte an etwas anderes und reagierte nicht gleich.

»Ich dachte, Sie sind eine Angestellte«, sagte er. »Wenn ich gewußt hätte, daß Sie die Chefin sind, hätte ich mir was Besseres einfallen lassen.«

Es machte mich traurig, die Unsicherheit in seiner Stimme zu hören. Ich sagte: »Für meinen Betrieb bin leider ich zuständig.« Ich dachte gerade an die sich anhäufenden Bestellungen für den Winter, Eine Dame aus Boston wollte am nächsten Dienstag extra angereist kommen, über den Atlantik, über die Alpen, um sich aus meinen Winterstoffen etwas für ihre Kleider auszusuchen, eine Wolle vielleicht, die so weich war, daß man dachte, es sei Musselin, in der Farbe ein helles Gelbrot, oder vielleicht diesen dunkelblauen Seidensamt, nicht ganz Nachtblau, oder so etwas in der Art, mit einem Stich ins Königsblaue, füttern würde ich es mit gleichfarbiger Seide, ein Abendkleid, mit einer zwei Millimeter breiten Borte, die Säume alle handgenäht. Eine andere Kundin aus Mailand wollte sich aus meinem grauen Wollchiffon mit beinahe unsichtbaren orangefarbenen Streifen einen Dreiteiler, fließend-weich wie eine Winterwolke, anfertigen lassen. Der Schnittbogen war schon fertig zum Zuschneiden, und die passenden Fäden hatte ich auch schon ausgesucht.

Ich hätte noch weiter gedacht, an andere Stoffe und Kundinnen, wenn Simon nicht mit seiner Stimme in meine Gedanken und Ideen eingebrochen wäre. »Sie speien ja Feuer! Sie müssen unter Strom stehen!« rief er und stand auf und nahm die Rechnung vom Tisch. Er wirkte mitgenommen. »Mir ist klar, daß Sie auf Ihre Art ein Drachen sein können!«

Ich schlich mich hinaus, während er am Tresen bezahlte. Ich wartete und fuhr nach Einbruch der Dunkelheit mit einem Mietauto zu meiner Villa zurück. Alle waren gegangen. Die Statuen im Garten standen wieder undrapiert da. Emily Butler saß mit Daniele im Wohnzimmer und unterhielt sich. Es hatte mir leid getan, mich von dem netten Lastwagenfahrer zu trennen. Er schien mir eine gewisse Sympathie entgegenzubringen, eine Sympathie für meine Art und mein Aussehen, das, soweit ich weiß, dem einer ernsten, schlichten Näherin sehr ähnlich ist. Manche Menschen mögen eine solche Persönlichkeit. Als ich aber daran dachte, daß ich, wie Simon gesagt hatte, wirklich der Drachen im Gehäuse sei, da hätte ich nie mit ihm über die Grenze gehen können. Vielleicht auf immer und ewig. Weder mein Temperament noch meine Temperatur hätten das ausgehalten.

Ich stand jetzt an der Wohnzimmertür und sah zu Emily und Daniele hinüber. Emily stockte der Atem, und Daniele sprang auf, erschrocken dreinblickend.

»Sie speit Feuer!« rief Emily und entkam durch die Terrassentür. Daniele lief schnell hinter ihr her, dabei einen Sessel umstoßend. Er blickte sich einmal um und war dann schon verschwunden, hinter Emily her.

Ich ging in die Küche und machte etwas Milch heiß. Während ich dort wartete, hörte ich, wie sie in das Haus zurückgeschlichen kamen, und aus Danieles Zimmer oben und aus Emilys Zimmer hinten drangen die Geräusche eiligen Packens zu mir.

Schließlich kamen sie in die Diele gestürzt, rannten hinaus, warfen sich in Danieles Auto und brausten davon, nicht einmal auf ihren Lohn wollten sie warten.

Mein Betrieb floriert, und ich schaffe es auch ohne Drachen. Übrigens auch ohne einen Schneider, denn ich habe festgestellt, daß ich ein Zuschneidetalent bin. Ich habe auch einen neuen Stich erfunden, den Drachenstich. Er sieht sehr schön aus an den unregelmäßigen Säumen jener Kleider, die an die dreißiger Jahre erinnern sollen – sie sind sehr beliebt als Abendkleider, aber nicht übertrieben. Der Witz beim Drachenstich liegt darin, daß man alle Stiche sieht, sie sind groß, es wird mit heller Nähseide gearbeitet, die sich von der Farbe des Kleides abhebt; eine Linie und zwei Gabeln, eine Linie und zwei Gabeln, hinein, heraus, weg, immer die fallende und steigende Saumlinie entlang, als würde es immer und ewig so weitergehen.

Nachweise

Titel der Originalausgabe:
›Bang-bang You're Dead and other stories‹
(Granada, London 1982)
In den vorliegenden Band wurden
zusätzlich aufgenommen:
Die Nachlaßverwalterin
Die Wahrsagerin
Die zweite Hausangestellte
Der Drachen
Diese Erzählungen erschienen erstmals im ›New Yorker‹
und später zusammen mit den Erzählungen aus
›Bang-bang You're Dead‹
in der amerikanischen Ausgabe
›The Stories of Muriel Spark‹
(E. P. Dutton, New York 1985)
Die Erzählungen:
Die vergoldete Uhr
Das Haus des berühmten Dichters
Alice Longs Dackel
Mein erstes Lebensjahr
Die christlichen Jüdinnen
erschienen ebenfalls erstmals im ›New Yorker‹,
Ein Mitglied der Familie
erschien erstmals in ›Mademoiselle‹.

Joan Aiken
im Diogenes Verlag

Die Kristallkrähe
Roman. Aus dem Englischen von Helmut Degner
detebe 20138

Das Mädchen aus Paris
Roman. Deutsch von Nikolaus Stingl
detebe 21322

Der eingerahmte Sonnenuntergang
Roman. Deutsch von Karin Polz
detebe 21413

Tote reden nicht vom Wetter
Roman. Deutsch von Nikolaus Stingl
detebe 21477

Ärger mit Produkt X
Roman. Deutsch von Karin Polz
detebe 21538

Celia Fremlin
im Diogenes Verlag

Klimax
oder Außerordentliches Beispiel von Mutterliebe
Roman. Aus dem Englischen von Dietrich Stössel
detebe 20916

Wer hat Angst vorm schwarzen Mann?
Roman. Deutsch von Otto Bayer
detebe 21302

Die Stunden vor Morgengrauen
Roman. Deutsch von Isabella Nadolny
detebe 21515

Fanny Morweiser
im Diogenes Verlag

Ein Winter ohne Schnee
Roman. Leinen

Ein Sommer in Davids Haus
Roman. detebe 21059

Lalu lalula, arme kleine Ophelia
Eine unheimliche Liebesgeschichte
detebe 20608

La vie en rose
Ein romantischer Roman
detebe 20609

Indianer-Leo
und andere Geschichten aus dem wilden Westdeutschland
detebe 20799

Die Kürbisdame
Kleinstadt-Trilogie
detebe 20758

O Rosa
Ein melancholischer Roman
detebe 21280